EISKALTE SURSELVA

Regine Imholz, geboren 1958, arbeitete rund zwanzig Jahre lang bei der Flugsicherung Skyguide am Flughafen Zürich. Parallel dazu schrieb sie Reportagen für die »Zürichsee-Zeitung«, für die sie später als Journalistin/Redaktorin tätig war. Nach neun Jahren wagte sie den Sprung in die Selbstständigkeit und schrieb als freie Journalistin für diverse Magazine und Zeitungen. Seit drei Jahren hat sie sich als Autorin ausschließlich dem Schreiben von Krimis zugewandt. Sie lebt mit Mann und Hund am Walensee sowie in den Bündner Bergen, die für sie zu einer zweiten Heimat geworden sind.

REGINE IMHOLZ

EISKALTE SURSELVA

Kriminalroman

emons:

© Emons Verlag GmbH
Cäcilienstraße 48, 50667 Köln
info@emons-verlag.de
Alle Rechte vorbehalten
Umschlagmotiv: mauritius images/ClickAlps
Umschlaggestaltung: Nina Schäfer, nach einem Konzept
von Leonardo Magrelli und Nina Schäfer
Umsetzung: Tobias Doetsch
Gestaltung Innenteil: DÜDE Satz und Grafik, Odenthal
Druck und Bindung: sourc-e GmbH, Köln
Printed in Europe 2025
Erstausgabe 2024
ISBN 978-3-7408-2225-5
Originalausgabe
2. Auflage

Unser Newsletter informiert Sie
regelmäßig über Neues von emons:
Kostenlos bestellen unter
www.emons-verlag.de

Für Katinka –
sie ist die Hoffnung, die Zukunft,
das Leben und die Liebe

EINS

Das war jetzt nicht so gelaufen wie geplant. Ganz und gar nicht. Frustriert ließ Cumissari Matti Coray den Blick über die im ganzen Wohnzimmer verteilten Kerzen schweifen. Abrupt stieß er den Stuhl zurück und pustete all die Flämmchen aus. Dann schnappte er sich sein bisher unangetastetes Weinglas und schenkte sich großzügig ein. Nach einem kräftigen Schluck starrte er verdrossen ins Cheminée, in dem die brennenden Buchenscheite knackten. Soeben hatte ihm seine Liebste mitgeteilt, dass sie vorläufig nicht nach Hause kommen könne, weil auf einem Bauernhof in Vals eine komplizierte Geburt bei einer Kuh anstand. Für Emilia hatte ihr Job als Tierärztin immer Vorrang gegenüber ihren eigenen Vergnügungen, und im Allgemeinen war das für Coray kein Problem. Auch er musste immer mal wieder alles stehen und liegen lassen, um an einen Tatort zu eilen. Aber heute war ein besonderer Tag: Sie waren am Morgen bei der Frauenärztin zur ersten Ultraschalluntersuchung gewesen. Und Coray, der in fast jeder Situation gelassene Fahnder der Kriminalpolizei Graubünden, war völlig von den Socken gewesen, als er zum ersten Mal den Herzschlag seines ungeborenen Kindes gehört und das kleine Wesen auf dem Bildschirm gesehen hatte. Er war dermaßen gerührt gewesen, dass er verstummt war, weil er seiner Stimme nicht mehr trauen konnte. Gebannt hatte er auf den Monitor gestarrt und gespürt, wie ein neues, unbekanntes Gefühl von ihm Besitz ergriff. Ein Gefühl, dem er hilflos ausgeliefert war.

Emilia hatte ihn lächelnd betrachtet und dabei fest seine Hand gehalten. Als Tierärztin hatte sie unzählige Schwangerschaften und Geburten begleitet. Für sie war das alles kein Wunder, sondern schlichte Biologie. Egal ob das nun eine

Kuh, ein Pferd oder ein Mensch war. Sie freute sich zwar unbändig über ihre Schwangerschaft, machte jedoch keine große Sache daraus. Sie war erst in der zwölften Woche und lebte einfach so weiter wie bisher.

»Matti, sehe ich etwa plötzlich wie eine zerbrechliche Puppe aus?«, sagte sie, wenn er aus dem Haus stürzte, um ihr die Einkaufstasche abzunehmen, oder sie ängstlich musterte, wenn sie mit Juri herumtobte. Er fürchtete jedes Mal, dass der riesige schwarze Hund sie umwerfen und sie das Baby dabei verlieren könnte. Doch Emilia lachte ihn bloß aus und sagte ihm, er solle sich entspannen, sie spüre instinktiv, wann es zu viel werde.

»Merda!«, sagte er zu Juri gewandt. »Ich habe mir den Abend so schön vorgestellt.«

Das hatte der sonst eher nüchterne Coray tatsächlich. Und er hatte sich ganz schön ins Zeug gelegt. Im Dorf hatte er Käse, Brot und Bündnerfleisch besorgt, den Tisch vorbereitet und das Holz und die Kerzen angezündet. Weil Emilia derzeit keinen Alkohol trinken konnte, hatte er sich bei seiner Mutter sogar eine Wasserkaraffe mit silbernen Verzierungen ausgeborgt.

»Was ist denn in dich gefahren, bist du neuerdings unter die Romantiker gegangen?«, hatte seine Mamma gefragt und dabei belustigt ihre Stirn gekraust. Nun, das hatte er jetzt davon: Er saß allein am liebevoll gedeckten Tisch vor dem prasselnden Feuer und hatte miese Laune, während Emilia einmal mehr in einem Stall bei einer kalbenden Kuh ausharrte. Trotzig holte er eine seiner seltenen Zigaretten aus einer alten silbernen Schatulle und trat auf die schneebedeckte Terrasse hinaus. Wann, wenn nicht jetzt hatte er einen kleinen Trost verdient? Sinnend blickte er auf die kahlen, in der Dunkelheit nur zu ahnenden Äste der Büsche, an denen sich jetzt – Mitte Februar – noch lange keine Knospen zeigen würden. Juri nahm die Gelegenheit wahr und flitzte in den Garten hinaus, wo er sich begeistert im Schnee wälzte. Coray musste lachen, als er die Grunzlaute hörte, die Juri voller Wohlbehagen ausstieß. Er überlegte, ob er sich zusammen mit seinem Vierbeiner in den Schnee werfen sollte, als er im Wohnzimmer das Handy läuten hörte. In der Hoffnung, dass es Emilia war, die ihm mitteilen wollte, dass das Kalb da und sie auf dem Weg nach Hause war, sprintete er zum Tisch und schnappte sich das Telefon. Aber es war nicht Emilia, sondern seine Kollegin Katja Kurtz.

»Sag mir bloß nicht, dass jemand ermordet worden ist«, sagte er verdrossen.

»Was ist denn mit dir los, Matti, hast du schlecht gegessen?«

Statt einer Antwort schnaubte er ungehalten.

»Und nein, es ist niemand ermordet worden, es geht um eine Vermisstenanzeige«, sagte Kurtz ungerührt.

»Was haben wir damit zu tun?«

»Die Vermisste ist die Tochter von Oskar Candinas.«

Einen Moment lang herrschte Funkstille.

»Du meinst jetzt aber nicht ...«

»Doch, genau das meine ich. Es geht um Fanny, die siebzehnjährige Tochter unseres Superbankers aus Flims.«

»Merda! Gut, ich komme. Bist du schon unterwegs?«

»Ja, ich bin auf dem Weg zu seiner Villa. Ich schicke dir die Koordinaten aufs Handy. Wir treffen uns dort.«

»Okay, ich brauche eine knappe halbe Stunde.«

Rasch überprüfte er, ob die Scheibe des Cheminées sicher geschlossen war, und griff nach einem letzten Blick in das Wohnzimmer und in die Küche nach seiner dick gefütterten Winterjacke. Juri hatte schnell kapiert, dass die Party zu zweit vorbei war, und schlitterte voller Tatendrang über das Parkett zur Haustür. Zusammen traten sie in die Winternacht hinaus, und Coray öffnete die Hintertür seines alten Jeeps. Lautlos sprang der Neufundländer-Labrador-Mischling ins Auto, direkt in seine warm ausgepolsterte Hundebox. Vorsichtig manövrierte Coray den Wagen aus dem Carport heraus auf die Quartiersstraße. Ein Blick auf die Uhr zeigte ihm, dass es nach zweiundzwanzig Uhr war. Es hatte wieder zu schneien begonnen, und die Sicht war miserabel. Er pustete in die Hände, die Luft war eiskalt, und es würde dauern, bis die Heizung den Innenraum aufgewärmt hatte. Angespannt fuhr er auf die Via Principala und steuerte von seinem Wohnort Brigels hinunter Richtung Tal.

Auf der Hauptstraße war die Fahrbahn frisch geräumt, und er seufzte erleichtert auf. Seit einem Erlebnis auf dem Flüela hasste er es, auf schneebedeckten Straßen zu fahren. Nur höchst ungern dachte er an den Schreckensmoment zurück, als er kurz nach der Passhöhe die Kontrolle auf der spiegelglatten Fahrbahn verloren hatte und hilflos miterleben musste, wie sein Auto über die Gegenfahrbahn geschlittert und den Abhang hinuntergerauscht war. Neben ihm war seine damalige Freundin gesessen und hinten drin der damals junge Juri mitgefahren. Nachdem das Auto über die Fahrbahn gerutscht war, hatte es sich einen Moment lang quer zum Abhang gestellt, so als überlegte es sich, wie es da wohl am besten runterkäme. Im Innenraum hatte entsetztes Schweigen geherrscht, und er war sich einen Atemzug lang sicher gewesen, dass das Auto sich überschlagen würde. Seine größte Sorge hatte dabei seinem Hund gegolten. Würde Juri so etwas lebend überstehen? Schließlich war er nicht wie die Menschen mit einem Gurt gesichert. Nach einem endlos scheinenden Augenblick hatte sich die Front mit einem Laut, der ganz nach einem Seufzen tönte, nach vorn bewegt, und sie waren wie auf Kufen den Hang hinuntergeschlittelt. Durch den vielen Neuschnee fühlte es sich an, als surften sie über ein Wolkenmeer. Die Polizei war gekommen, und ein Kranwagen hatte das Auto bergen müssen. Aber es war nichts passiert, niemand war verletzt worden, und der Wagen hatte nicht einen einzigen Kratzer abbekommen.

Das Erlebnis war für Coray immer noch ein bisschen unwirklich, und er hatte es erfolgreich verdrängt. Doch so wie jetzt, wenn sich die Straßenverhältnisse von einem Moment auf den anderen dramatisch verschlimmern konnten, dann schien ihm, als klopfe ihm ein Schutzengel auf die Schulter und hebe mahnend den Zeigfinger.

Seine Scheinwerfer konnten das Schneetreiben kaum durchdringen, und er atmete tief durch, als er Dardin und Danis durchquert und endlich auf der Oberalpstraße angekommen war. Während er konzentriert durch die tanzenden Flocken fuhr, forschte er in seinem Hirn nach Informationen über Oskar Candinas.

Es gab wohl niemanden im Bündnerland – vielleicht in der ganzen Schweiz –, dem der Name Oskar Candinas kein Begriff war. Er war in Vals aufgewachsen und als sehr junger Mann der Enge seines Heimatdorfes entflohen. Nichts hatte ihn damals halten können, schon gar nicht die Bemühungen seiner Eltern, die wollten, dass er den Betrieb übernahm, den sie mühsam und unter großen persönlichen Entbehrungen aufgebaut hatten. Doch der junge Candinas hegte andere Vorstellungen, als sich um das Transportgeschäft in diesem »Kuhkaff«, wie er es nannte, zu kümmern. Seine Zukunftsträume bewegten sich in anderen Sphären. Er wollte Geld verdienen – viel Geld. Und er wollte Macht besitzen, Macht über Vermögen, Macht über Menschen und Macht über sein eigenes Schicksal.

Kaum hatte er die Schule beendet, war er nach Zürich und später nach London gezogen und hatte das Bankwesen von der Pike auf erlernt. Sein Plan war aufgegangen, er war schnell erfolgreich geworden und hatte sein Leben auf den internationalen Bühnen der Finanzwelt genossen. Er hatte erst spät in seinen Vierzigern geheiratet, und seine junge Frau Lydia hatte eine Tochter zur Welt gebracht. Dann hatte ein Skandal den Höhenflug des erfolgsverwöhnten Bankers abrupt beendet. Die sechzehnjährige Tochter eines Geschäftsfreundes hatte ihn wegen sexueller Übergriffe angezeigt. Einen Prozess hatte Candinas zwar mit Hilfe von viel Geld verhindern können, aber sein Ruf war dahin. Fassungslos musste er erleben, wie Türen sich schlossen, »Freunde« ihn nicht mehr kannten und er zum Paria geworden war. Er musste einsehen, dass dieses Leben vorbei war. Da besann er sich auf seine alte Heimat.

Wahrscheinlich dachte Candinas, dass er sich in der Surselva noch immer von der gemeinen Masse abheben würde, überlegte Coray, während er sich seinen Weg durch das Schneegestöber suchte.

Oskar Candinas war mit Frau und Tochter in eine Villa in Flims Waldhaus gezogen, hatte in Chur eine Privatbank eröffnet und sich Stück für Stück wieder einen Platz in der Finanzwelt erarbeitet. Allerdings war sein jetziges Leben bei Weitem nicht mehr so glamourös wie früher. Sein Radius beschränkte sich auf das Bündnerland, wo man eher geneigt war, ihm zu verzeihen. Er war trotz allem einer von ihnen. Und als er zurückgekommen war, hatte er – sozusagen als Eintrittsgeschenk – einen neuen Skilift für den Übungshang der Kinder finanziert.

»Schleimer«, murmelte Coray. Er freute sich schon auf die Reaktion von Kurtz, die kannte keine Gnade, wenn es um »gute Familien« ging. Wenn jemand erwähnte, der oder die komme aus einer »guten Familie«, fiel sie ihm hitzig ins Wort.

»Was bedeutet dieser Ausdruck?«, fragte sie jeweils. »Meinst du jetzt ›reiche Familie‹ oder was genau?«

Die Angesprochenen verstummten meist perplex und schauten Kurtz leicht verstört an. Die meisten wussten auch nicht so recht, was sie antworten sollten. Katja Kurtz konnte es nicht ausstehen, wenn Reichtum so viel Eindruck auf die

Leute machte, dass sie nur noch den äußeren Glanz wahrnahmen und nicht den Menschen. Sie ließ sich weder von Geld noch von Macht blenden – und schon gar nicht einschüchtern. Genau das war einer der Gründe, warum sie eine so großartige Polizistin war. Während Coray über sehr viel Einfühlungsvermögen verfügte, verschonte seine achtundzwanzigjährige Kollegin niemanden mit ihrem erbarmungslosen Urteil. Sie mussten *good cop, bad cop* gar nicht spielen, ihre Rollen ergaben sich von selbst.

Coray hatte trotz Schneetreiben, aber dank seines Navigationsgerätes die angegebene Adresse erreicht. Er brauchte sich um eine Parkmöglichkeit keine Gedanken zu machen – der Vorplatz vor dem Anwesen bot Platz für einen ganzen Fuhrpark. Kurtz wartete bereits in einem Dienstwagen. Als sie ihn kommen sah, stieg sie aus und kam mit wippendem Rossschwanz zu seinem Auto. Statt ihn zu begrüßen, stapfte sie zielstrebig auf die Hecktür zu und öffnete sie. Noch bevor sie ein Wort sagen konnte, war Juri begeistert über sie hergefallen und mit einem Satz aus dem Jeep gesprungen. Lächelnd sah Coray zu, wie die beiden im Schnee miteinander rangen. Der Riesenhund brauchte nicht lange, um Kurtz umzuwerfen und mit vergnügtem Bellen in die Schneefontänen zu springen, mit denen sie ihn bewarf.

Wie zwei Goofen, dachte er kopfschüttelnd. Bei Juri vergaß Kurtz jegliche Zurückhaltung. Die zwei liebten sich bedingungslos, und in ihren Augen konnte Juri nichts falsch machen. Ihm verzieh sie alles, während sie den Menschen gegenüber kompromisslos urteilte. Voller Schnee auf Kleidung, Haar und selbst im Gesicht, schickte sie Juri wieder in seine Box, ging um das Auto herum, öffnete die Beifahrertür und setzte sich zu Coray.

»Wie schön, dass du dich an mich erinnerst«, sagte er gespielt beleidigt und verschränkte die Arme vor der Brust.

»Natürlich, du bist doch der Typ, der Juri herumchauffiert«, antwortete sie, ohne mit der Wimper zu zucken.

Dann brachen sie beide in Lachen aus.

»Also, bevor wir jetzt da reingehen, was ist passiert?«, fragte er, als sie sich von ihrem Heiterkeitsausbruch erholt hatten.

»Ich weiß nicht mehr, als dass Fanny nicht wie abgesprochen nach Hause gekommen ist, die Eltern jetzt Panik schieben und darauf bestehen, dass sich die Polizei darum kümmert.«

»Ich bitte dich. Sie ist gerade mal seit ein paar Stunden zu spät dran, und wir von der Kriminalpolizei sollen bereits Nachforschungen anstellen? Die spinnen doch.«

»Die Anweisung kommt von ziemlich weit oben, du weißt, wie das läuft, wenn es um die Cervelat-Prominenz geht.«

Coray schnaubte in die Hände, die im stillstehenden Auto bereits wieder kalt wurden.

»Okay, dann lass uns reingehen und uns die Geschichte anhören.«

Sie stiegen aus dem Wagen und gingen auf das Haus zu. Wobei Haus nicht die richtige Bezeichnung war für das Anwesen, das heimelig beleuchtet vor ihnen lag.

Aber es war auch ganz anders, als Coray es erwartet hatte: Es war ein wunderschönes, altes, liebevoll renoviertes Gebäude. Ein Maissenhaus mit zwei angebauten kleineren Gebäuden. Eines beherbergte die Garage und das andere vielleicht ein Gästehaus, mutmaßte er. Das Ganze stand auf einem riesigen Grundstück, so wie es früher üblich und heutzutage für die meisten Leute nicht mehr bezahlbar war.

»Ist ja gar kein Klotzkasten«, sagte Kurtz und sprach damit seine Gedanken aus. »Passt gar nicht zu dem eitlen Typ und seiner aufgepimpten Tusse.«

Strafend sah er sie an und schüttelte den Kopf. »Das weißt du doch gar nicht. Du hast mal wieder Vorurteile, nur weil sie in der Bündner Schickeria verkehren.«

»Ich habe ein Recht auf meine Vorurteile.« Sie streckte trotzig ihr Kinn vor und stapfte auf die Haustür zu.

Er musste sich beeilen, sie einzuholen, bevor sie entschlossen die Klingel betätigte.

Keine drei Sekunden vergingen, und die Tür wurde so heftig aufgerissen, dass es durch den entstandenen Luftzug einen ganzen Schwall Schnee ins Hausinnere fegte. Im Türrahmen stand eine große, schlanke Frau in einer eleganten cremefarbenen Seidenbluse, schwarzen weit geschnittenen Hosen und schwarzen Samtballerinas mit einer Art Pompon aus Federn oder Fell. Coray bemerkte, wie seine Kollegin fasziniert auf das fluffige Accessoire starrte.

Lydia Candinas hielt sich nicht mit Begrüßungsworten auf. Sie packte Coray am Jackenärmel und zog ihn mit überraschend viel Kraft in den Flur. Dabei war es ihr egal, wie viel Schnee er an seinen Schuhen mit hineinbrachte.

»Hören Sie, meine Tochter ist seit Stunden verschwunden. Sie müssen sofort etwas unternehmen, einen Suchtrupp losschicken, Helikopter einsetzen, Suchhunde ...«

»Bitte, Frau Candinas, jetzt beruhigen Sie sich erst einmal«, sagte Coray und betrat zusammen mit Kurtz das Wohnzimmer. Den Mittelpunkt des mit rustikalen Holzdielen ausgelegten Raums nahm ein aus schwarzem Stein gemauertes Cheminée ein, in dem vergnügt die Flammen tanzten. Darum herum gruppiert war eine sandfarbene weiche Polstergruppe mit unzähligen kuschligen grauen Kissen. Auf dem hellen modernen Clubtisch stapelten sich Kochbücher, Zeitschriften und Zeitungen. All das zusammen ergab ein gemütliches, einladendes Ambiente. Aus einem der tiefen Polster erhob sich eine Gestalt und trat auf sie zu.

»Guten Abend, ich bin Oskar Candinas«, sagte der große grauhaarige Mann und schüttelte ihnen beiden die Hand.

Der Herr des Hauses war viel legerer gekleidet als seine Frau. Er trug ausgebleichte Jeans und einen braunen Kaschmirpullover. An den Füßen hatte er Pantoffeln, die ihre beste Zeit schon länger hinter sich hatten. Die Haare waren kurz rasiert, und er trug eine unauffällige Brille mit dunklem Gestell. Sein Händedruck war fest und der Blick aus den auffällig hellblauen Augen sympathisch.

Coray stellte sich und seine Kollegin vor. Dabei bemerkte er, wie zappelig Lydia Candinas war. Noch bevor er den Satz zu Ende sprechen konnte, fiel sie ihm ins Wort. Sie wiederholte ihre Forderungen und redete sich dabei richtig in Rage. Coray kam nicht umhin, ihre Schönheit zu bewundern. Unter dem dichten schwarzen Pony sprühten zornige Funken aus den smaragdgrünen, perfekt geschminkten Augen.

»So, jetzt ist gut, Frau Candinas. Jetzt setzen wir uns alle mal hin, und Sie erzählen alles schön der Reihe nach«, schnitt ihr Kurtz so bestimmt das Wort ab, dass sie tatsächlich abrupt verstummte und die karminrot bemalten Lippen wütend aufeinanderpresste.

Kurtz wandte sich Oskar Candinas zu, der seine Frau am Handgelenk gepackt und sie genötigt hatte, sich zu setzen.

»Also, warum sind Sie dermaßen in Sorge, nur weil Ihre Tochter noch nicht zu Hause ist? Fanny ist ein Teenager, da kommt das doch sicher öfter mal vor, dass sie die Zeit vergisst, oder etwa nicht?«

Lydia Candinas holte Luft, doch ihr Mann bedeutete ihr mit einer resoluten Handbewegung, dass sie schweigen solle. Ein wütender Blick traf ihn, doch er beachtete seine Frau nicht weiter.

»Das ist es ja«, antwortete er schließlich. »Fanny mag zwar ein wildes Mädchen sein, aber sie ist immer pünktlich. Immer. Und heute hatten wir abgemacht, dass sie um sieben Uhr zu Hause ist, denn heute ist unser Fondueabend. Einmal im Monat machen wir das, und Fanny ist verrückt nach Fondue. Es ist auch so eine Art Familienrat. Wenn wir etwas Wichtiges zu besprechen haben, tun wir das bei dieser Gelegenheit.

Sie würde diesen Abend niemals verpassen. Keiner von uns würde das.«

»Ist es noch nie vorgekommen, dass Ihre Tochter zu spät von einer Party oder vom Sport oder aus der Schule kam?«, hakte Coray nach.

»Doch, natürlich kann sie sich mal verspäten, aber dann sagt sie uns Bescheid. Ausnahmslos«, bekräftigte Candinas. »Wir lassen ihr sehr große Freiheiten, aber in dieser Frage sind wir strikt. Es ist ein simpler Deal: Sie hält sich an diese eine Abmachung, dafür lassen wir sie an der langen Leine.«

Du meine Güte, dachte Coray, das tönt ja wie in der Hundeschule. Aber es stimmte, auch Juri hatte all seine Freiheiten nur, weil er gelernt hatte zu gehorchen und Coray sich blind auf seinen Vierbeiner verlassen konnte.

»Was hat Fanny denn heute gemacht?«, fragte Kurtz und wandte sich Lydia Candinas zu.

»Sie ist zur Schule gegangen, hatte anschließend Kletterunterricht und sollte dann nach Hause kommen.«

»Wo geht sie in die Schule?«

»Sie besucht das Privatgymnasium Plaun in Chur. Ich habe ihr immer wieder angeboten, sie im Auto mitzunehmen, das würde ihr viel Zeit sparen. Aber das will sie nicht. Sie macht lieber den Umweg mit dem Postauto nach Ilanz und von dort mit dem Zug nach Chur.«

Candinas schüttelte verständnislos den Kopf und fügte an, dass seine Tochter diesen Weg nur auf sich nehme, um im Zug mit ihren Freundinnen tratschen zu können.

»Ach, ich bitte dich, Oskar, das ist doch ganz normal in diesem Alter«, sagte Lydia Candinas.

»Und heute war das auch so? Fanny ist zur gleichen Zeit wie sonst aus dem Haus? Und sie war nicht irgendwie aufgeregt oder anders als sonst?«, bohrte Kurtz nach.

»Nein, sie hat gefrühstückt wie immer und in der üblichen Geheimsprache von Teenagern mit ihrer besten Freundin telefoniert, als sie aus dem Haus eilte«, antwortete Lydia Candinas.

»Sie hatte ihr bestimmt unglaublich Wichtiges mitzuteilen, schließlich haben sie sich seit gestern Abend nicht mehr gesehen.« Das kam unüberhörbar ironisch aus Oskar Candinas' Mund.

»Beste Freundin?«, horchte Coray auf. »Wer ist das?«

»Sie heißt Flora und geht mit Fanny in dieselbe Klasse. Die beiden sind seit Jahren unzertrennlich«, sagte Lydia Candinas. »Ich habe auch sie sicher schon ein Dutzend Mal angerufen, aber sie geht weder ran noch ruft sie zurück. Und das passt überhaupt nicht zusammen. Manchmal ist sie bei unseren Fondueabenden dabei. Heute war sie ebenfalls eingeladen, und ich weiß, dass sie sich darauf gefreut hat. Es war abgemacht, dass sie hier bei uns übernachten würde.«

Hilflos brach sie ab und zerknüllte einen bunten Seidenschal zwischen ihren bebenden Händen.

Bis jetzt war Coray davon ausgegangen, dass sie eine verwöhnte Göre suchten, die nicht wirklich vermisst wurde, sondern einfach beschlossen hatte, noch irgendwo mit Freunden hinzugehen, oder was Teenager sonst so zu tun pflegten. Nun kamen ihm ernsthafte Zweifel an dieser Version. Das alles war nicht so, wie er es erwartet hatte. Ein ungutes Gefühl beschlich ihn, und er schaute unauffällig zu seiner Kollegin hinüber. Sie hatte ihre Stirn in Falten gelegt und schien angestrengt nachzudenken.

Katja geht es auch so, registrierte er, sie spürt die Bedrohung ebenfalls. Ein schneller Blick aus ihren Augen bestätigte ihm, dass auch sie sich ernsthafte Sorgen zu machen begann.

»Sie sagten etwas von Klettern«, fuhr Kurtz fort, ohne sich gegenüber dem Paar ihr Unbehagen anmerken zu lassen. »Meinten Sie damit, dass Fanny in einen Kurs geht?«

»Sie ist verrückt, was das Klettern angeht«, antwortete Candinas kopfschüttelnd. »Mit Flo – so nennen wir Flora –

hat sie gar waghalsige Touren gemacht. Selbstredend ohne Begleitung. Wir haben erst jeweils im Nachhinein davon erfahren, wenn sie uns strahlend ihre Selfies von einer Bergspitze gezeigt haben. Und nein, es war nie gefährlich, da wären auch Kinder raufgekommen, haben sie uns jedes Mal grinsend versichert. Da haben wir uns gedacht, wenn sie schon in die Berge wollen, dann wenigstens mit den bestmöglichen Voraussetzungen. Wir haben beide in einen Weiterbildungskurs für Technik und Sicherheit geschickt.«

»Sie meinen, im Kletterzentrum ›Gian e Giachen‹ in Chur?«, fragte Kurtz.

Coray wusste, dass sie selbst dort zum Bouldern ging. Denn auch für Kurtz konnte es nicht hoch genug, weit genug und vor allem nicht schnell genug gehen. Manchmal standen ihm die Haare zu Berge, wenn sie ihn auf ihrer rasanten Maschine mit einer lässigen Handbewegung überholte und sich so steil in die nächste Kurve legte, dass er erwartete, sie jeden Moment zerschmettert vor sich auf der Fahrbahn liegen zu sehen. Er sagte ihr immer wieder, dass sie ihren Schutzengel irgendwann überstrapazieren werde. Und wusste schon im Voraus, dass sie seine Bedenken mit einem Lachen abtun würde. Nein, seine Kollegin war keine, die sich Sorgen machte. Einen Moment lang dachte er an die Nacht vor ein paar Monaten zurück. Da hätte er sie beinahe verloren. Und es wäre seine Schuld gewesen. Ihr Leben hatte nicht an einem Faden, aber an einem Seil gehangen. Damals hatte er sie retten können. Doch er machte sich nichts vor: Katja Kurtz würde auch weiterhin auf der Überholspur des Lebens unterwegs sein. Und es gab nichts, was er dagegen tun konnte.

»Ja, genau«, unterbrach Candinas seinen geistigen Abstecher in die Vergangenheit. »Aber die wissen nichts, da haben wir bereits angerufen. Die Mädchen waren dort und haben das Zentrum um sechs Uhr verlassen.«

»Und bei diesem Schneesturm sind sie sicher nicht noch irgendwohin gegangen«, ergänzte Lydia Candinas. »Man sieht ja kaum die Hand vor den Augen.«

Da war sich Coray nun nicht so sicher. So wie er Fanny aus den Erklärungen ihrer Eltern einschätzte, war so ein kleiner Blizzard genau nach ihrem Geschmack.

»Wie würden Sie Fannys Freundin Flora denn beschreiben?«, fragte er.

»Oh, Flo ist viel vernünftiger«, beteuerte Lydia Candinas. »Sie überlegt, bevor sie redet, und denkt, bevor sie handelt. Ganz anders als unsere Tochter, die einfach alles ausprobieren muss. Darum sind wir ja auch so froh, dass die beiden immer zusammen unterwegs sind. Dann passt wenigstens Flo auf Fanny auf.«

Mit einem kurzen Blick verständigten sich Coray und Kurtz untereinander. Sie mussten der Geschichte nachgehen. Da stimmte tatsächlich etwas nicht. Nachdem sie sich alle relevanten Telefonnummern hatten geben lassen, versicherten sie den besorgten Eltern, dass sie die Suche nach ihrer Tochter sofort in die Wege leiten würden.

Als sie in die Dunkelheit hinaustraten, hatte es aufgehört zu schneien. Sterne blinkten ungerührt von den Nöten der Menschen zwischen Wolkenfetzen hervor, und das kalte Licht des Mondes überzog den Schnee mit einem matten Schimmer. Es war merklich wärmer geworden.

Eigentlich ist es eine wunderschöne Nacht in den Bergen, dachte Coray. Und doch spürte er einen dunklen Schatten über seine Seele kriechen. Eine kalte Hand, die nach ihm griff. Er erschauerte und schickte die finsteren Vorahnungen entschieden zum Teufel.

»Das gefällt mir nicht.«

Der Blick, mit dem Kurtz ihn ansah, verstärkte seine Beklommenheit.

»Wir lassen Fannys Handy orten. Und auch das ihrer Freundin.«

»Okay. Fahren wir auf den Posten nach Chur und organisieren dort alles. Aber vorher lassen wir noch schnell Juri raus.«

Auch wenn unterdessen Mitternacht vorbei war – für einen Spaziergang war der sechsjährige Hund immer zu haben. Als Coray die Tür öffnete, sprang er in einem eleganten Bogen hinaus und schnüffelte interessiert einer unsichtbaren Spur nach. Nachdem er sein Geschäft erledigt hatte, kehrte er um und beeilte sich, zurück in seine warme Höhle zu kommen.

Wie immer, wenn es pressierte, schwang sich Kurtz entschlossen hinter das Steuer. In solchen Momenten konnte sie die besonnene Fahrweise ihres Kollegen nicht ertragen, dann wollte sie Gas geben.

»Okay«, sagte Coray, »das heißt dann wohl, dass dein Wagen hierbleibt. Ich sag Willi Bescheid, der kann ihn morgen früh nach Chur mitnehmen.«

Willi war ein Kollege, der in Flims wohnte und normalerweise mit den öffentlichen Verkehrsmitteln zur Arbeit fuhr.

»Das wird ihm gefallen, mit dem Dienstwagen zu fahren. Wahrscheinlich wird er mit Sirene und Blaulicht durch die Gegend brettern.« Verwegen trat sie aufs Gaspedal und schlitterte spielerisch über den Platz.

»Beherrsch dich. Ich will nicht jung sterben, nur weil du ein Geschwindigkeitsjunkie bist.«

»Nun ja, erstens bist du mit deinen über vierzig Jahren auch nicht mehr der Jüngste und zweitens: Hast du dir auch nur ein Mal ein Haar gekrümmt als mein Beifahrer?«

Boshaft grinste sie zu ihm hinüber. Sie wusste genau, dass sie ihn mit seinem Alter foppen konnte.

»Frechdachs, fahr los.«

Der Straßendienst hatte ganze Arbeit geleistet. Trotz der nächtlichen Stunde war die Fahrbahn frisch vom Schnee geräumt, und das Salzen sowie die Temperatur knapp über null hatten verhindert, dass sie gefrieren konnte. Trotzdem fuhr Kurtz in für ihre Verhältnisse gemäßigtem Tempo. Coray seufzte erleichtert auf. Auf dem Weg nach Chur hinunter griff er in seine Tasche, um die Kollegen, die Nachtdienst schoben, zu informieren. In diesem Moment läutete sein Handy.

»Das ist sicher Emilia«, sagte er und warf einen Blick auf das Display. Aber es war nicht seine Lebensgefährtin. Es war seine Chefin. Überrascht schaute er zu seiner Kollegin. Wenn Major Annabelle Cathomas um diese Zeit anrief, war das kein gutes Omen. Mit leiser Befürchtung nahm er den Anruf entgegen. Wortlos hörte er zu, seine Augen weiteten sich ungläubig. Schließlich ließ er das Handy sinken.

»Was ist los? Ist Fanny aufgetaucht?«

»Sie haben zwei tote junge Frauen gefunden. Direkt unterhalb des Baumwipfelpfads. Du musst umkehren, wir fahren sofort hin.«

ZWEI

Schweigend raste Kurtz die Strecke Richtung Flims wieder hinauf. Für den Weg von Tamins benötigten sie keine Viertelstunde, aber für Coray fühlte es sich an wie eine halbe Ewigkeit. Mit verknoteten Magennerven hielt er sich krampfhaft am Türgriff fest und starrte gebannt auf die Straße vor ihnen. Jetzt bloß kein Hindernis auf der Straße, betete er stumm. Kein Hirsch, kein Wolf, kein Auto und schon gar kein Mensch. Er wusste, dass seine Kollegin eine sichere Fahrerin war, aber wenn sie jetzt abrupt bremsen müsste – nicht auszudenken.

»Atmen, Matti, atmen. Keine Angst, ich habe alles im Griff.«

»Na, dann ist ja gut. Warum nur glaube ich dir das nicht?« Die letzten Worte hatte er vor sich hin gemurmelt. Als sie das Portal des Tunnels Crap da Flem erreicht hatten, jagte sie den Wagen in halsbrecherischem Tempo über die knapp drei Kilometer trockene Fahrbahn im Inneren. Coray schloss die Augen. Als er sie wieder öffnete, war das Tunnelende direkt vor ihm, und Kurtz drosselte die Geschwindigkeit. Nicht lange und der Kreisel mit der Tankstelle, wo er sich schon so manches Sandwich geholt hatte, kam in Sicht. Vorsichtig steuerte Kurtz den Wagen an der ersten Ausfahrt auf die Via Murschetg Richtung Rocksresort. Die moderne, luxuriöse Überbauung aus grauen Steinquadern hatte Coray in ihrer Schlichtheit schon immer gefallen. Doch heute hatte er keinen Blick für die Bauten. Vor dem »Laaxerhof« bremsten sie, wobei sich Kurtz aus Rücksicht auf Juri beherrschen konnte und einen einigermaßen sanften Stopp hinlegte.

»Du bleibst hier, Juri«, sagte Coray in den hinteren Teil des Wagens. Der Hund hob nur müde die Lider. Er wusste aus Erfahrung, wenn bei seinen Menschen eine solche Angespanntheit herrschte, war seine Anwesenheit nicht gefragt. Er rollte sich zusammen und schloss mit einem vernehmlichen Seufzer die Augen. Coray und Kurtz ließen das Auto stehen und spurteten los Richtung Baumwipfelpfad, der direkt hinter dem Resort lag. Inmitten der Wohnblöcke war ein Platz, der von teuren Geschäften gesäumt war. Er sollte wohl so was wie einen Dorfplatz imitieren. Doch um diese Zeit war kein Mensch unterwegs, nur in einzelnen Wohnungen brannte noch Licht.

Im Laufschritt begingen sie die Holzbrücke, die über einen kleinen, fast vollständig von Schnee überdeckten Bach führte. Vor ihnen erhob sich der siebenunddreißig Meter hohe Turm Murschetg. Durch ihn hinauf gelangte man auf den Baumwipfelpfad. Eine kühne Konstruktion, die sich wie ein riesiger Zapfenzieher in den Nachthimmel schraubte. In diesem Schneetreiben sah der Aufstieg zum »Senda dil Dragun« – also zum »Weg des Drachens« – ein bisschen aus wie der Übergang in eine andere Welt. Mit seinen 1,56 Kilometern gilt er als der längste Baumwipfelpfad der Welt. Coray kannte den Pfad, der mit zahlreichen Attraktionen aufwartet. Es ist nicht einfach ein »Spaßpfad« für Kinder – der Weg hoch über den Bäumen ist gespickt mit Informationen. So werden zum Beispiel der Flimser Bergsturz vor rund neuntausendfünfhundert Jahren und seine Folgen ausführlich beschrieben. Auch erfährt der Besucher nicht nur die Namen und Höhen der umliegenden Berggipfel, sondern unter anderem, dass Berlin siebenhundert Kilometer entfernt liegt. Der Höhepunkt ist jedoch die dreiundsiebzig Meter lange, spiralförmige Rutschbahn, die einen wahrhaft rasanten Abgang vom Turm ermöglicht.

Vor dem Eingang, der nachts gesichert war, war ein Ranger, der offensichtlich in aller Eile aus dem Bett geholt worden war. Sein Haar stand wirr vom Kopf ab, und er trug weder

Handschuhe noch Winterstiefel. Schlotternd stand er in seinen Sneakers vor ihnen und öffnete eilfertig die elektronische Barriere, nachdem er einen flüchtigen Blick auf ihre Polizeiausweise geworfen hatte.

»Guten Abend«, sagte er und sah die beiden mit weit aufgerissenen Augen an. Coray wusste, dass er darauf brannte, sie zu fragen, was denn passiert sei. Doch der junge Mann schaffte es, sich diese Frage zu verkneifen.

Coray und Kurtz grüßten zurück, dann schauten sie sich die Konstruktion des Eingangs an. Direkt hinter der elektronischen Barriere sicherte ein Tor aus Maschendrahtzaun, das jetzt allerdings offen stand, den Eingang.

»Mit etwas Wagemut und sportlichem Geschick dürfte es ein Leichtes sein, dieses Tor zu überwinden«, mutmaßte er.

»Da kommt sogar ein fitter Senior rüber«, pflichtete sie ihm bei, und einen Moment lang befürchtete er, sie würde sich auf der Stelle auf das Geländer hochschwingen.

Sie wandten sich wieder dem Ranger zu.

»Ist es schon vorgekommen, dass sich Leute hier unbefugt Zutritt verschafften?«, fragte Kurtz.

»Ja, das passiert tatsächlich ab und zu«, antwortete der Ranger, der sich als Jürgen Möller vorgestellt hatte. »Feiernde Jugendliche steigen auf die schmale Holzbrüstung auf der Seite, halten sich am Zaun fest und umgehen so das Tor. Aber eigentlich passiert das meist im Sommer.«

Kurtz betrachtete wieder das Eingangstor.

»Der Schnee auf der Brüstung ist unberührt, da ist niemand darübergegangen«, sagte sie.

»Ja, sehe ich auch so. Gehen wir rauf«, sagte Coray. »Bevor wir zu den Leichen gehen, will ich mir von oben einen Überblick verschaffen.«

»Kommen Sie, ich bringe Sie rauf«, sagte Möller und ging voraus zum Lift, der sie mühelos auf den Turm hinaufbringen würde.

»Danke, ich gehe zu Fuß«, erwiderte Coray und ging an Möller vorbei zur Treppe. Dieser schaute ihm verwundert hinterher. Coray pflegte ein klaustrophobisches Verhältnis zu engen Räumen im Allgemeinen und Aufzügen im Besonderen. Lieber kämpfte er sich über die verschneiten Stufen der Wendeltreppe hinauf. Entschlossen machte er sich an den Aufstieg und hörte noch, wie Kurtz Möller anwies, den Eingang zu sichern, niemand Unbefugten durchzulassen, schon gar nicht die Presse.

Coray hielt sich am eisigen Stahlgeländer fest und stapfte Stufe um Stufe die Holztreppe hinauf. Ein kalter Wind war aufgekommen und blies ihm gnadenlos ins Gesicht. Nicht lange und er hörte seine Kollegin hinter sich. Im Gegensatz zu ihm, der auf den letzten Höhenmetern ordentlich keuchen musste, schien sie mühelos die Treppe hinaufzutanzen.

»Sag jetzt bloß nichts betreffend mein Alter«, knurrte er und überwand den letzten Absatz.

»Würde ich nie wagen.«

Auch ohne sie anzuschauen, wusste Coray, dass sie breit grinste.

Als sie auf der Plattform ankamen, sahen sie sich einer gespenstischen Szenerie gegenüber. Uniformierte Polizisten mit Taschenlampen leuchteten in die Tiefe. Hier, an der höchsten Stelle des Pfades, ging es rund dreißig Meter senkrecht hinunter. Zwei Körper lagen halb von Schnee zugeweht neben einer Tannengruppe, ein paar Meter unterhalb eines Spazierweges. Auf dem Weg war eine Frau mit drei Hunden, die sich bemühte, die aufgeregten Tiere an der Leine zu beruhigen. Zwei Polizisten standen bei ihr. Gefrorener Atem stieg als weiße Wolke über ihnen auf. Es war wieder merklich kälter geworden.

»Hallo, Gion«, begrüßte Coray einen der Beamten auf der Plattform. »Kannst du mich kurz briefen?«

»Hallo, Matti. Ja, viel gibt es nicht zu erzählen: Die Frau

war mit den Hunden auf ihrem Nachtspaziergang. Sie ist Hundesitterin und geht oft zu dieser Zeit noch mit ihnen raus, weil da niemand mehr unterwegs ist und sie die Tiere frei laufen lassen kann. Einer der Hunde ist plötzlich vom Weg abgehauen. Sie ist ihm hinterher, weil sie Angst hatte, dass er ein Wild jagen könnte. Doch er ist nach Kurzem stehen geblieben und hat gebellt wie verrückt. Als sie bei ihm ankam, stand er vor der Leiche, die da weiter oben liegt.«

Er zeigte auf den Körper, der nur wenige Meter unterhalb des Weges lag.

»Sie hat versucht, den Hund an die Leine zu nehmen, doch er ist immer wieder um die Tote herumgesprungen. Plötzlich ist er wieder los und zu der zweiten Leiche etwas weiter unten gelaufen. Als die Frau realisiert hat, was da im Schnee liegt, hat sie sofort zum Handy gegriffen und die Polizei gerufen.«

Coray und Kurtz sahen sich an. Sie dachten das Gleiche.

»Das wird ein Alptraum für die Spurensicherung«, sagte sie mit Blick auf das Chaos unter ihnen.

Er nickte. »Und hier oben sieht es nicht besser aus.«

Auch auf der Plattform waren sämtliche Spuren zertrampelt. Die Schuhabdrücke konnten nicht mehr voneinander unterschieden werden. Wenigstens hatten sich die Beamten bemüht, die schmale Brüstung nicht zu berühren.

»Das ist ein Nebeneingang«, fuhr Gion weiter und zeigte auf einen kurzen Pfad, der ebenfalls an einer Pforte endete. »Er ist als Zugang für Rettungsfahrzeuge gedacht, wenn ein Notfall auf dem Pfad eintrifft. Und so wie es aussieht, sind dort Leute auf die Brüstung geklettert, haben das Tor umgangen und sind so auf den Baumwipfelpfad gelangt.«

Coray und Kurtz hörten den Erklärungen von Gion zu.

»Es könnte alles sein«, sagte Coray, »ein Unfall, Suizid oder aber Mord.«

»So eine verdammte Scheiße«, fluchte Kurtz. »Ich nehme

jetzt mal an, es sind die vermissten jungen Frauen, die da unten liegen. Stell dir mal diese Tragödie vor.«

Coray wollte noch nicht so weit denken. Er ratterte in Gedanken die Checkliste runter, die abgehakt werden musste.

»Was ist mit Krankenwagen und Spurensicherung?«

»Sind unterwegs, auch Isidor sollte jeden Moment kommen.«

Mit Isidor meinte der Polizist Isidor von Planta, den Chef der Rechtsmedizin in Chur. Ein erfahrener, manchmal etwas eitel und überheblich auftretender Mann, der jedoch ein scharfsinniger und präzise arbeitender Mediziner war. Niemand konnte sich an einen Fall erinnern, wo sich Isidor von Planta geirrt hätte. Oder etwas übersehen hätte. Er genoss weit über die Landesgrenze hinaus einen phänomenalen Ruf und wurde immer wieder als Redner an Kongresse im Ausland eingeladen.

»Gut, danke, Gion. Schaust du bitte, dass hier niemand an der Brüstung Spuren zerstören kann. Wir gehen runter.«

Gion nickte ihm zu und drehte sich wieder zu seinen Kollegen um, die frierend auf weitere Anweisungen warteten. Coray und Kurtz gingen die kurze Strecke zur Treppe zurück und begannen schweigend mit dem Abstieg. Unten hielt Möller tapfer die Stellung. Um sich ein bisschen Wärme zu verschaffen, joggte er auf der Stelle, blieb jedoch abrupt stehen, als er die beiden sah.

»Es ist niemand gekommen«, informierte er sie.

»Okay, halten Sie es noch ein bisschen aus hier? Es kommt gleich einer der örtlichen Polizisten runter und löst Sie ab. Sie müssten sich allerdings noch für Fragen zur Verfügung halten.«

»Jaja, kein Problem. Ich bleibe hier.«

Als sie nach dem Überqueren der kleinen Holzbrücke wieder auf den »Dorfplatz« hinaustraten, kurvte Frau Major

Annabelle Cathomas auf sie zu und stoppte kurz vor ihnen den Dienstwagen. Irritiert fragte sich Coray, wie sie es geschafft hatte, die Barriere zu umgehen. Der ganze Platz war autofrei. Anderseits wusste er, dass es für seine Chefin so etwas wie Hindernisse nicht gab. Das waren höchstens kleine Herausforderungen für sie. Aber dass sie mitten in der Nacht zu einem Tatort kam, hatte Seltenheitswert. Die Situation musste selbst für die Leiterin der Kripo etwas Außerordentliches sein. Schwungvoll stieg sie aus dem Wagen. Perfekt geschminkt, mit blitzenden Diamanten an den Ohrläppchen, hohen, warmen Stiefeln, einer sicher saumäßig teuren Jacke und Lederhandschuhen stand sie vor ihnen und schaute ihnen mit einem Blick aus ihren Gletscheraugen entgegen. Sie wurde nicht grundlos die Eisprinzessin genannt. Ihr Auftritt verunsicherte viele – bevor sie überhaupt etwas sagte. Trotzdem genoss sie bei ihren Untergebenen großes Ansehen und Rückhalt. Denn sie wussten alle, dass Cathomas entschlossen hinter ihnen stand, wenn es nötig war. Fast wäre Coray strammgestanden. Irgendwie überkam ihn immer dieses Verlangen, wenn er der Frau Major begegnete. Sie war auch die einzige Person, der gegenüber sich Katja Kurtz so etwas wie respektvoll verhielt. Und das wollte etwas heißen. Kurtz war berüchtigt für ihre direkte Art. Egal wer oder was sich ihr in die Quere stellte, sie ging es stets so an, als sei ihr das Gefühl von Furcht oder Unsicherheit völlig unbekannt. Sie verachtete Feigheit zutiefst und fand selbst Diplomatie überbewertet.

»Also, Coray, was ist hier passiert?«

Wie üblich hielt sich Cathomas nicht mit Begrüßungen auf. Weder bei Begegnungen noch am Telefon. Unterdessen war ihm diese Art so vertraut, dass er sich sehr gewundert hätte, wenn sie ihn plötzlich mit Handschlag begrüßt hätte. Auch er kam direkt zur Sache.

»Zwei junge Frauen sind tot unter dem Baumwipfelpfad

aufgefunden worden. So wie es aussieht, sind sie vom Pfad, gleich nach dem Turm Murschetg, gestürzt. Sie sind wohl beim Nebeneingang auf die Brüstung gestiegen, um das Tor zu umgehen. Was dort oben geschehen ist, wissen wir noch nicht. Es könnte sich um einen Unfall, um Suizid oder auch um Mord handeln.«

»Steht es fest, dass es sich um Fanny und Flora handelt?«

»Eine eindeutige Identifikation steht noch aus. Wir wollten eben hinauf auf den Spazierweg, um von dort zum Fundort der Leichen zu gelangen.«

»Gut, kommen Sie, steigen Sie ein, wir fahren gemeinsam zum Waldweg hoch.«

Sie hielt inne und sah Coray scharf an.

»Sie haben nicht etwa Ihren Hund im Auto, bei dieser Kälte.«

Cathomas pflegte ein etwas seltsames Verhältnis zu Juri. Stets tat sie so, als ob sie Hunde nicht leiden könnte, aber alle wussten, dass sie ihn heimlich zu sich ins Büro holte, wenn sein Besitzer ihn allein lassen musste. Und dort fütterte sie ihn mit Leckereien, die sie in einer Schublade in ihrem Schreibtisch hortete. Durch die Tür hörte man sie dann mit gurrender Stimme zu Juri sprechen. Wahrscheinlich hockte sie dabei auf dem Boden und knuddelte ihn. Die Chefin war eine schwer zu fassende Persönlichkeit.

»Doch, er ist im Auto, aber es geht ihm bestens«, antwortete Kurtz an seiner Stelle.

»Wie kann es ihm gut gehen? Der friert doch.«

»Nein, Frau Major, er ist in seiner warm ausgekleideten Box und pennt.«

Damit stieg Kurtz kurzerhand auf den Beifahrersitz, und Coray beeilte sich, hinten im Wagen einzusteigen.

»Na gut, wenn Sie meinen.«

Etwas zögernd stieg Cathomas hinter das Steuer. Die Fahrt dauerte nur ein paar Minuten. Auf dem Spazierweg angekommen, gab es kein Durchkommen mehr. Hier war natürlich noch keine Schneeräumungsequipe am Werk gewesen. Sie mussten zu Fuß weiter. Als sie die Türen öffneten, trafen eben die Leute von der Spurensicherung ein. Und auch der Rechtsmediziner reihte sich in die Fahrzeugkolonne auf dem Sträßchen ein.

»Verdammt, das ist jetzt nicht euer Ernst, dass wir unsere Ausrüstung durch den Schnee schleppen müssen«, schimpfte einer der Beamten. In seinem weißen Schutzanzug sah er aus wie von einem anderen Stern. Als er Cathomas erkannte, hielt er schlagartig inne.

»Ist das ein Problem für Sie?«, fragte sie den Mann mit eisiger Miene.

»Nein, nein, geht schon. Alles gut. Ich hole nur noch die Stirnlampen raus.«

Die Männer und Frauen holten ihre Gerätschaften aus dem Dienstwagen und marschierten schweigend davon. Das Licht der Taschenlampen der Polizisten am Fundort wies ihnen den Weg. Isidor von Planta war unterdessen ebenfalls ausgestiegen. Der annähernd zwei Meter große und nicht gerade schlanke Mann sah aus wie ein miesepetriger Bär. Er hatte sich eine fellgefütterte Holzfällermütze mit Ohrenklappen über den riesigen Schädel gestülpt. Auch Mantel und Stiefel sahen aus, als verbringe er seine Tage als Jäger in der russischen Tundra. Bei seinem Anblick mussten sich Coray und Kurtz ein Lachen verbeißen, nur Cathomas zuckte mit keiner Wimper.

»Sie hier?«, fragte von Planta und sah Cathomas irritiert an. »Dann muss es sich ja um eine Mordsgeschichte handeln.«

Er kicherte über seinen Witz – allerdings war er der Einzige, der lachte.

»Na, von Planta, freut mich, dass Sie so guter Laune sind. Die werden Sie brauchen, wenn Sie sich jetzt durch Schneewehen zum Fundort durchgraben müssen.«

Die beiden waren wie Hund und Katze, wenn sie aufeinandertrafen. Aber die Geplänkel waren Show. Im Grunde mochten und respektierten sie sich sehr.

Noch immer kichernd stapfte der Rechtsmediziner davon. Heute schien er wirklich gut drauf zu sein, wenn er nämlich etwas hasste, dann war es körperliche Anstrengung. Sport jeglicher Art verabscheute er, da hielt er es ganz mit Winston Churchill. Ein gutes Essen und guten Wein hingegen wusste er durchwegs zu schätzen. Verdutzt schauten die drei ihm nach, nahmen dann ebenfalls Taschenlampen mit und folgten dem Aufmarsch. Es war ein gespenstischer Zug, der sich da mitten in der Nacht durch die Dunkelheit und den Schnee kämpfte. Selbst von Planta war verstummt und schaute, dass er nicht vom Weg abkam. Aus den Mündern der schweigenden Menschen stieg der Hauch wie Dampf gegen den schwarzen Himmel. Es dauerte nur wenige Minuten, bis sie auf dem Weg oberhalb der Fundstelle der Leichen angekommen waren. Die Scheinwerfer, welche die Kriminaltechniker rasch aufgestellt hatten, warfen ihr grelles Licht auf die Szenerie unterhalb des Pfades.

Die zwei Gestalten lagen etwa fünf Meter auseinander. Die eine etwas unterhalb der anderen. Trotz der Distanz waren die Körper einander zugewandt, geradeso, als lägen sie nahe beieinander. Als würden sie sich ansehen. Als müssten sie einander noch etwas Wichtiges erzählen. Schnee lag wie eine dicke Puderschicht über ihnen und verlieh den beiden Gestalten etwas Verlorenes, etwas Kaltes. Als wären hier zwei Schmetterlinge in den Schnee abgestürzt, sinnierte Coray und spürte eine unglaubliche Traurigkeit in sich aufsteigen. Was für eine Tragödie! Er mochte sich nicht annähernd vorstellen, was auf die Familien und die Freunde dieser beiden jungen Frauen zukommen würde. Er hatte schon immer über viel Empathie – zu viel, wie Kurtz behauptete – verfügt und sich schwergetan mit seinen Gedanken über die Hinterbliebenen.

Seit Emilia schwanger war, hatten sich diese Gefühle eher intensiviert, seine Ängste um seine Liebsten verstärkt. In einer einzigen Sekunde konnte sich das Leben in eine Katastrophe verwandeln. Eben noch schillernd in den prächtigsten Farben eine wundervolle Zukunft verheißend – und dann platzte diese wie eine Seifenblase, in die ein Kind lachend seinen kleinen, dicken Finger gesteckt hatte. Zurück blieben die Menschen, die eben noch mit leuchtenden Augen an ein glänzendes Morgen geglaubt hatten, in absoluter Hoffnungslosigkeit und Leere.

Hör auf mit diesem Mist, rief er sich zur Ordnung. Du bist Polizist und nicht Philosoph! Er blickte seine Kollegin an, in der Hoffnung, dass sie mit ihrer üblichen Schnoddrigkeit die Dunkelheit in seiner Seele vertreiben möge. Doch Katja Kurtz schien für einmal verstummt. Mit zusammengekniffenen Lippen und versteinertem Gesicht starrte sie auf das Szenario. Selbst Isidor von Planta schien erschüttert ob dem surrealen Bild, das sich ihnen bot. Einzig Kripochefin Annabelle Cathomas ließ ihren Blick mit unbewegter Miene über den Tatort schweifen. Dann stieg sie zusammen mit von Planta in Richtung der Leichen.

»Wir befragen jetzt mal diese Hundesitterin, dann können die Kollegen in Ruhe arbeiten«, sagte Coray.

Zusammen mit Kurtz ging er zu der etwa Fünfzigjährigen, die geduldig mit ihren drei Vierbeinern wartete. Zum Glück handelte es sich bei allen um robuste Exemplare, denen der ungeplante Aufenthalt in der nächtlichen Kälte nichts auszumachen schien. Als die Frau die beiden Gestalten erblickte, kam sie eilfertig auf sie zu und hielt ihnen die Hand hin.

»Buna sera, ich bin die Ursina. Ich habe die Leichen entdeckt, also eigentlich war es Balou, dieser braune Labrador hier. Er geht sonst auch ohne Leine immer an meiner Seite, aber heute muss er einen speziellen Geruch in die Nase bekommen haben, dass er einfach losgerannt ist, obwohl ich ihn zurückgerufen habe. Sie müssen wissen –«

»Stopp, stopp, stopp«, unterbrach Kurtz mit einer Handbewegung den Redeschwall. »Jetzt erzählen Sie doch bitte noch einmal schön der Reihe nach, was Sie auf Ihrem Spaziergang erlebt haben.«

»Also«, begann die Hundesitterin und sammelte sich, bevor sie erneut zum Reden ansetzte. »Ich bin wie gewöhnlich so um elf Uhr aus dem Haus gegangen und auf unsere übliche Route durch den Wald abgebogen. Es hat geschneit wie verrückt, und ich habe den Hunden Schneebälle geworfen. Wir waren schon eine Weile unterwegs, ich weiß noch, dass ich gerade gedacht habe, wie schön es sei, dass die Hunde bei diesem Wetter vollkommen sauber bleiben, als Balou abrupt stehen geblieben ist und den Kopf witternd gehoben hat. Er ist ganz still dagestanden, und ich habe einen Moment lang ein ganz komisches Gefühl bekommen. Obwohl ich sonst nie Angst habe nachts im Wald.«

Die Frau griff sich unbewusst an den Hals und räusperte sich.

»Haben Sie etwas gesehen?«, fragte Coray.

»Nein, überhaupt nichts. Ich habe mich einmal um mich selbst gedreht, um zu schauen, ob es da etwas Ungewöhnliches gab. Ich habe nur Dunkelheit und wirbelnde Flocken gesehen. Als ich wieder zu Balou blickte, konnte ich ihn gerade noch sehen, wie er vom Weg den Hang hinuntersprang. Normalerweise kommt er sofort, wenn ich ihn rufe, doch diesmal hat er sich ganz merkwürdig verhalten.«

Sie hielt inne und streichelte etwas abwesend den schokoladenfarbenen Labrador, der noch immer etwas erregt schien, vielleicht spürte er auch einfach nur die Aufregung der Hundesitterin.

»Ja und weiter?«, kam es ungeduldig von Kurtz.

»Ich habe bei meinem Handy die Taschenlampe einge-schaltet und bin ihm hinterher. War nicht so einfach, ist ja ganz schön steil da runter. Balou hat gebellt wie ein Irrer, und ich dachte schon, er sei an einen Wolf geraten. Aber dann sah ich ihn und vor ihm dieses dunkle Ding am Boden, und ich bin hin und habe gesehen, dass da jemand im Schnee liegt. Ein Mensch. Eine junge Frau. Ich bin in die Hocke gegangen und habe sie angefasst, weil ich gar nicht auf die Idee gekommen bin, dass sie tot sein könnte. Ich habe ihr den Schnee vom Gesicht gewischt und ihre Augen gesehen, und mir war klar, dass dieser Mensch nicht mehr lebt.«

Wieder fuhr ihre Hand über das nasse Hundefell.

»Wann haben Sie gemerkt, dass da noch eine zweite Leiche liegt?«

»Balou ist noch ein Stück weiter nach unten und hat wie-der gebellt. Und ist herumgesprungen, wie ich es noch nie gesehen habe. Ich bin ihm die paar Meter gefolgt, und dann war da wieder das gleiche Bild. Ich konnte es nicht fassen. Wieso liegen da zwei tote Mädchen in der Nacht im Wald? So was gibt es doch nicht!«

Bis zu diesem Punkt war die hochgewachsene Frau ganz gefasst geblieben, nun schien der Schock sie einzuholen. Be-stürzt schüttelte sie den Kopf und blickte Coray und Kurtz abwechselnd an. Die ließen ihr Zeit.

»Dann habe ich die Polizei gerufen und bin mit Balou wieder zurück auf den Weg zu den anderen Hunden. Das ist alles.«

»Und Sie haben wirklich niemanden gesehen? Ist Ihnen vielleicht auf dem Spaziergang im Wald oder in der Nähe des Baumwipfelpfads etwas aufgefallen?«, insistierte Kurtz.

»Nein, mir ist niemand begegnet, und bis zu dem Moment, als Balou diese Witterung aufgenommen hat, war alles wie immer.«

Coray und Kurtz blickten einander an, sie waren sich einig, dass hier nichts mehr zu holen war.

»Kann ich jetzt nach Hause gehen? Wenn ich noch lange hier herumstehen muss, frieren mir die Hände und Füße ab.«

Unwillkürlich musste Coray an Emilia denken. Sie hatte auch immer kalte Füße, wenn sie von den Hofställen nach Hause kam. Und die schob sie dann im Bett genüsslich zwischen seine Beine. Nun, heute schaute es nicht danach aus, als könnten sie es sich zusammen gemütlich machen. Er wusste nicht mal, ob er diese Nacht sein Bett überhaupt sehen würde.

»Ja, gehen Sie nach Hause, Ihre Personalien haben die Kollegen ja aufgenommen«, antwortete Coray und schaute ihr einen Moment lang nach, als sie mit ihren Vierbeinern durch den Wald davonstiefelte.

Unterdessen hatten die Beamten der Spurensicherung an der Unfallstelle ihren Job verrichtet. Der war schnell erledigt. Balou und seine Betreuerin hatten ganze Arbeit geleistet: Die ganze Umgebung war zertrampelt.

»Verdammt, Matti, falls hier noch jemand anders war, dann kannst du das mit den Spuren vergessen«, rief einer der Beamten nach oben. »Das hier ist spurentechnisch gesehen ein einziges Desaster.«

Andere Fußspuren als die der Frau waren nicht auszumachen. Es blieb dem Team nichts anderes übrig, als den gesamten Fundort zu fotografieren und dann auf den Turm hochzusteigen, in der Hoffnung, dass wenigstens dort noch Abdrücke zu sehen oder Spuren zu sichern waren.

Nachdem die Kriminaltechniker abgezogen waren, hatte sich Isidor von Planta an den Abstieg vom Weg zu den Leichen gemacht. Normalerweise machte er seinem Ärger über solche Strapazen lauthals Luft – sehr zum Amüsement der Anwesenden. Doch diesmal kämpfte er sich wortlos hinunter.

Nur sein angestrengtes Keuchen war zu hören, und sein Atem hinterließ durchscheinende kleine Wolken in der kalten Luft. Coray und Kurtz folgten ihm und blieben in gebührendem Abstand stehen. Außergewöhnlich behutsam trat von Planta zu der ersten Leiche und betrachtete sie lange. Coray glaubte, so etwas wie Zorn über die Gesichtszüge des Rechtsmediziners gleiten zu sehen. Selbst er, der schon zahllose Leichen untersucht, grauenhaft zugerichtete Opfer gesehen hatte, dem keine Gräueltat fremd war, der sich keine Illusionen mehr über die Menschen machte, selbst dieser Mann schien berührt von dem Bild dieser zwei toten jungen Frauen im Schnee. Coray wusste aber auch, dass dies von Planta nicht in seiner Professionalität behindern konnte.

Zusammen mit Cathomas warteten Coray und Kurtz, bis von Planta sich äußern würde. Kurtz hatte ihm ein Foto von Fanny und Flora, welches sie von Lydia Candinas erhalten hatte, auf sein Handy geschickt. Jetzt ging er vor dem toten Mädchen in die Hocke, zog sich den rechten Handschuh aus und strich ihr mit einer Geste, die schon beinahe zärtlich wirkte, die langen braunen wild gekrausten Haare zurück.

»Das ist Flora«, rief er mit brüchiger Stimme zu den Wartenden und ging weiter zum zweiten Opfer. Ihre Haare waren ebenfalls lang, aber schwarz und glatt.

Sie haben die gleiche Farbe wie die von Lydia Candinas, dachte Coray.

Und prompt kam die Bestätigung von Isidor von Planta: »Bei diesem Mädchen handelt es sich zweifelsohne um Fanny.«

Obwohl sie damit gerechnet hatten, erstarrten alle bei diesen Worten.

»Merda!«, ließ sich die ansonsten in jeder Situation beherrschte Annabelle Cathomas hinreißen. »Das ist eine Katastrophe. In jeder Hinsicht. Für die Eltern, die Freunde – aber auch für uns.«

Coray und seine Kollegin wussten, was sie damit meinte: Dieser Fall hatte das Potenzial zum Drama. Zwei junge, hübsche und lebensfrohe Frauen – eine davon die Tochter bekannter Eltern – sterben in einer kalten, stürmischen Winternacht. An einem Ort, der dank der Weissen Arena auf der ganzen Welt bekannt ist. Egal ob es sich dabei um einen Unfall, gemeinsamen Suizid oder ein Verbrechen handelte, die Geschichte würde hohe Wellen schlagen. Nicht nur regional, diese Tragödie würde die Menschen in der ganzen Schweiz umtreiben. Die Medienschaffenden würden sich bei der Nachricht die Hände reiben, ihre Laptops packen und sich in die Surselva aufmachen.

Bei dem Gedanken stöhnte Coray auf.

»Ich weiß, was Sie denken«, unterbrach Cathomas seine Überlegungen. »Ich hole gleich Brunner aus dem Bett, der wird sich darum kümmern.«

Sebastian Brunner war der Mediensprecher der Kantonspolizei Graubünden. Ein cleverer, sympathischer Typ, der es hinbekam, selbst mit den missliebigsten Journalisten ein einigermaßen gutes Verhältnis zu pflegen.

Cathomas hatte es einmal mehr geschafft, Coray zu verblüffen. Er war ja allerhand gewohnt von ihr. Dass sie selbst in höchsten Kreisen über gewisse Verbindungen zu verfügen schien oder sich nicht scheute, selbstherrliche Politiker vor laufenden Kameras zusammenzustauchen, um ihre Leute zu verteidigen. Aber dass sie jetzt offenbar auch noch seine Gedanken lesen konnte, das erschütterte ihn doch einigermaßen.

»Ich fahre jetzt direkt nach Chur in mein Büro und mache mich an die Arbeit. Und Sie beide müssen die Eltern der jungen Frauen informieren. Schaffen Sie das? Brauchen Sie Unterstützung, einen Psychologen vielleicht?«

Coray und Kurtz schüttelten wie auf Kommando entschieden die Köpfe.

»Nein, das geht schon«, murmelte Kurtz. Sie richtete den Blick wieder nach unten, wo der Rechtsmediziner sich eben erhob.

»Ich kann hier noch nicht viel sagen. Ich muss die Teenager auf meinem Tisch haben. Sicher ist, dass wenn sie tatsächlich vom Baumwipfelpfad gestürzt sind, sie einen Sturz aus dieser Höhe nicht überleben konnten. Aber ob sie da bereits tot waren oder lebend vom Turm gestürzt sind, das sehe ich erst bei der Obduktion. Ich lasse sie jetzt in die Pathologie bringen. Hier gibt es nichts mehr zu tun.«

Damit wandte er sich von beiden Leichen ab und begann keuchend den Aufstieg. Coray wäre ihm gern zu Hilfe geeilt, aber er kannte die kleinen Eitelkeiten des Rechtsmediziners. Er hätte sich empört dagegen verwehrt.

»Ich mache mich auf den Weg. Ich hoffe, es wird nicht zu schlimm bei den Eltern«, verabschiedete sich Annabelle Cathomas. Als sie sich ein paar Meter entfernt hatte, drehte sie sich nochmals um. »Wo kommt eigentlich Flora her, ist sie auch aus Flims?«

»Nein, sie kommt von einem Hof in Tenna«, antwortete Kurtz.

»Das liegt nicht gerade am Weg, hoffentlich sind die Straßen dort hinauf bereits geräumt.«

Dann verließ sie endgültig den Ort des Geschehens. Unterdessen hatte es von Planta auf den Weg hinaufgeschafft und musste erst einmal wieder zu Atem kommen.

»Wann können wir mit deinen Ergebnissen rechnen?«, fragte Coray.

»Ihr wisst, bei Verdacht auf ein Tötungsdelikt dauert die Obduktion mindestens einen halben Tag. Und hier haben wir gleich zwei Leichen. Ich würde sagen, kommt doch morgen – oder besser gesagt heute – Abend so gegen achtzehn Uhr vorbei.«

»Gut, danke, Isidor, bis dann.«

Sie verabschiedeten sich von den anderen Beamten und den Bestattern, die stoisch darauf warteten, bis sie ihre Arbeit verrichten konnten.

Coray warf einen letzten Blick auf das unwirkliche Bild unter ihnen.

»Komm, wir machen uns auf den Weg zu den Familien. Zuerst gehen wir zurück zu Fannys Eltern. Mann, ich wünschte, wir hätten das bereits hinter uns.«

DREI

Während der kurzen Fahrt wechselten sie zuerst kein Wort. Was ungewöhnlich war, vor allem für Kurtz, die sonst alles und jeden lautstark zu kommentieren pflegte. In der Stille hörten sie Juri hinten in seiner Box schnarchen. Wenigstens dieses Geräusch vermittelte ihnen eine Art Normalität. In einer Nacht, in der ihnen die Normalität abhandengekommen war. Schließlich ertrug Coray das Schweigen nicht mehr.

»Katja, bist du okay?«

»Nein, es fühlt sich nicht okay an, mitten in der Nacht den Eltern von zwei jungen Frauen beibringen zu müssen, dass ihre Töchter tot sind.«

Ihre Stimme war leise, aber er hörte die Wut, die darin mitschwang. Er warf einen kurzen Blick zu ihr hinüber. Ihre Haut schien geisterhaft bleich, aus dem Rossschwanz hatten sich Strähnen gelöst, die sie ungeduldig aus dem Gesicht wischte. Ihr Blick war starr auf die Straße gerichtet. Kein Zweifel, die Geschichte nahm sie mit. Normalerweise war sie diejenige, die ihn aufmunterte, wenn er sich bei einem Fall gefühlsmäßig zu wenig abgrenzen konnte.

»Ich sage dir eines, Matti: Wenn sich herausstellt, dass das ein Verbrechen ist, dass diese beiden getötet wurden, dann werden wir das Arschloch, das dafür verantwortlich ist, aufspüren, egal wo und egal wann. Aber wir finden den Täter, und dann polier ich dem die Fresse, dass er nicht mehr weiß, wie er heißt.«

Das hörte sich nun wieder ganz nach Katja Kurtz an. Coray war beruhigt; mit ihrer Wut konnte er umgehen, aber ihr Schweigen hatte ihn nervös gemacht. Ein paar Augenblicke später kamen sie vor dem Zuhause der Familie Candinas an. Das ganze Haus war erleuchtet, die Vorhänge jedoch zugezogen. Kurtz trat hart auf die Bremse und stellte den Motor ab. Einen Moment lang sahen sie sich an und öffneten dann gleichzeitig die Autotüren. Über dem Eingang des Anwesens leuchtete einladend eine Lampe. Ihr warmes Licht schien die Besucher willkommen zu heißen. Nichts deutete darauf hin, dass sich hier gleich ein Drama abspielen würde.

Sie sprachen sich nicht ab, wer was sagen sollte. Sie verließen sich darauf, dass ihre Intuition und ihre eingespielte Teamarbeit sie dann schon das Richtige würde tun lassen. Coray ging voraus zum Eingang, doch diesmal kam er nicht dazu, die Klingel zu betätigen. Die Haustür wurde aufgerissen, und im Türrahmen stand Lydia Candinas. Sie sah schrecklich aus: Das perfekte Make-up war verschmiert, die Haare zerwühlt und die Kleidung zerknittert.

Was hat sie in diesen paar Stunden bloß gemacht?, fragte sich Coray, der kaum glauben konnte, dass er dieselbe Frau vor sich hatte.

Einen Moment lang starrte sie die beiden Polizisten an – und dann begann sie unvermittelt zu schreien: »Fanny ist tot, nicht wahr? Sie haben sie gefunden, und sie ist tot! Ich weiß es. Wo ist sie? Ich will zu ihr.«

Sie hatte Coray gepackt und schüttelte ihn wie wahnsinnig. Dabei entwickelte sie eine unglaubliche Kraft. Coray und Kurtz waren völlig überrascht von dem Ausraster. Er spürte, wie seine Zähne aufeinanderschlugen. Endlich überwand er seine Erstarrung, und es gelang ihm, die Arme der tobenden Frau zu packen. Vom Wohnzimmer her tauchte Oskar Candinas mit weit aufgerissenen Augen auf. Ohne lange zu fackeln, umschlang er seine Frau von hinten und zog sie von Coray weg.

»Lydia, bitte beruhige dich.«

Doch Lydia Candinas wütete weiter wie eine Berserkerin. Sie drehte sich zu ihrem Mann um und begann auf ihn einzuschlagen. Dabei schrie sie mit überkippender Stimme, ohne dass ihre Worte einen Sinn ergeben hätten.

»Jetzt langt's, jetzt ist gut«, sagte Kurtz entschieden und trat zusammen mit Coray auf sie zu. Sie mussten ihre ganze Kraft aufwenden, um die Frau von ihrem Mann zu trennen.

So plötzlich, wie Lydia Candinas ausgeflippt war, so plötzlich war der Anfall vorbei. Sie schlug die Hände vor das Gesicht, ihre Schultern sanken herab, und sie begann haltlos zu weinen. Sie wirkte, als hätte jemand abrupt die Spannung aus ihrem Körper abgesaugt, als hätte sie jegliche Hoffnung verloren.

So sieht ein Mensch aus, der aufgegeben hat, dachte Coray betroffen beim Anblick der aufgelösten Frau. Endlich kam er dazu, die Haustür zu schließen, in der Nachbarschaft flammten bereits erste Lichter auf. Schreie zu dieser Zeit war man in diesem Wohnquartier nicht gewohnt.

»Liebes, was redest du denn da? Jetzt warte doch erst mal ab, was die Polizei zu sagen hat.« Hilfesuchend sah Candinas Coray und Kurtz an. Und begriff, dass sie keine guten Nachrichten brachten. Kraftlos ließ er die Arme sinken und starrte sie ungläubig an.

»Nein«, sagte er dann tonlos und schüttelte den Kopf.

»Es tut mir sehr leid«, wandte Coray sich ihm zu. »Ich fürchte, ich habe sehr traurige Neuigkeiten betreffend Ihre Tochter. Wir haben sie tatsächlich gefunden, und sie ist tot. Auch ihre Freundin ist tot.«

Bei diesen Worten verstummte das Weinen. Lydia Candinas erstarrte und hob langsam den Kopf. Ihre roten, von Mascara verschmierten Augen fixierten Coray.

»Wo? Wo haben Sie Fanny gefunden?«

»So wie es aussieht, ist sie vom Baumwipfelpfad gestürzt. Zusammen mit Flora. Sie wurden unterhalb des Pfades gefunden.«

»Vom Baumwipfelpfad gestürzt?«, schaltete sich Candinas

ein. »Was heißt das? Die stürzen doch nicht einfach so vom Baumwipfelpfad.«

Verwirrt blickte er zu den beiden Beamten.

»Wir wissen noch nicht wirklich, was passiert ist«, sagte Kurtz. »Eine Spaziergängerin hat die beiden jungen Frauen unter dem Pfad tot im Schnee liegend gefunden. Die Abklärungen laufen, mehr können wir Ihnen leider noch nicht sagen.«

Oskar und Lydia Candinas mussten diese Mitteilung erst einmal verdauen. Mussten begreifen, dass ihr Mädchen nicht mehr nach Hause kommen würde. Nie mehr. Kraftlos ließ sich Lydia Candinas der Wand entlang auf den Boden gleiten. Ihre Beine gaben einfach unter ihr nach. Sofort war Candinas neben ihr, sank in die Knie und nahm sie behutsam in die Arme. Sie ließ es ohne erkennbare Regung geschehen.

»Ich wusste es. Ich wusste, dass sie tot ist«, sagte sie leise. Fast so, als spräche sie zu sich selbst.

»Warum wussten Sie das?«, fragte Kurtz und schaute sie durchdringend an. Auch Coray wandte sich der Frau aufmerksam zu.

»Ich habe es gespürt. Schon den ganzen Abend wusste ich, dass etwas mit Fanny nicht stimmt.«

»Können Sie das näher erklären?«

»Erklären? Nein, ich kann das nicht erklären. Es war einfach so ein Gefühl.«

Sie verstummte, und ihr leerer Blick zeigte den Ermittlern, dass sie hier nicht mehr erfahren würden.

»Sie wussten also nicht, dass die beiden vielleicht einen Ausflug auf den Baumwipfelpfad planten?«

»Nein«, ergriff Candinas wieder das Wort. »Wir haben Ihnen doch schon erklärt, dass die Mädchen nicht wie abgemacht zum Essen erschienen sind. Das ist alles. Wir haben keine Ahnung, was da abgelaufen ist.«

Wieder schüttelte er ungläubig den Kopf.

»Keine Ahnung«, wiederholte er fassungslos.

Mit einem Blick verständigten sich Coray und Kurtz. Für den Moment war ihr Job hier getan. Sie würden bald wiederkommen müssen, um Fannys Eltern zu befragen. Aber jetzt war den beiden ihre Anwesenheit nicht länger zuzumuten. Die Fragen mussten warten.

»Gibt es jemanden, den wir benachrichtigen sollen? Familie, Freunde, Nachbarn? Oder wollen Sie psychologische Hilfe in Anspruch nehmen? Wir könnten das für Sie organisieren«, sagte Coray.

»Nein. Nein danke«, antwortete Candinas. »Bitte lassen Sie uns einfach alleine. Wir kommen zurecht.«

Der Mann schien um Jahre gealtert, das Strahlen aus seinen hellen Augen erloschen, seine Haltung schlaff. Er blieb neben seiner Frau auf dem Boden sitzen, als Coray und Kurtz an ihnen vorbei zur Haustür gingen.

»Herr Candinas«, drehte sich Kurtz noch einmal um, »es tut uns sehr leid, was passiert ist. Bitte versuchen Sie ein bisschen zur Ruhe zu kommen. Wir werden im Verlaufe des Tages noch einmal für eine Befragung vorbeikommen müssen.«

Die einzige Reaktion war ein Nicken. Leise schloss Coray die Tür hinter sich.

Als Coray und Kurtz aus dem Haus traten, sahen sie zwei, drei erleuchtete Fenster und hinter den Vorhängen neugierige Gesichter.

»Es geht schon los«, konstatierte Kurtz, »diese Geschichte wird nicht lange privat bleiben.«

»Die zwei tun mir leid. Das wird die Hölle für sie. Sie haben nicht nur ihr Liebstes verloren, sie werden auch gnadenlos in der Öffentlichkeit stehen. Was für ein Fressen für die Journis.«

»Ja, und weißt du was? Ich finde, die sind sympathischer

als ihr Ruf. Sie sind gar nicht so bonzig und überheblich. Sie wirken wie eine ziemlich normale Familie.«

»So viel also zu deinen Vorurteilen.«

Juri hob nur müde die Augenlider, als Coray die Hecktür öffnete. Er musste lachen, als er den Blick seines Hundes mühelos deuten konnte.

»Schon verstanden, mein Großer, Störungen sind unerwünscht. Na dann, penn ruhig weiter.«

Er schloss die Tür und setzte sich auf den Beifahrersitz ins kalte Auto.

»Im Moment hätte ich gerne seinen Seelenfrieden«, sagte Kurtz mit einem Seufzen. »Am liebsten würde ich mit ihm tauschen, wenn ich genau darüber nachdenke.«

»Ja, ich weiß, was du meinst. Das war erst der Anfang. Jetzt kommt Floras Familie.«

»Was wissen wir über die?«

Während Kurtz den Wagen startete, holte er die wenigen Informationen heraus, die er in der kurzen Zeit gefunden hatte.

»Flurina und Corsin Zinsli. Sie dreiundvierzig, er zweiundvierzig Jahre alt. Sie betreiben einen Hof mit Packziegen in Tenna. Mehr weiß ich nicht. Ich gebe die Adresse ins Navi ein, der Hof liegt etwas außerhalb.«

»Packziegen? Heißt das, die gehen mit Leuten wandern und lassen die Tiere ihren Plunder schleppen?«

Ein kurzer Seitenblick zeigte Coray, dass seine Kollegin leicht aggressiv das Kinn vorgeschoben hatte. Seufzend dachte er an all die Situationen, in denen sie, ohne zu zögern, eingeschritten war, um einen Hund, eine Kuh oder ein Kind zu beschützen. Meistens zu Recht, aber manchmal überbordete sie und brachte sich in unmögliche Situationen. Er erinnerte sich, dass sie einmal an ihrem gemeinsamen Lieblingsplatz bei der Brücke zwischen Schluein und Castrisch einen Hund entdeckt hatte, der im Heck eines teuren Sportwagens bellte. Es war Sommer, und es war heiß. Kurtz hatte schnell um sich geschaut, ob der Besitzer in der Nähe war. Da sie niemanden entdecken konnte, war sie schnurstracks zu einem großen Stein marschiert, hatte ihn gepackt und war zum Auto zurückgegangen. Coray hatte geahnt, was sie vorhatte, und konnte sie gerade noch daran hindern, die Scheibe einzuschlagen.

»Geh zur Seite, Matti«, hatte sie mit wildem Blick geknurrt.

Er hatte es fast ein bisschen mit der Angst zu tun gekriegt. Immerhin übte sie sich im Kampfsport – er hätte keine Chance gehabt. In diesem Moment kam ein junger Mann die Böschung herauf. Als er sah, worum es ging, hatte er beinahe einen Anfall.

»Spinnst du?«, hatte er Kurtz angeschrien.

Die hatte zurückgeschrien, ob er noch ganz bei Trost sei, seinen Hund bei diesen Temperaturen ins Auto einzusperren.

»Ich war pinkeln, du blöde Nuss. Ich war gerade mal drei Minuten weg!«

Die Empörung auf beiden Seiten war groß. Coray musste schlichtend eingreifen, bevor es zu Tätlichkeiten gekommen war. Und das war nicht die einzige Szene dieser Art, die er mit ihr erlebt hatte. Sie konnte es nicht ertragen, wenn Schwächere drangsaliert wurden. Sie gehörte nicht zu denen, die wegsahen, und sie verachtete all jene, die das taten.

»Musst nicht gleich wieder in den Kampfmodus wechseln. Es ist keine Tierquälerei, die Ziegen lieben das.«

»Ach ja, hast du sie gefragt, oder woher weißt du das?«

Coray wusste, das Eis war gerade sehr dünn für ihn.

»Emilia hat einmal eine Tour im Glarnerland mitgemacht. Es war so ein Teambildungs-Ding. Sie war sehr skeptisch wegen der Ziegen, du kennst sie. In dieser Beziehung tickt ihr gleich. Aber der Trip hat sie voll begeistert. Die Ziegen hatten offensichtlich Spaß an der Sache. Die waren gesellig, neugierig und vorwitzig. Wenn die Leute nicht aufpassten, klauten sie ihnen das Essen aus den Händen.«

»Wenn du es sagst.«

Sie tönte immer noch skeptisch. Aber eher, um nicht zugeben zu müssen, dass sie sich vielleicht auch mal irren könnte. Während er über Emilia geredet hatte, war ihm eingefallen, dass er keinen Kontakt mehr mit ihr gehabt hatte, seit sie zu der komplizierten Geburt in einem Stall in Vals aufgebrochen war. Ein Blick auf sein Handy zeigte ihm, dass keine Nachricht eingegangen war. Das hieß dann wohl, dass sie ihre Arme noch immer im Geburtsweg einer Kuh stecken hatte. Er schickte ihr eine kurze Meldung, damit sie sich keine Sorgen machte, falls sie vor ihm zu Hause eintreffen sollte. Unterdessen hatten sie in Ilanz den Vorderrhein überquert und nahmen Kurs auf das Safiental. Zum Glück waren die Straßen vom Schnee geräumt.

Seine Gedanken schweiften zurück zu einem Sommermorgen im letzten Jahr. Nach einem spektakulären Einsatz am Panixer-Staudamm oben war er verletzt gewesen und hatte längere Zeit einen Gang zurückschalten müssen. Als er wieder fit war, hatte er Emilia den Vorschlag gemacht, zusammen auf den Piz Fess zu steigen. Früh am Morgen waren sie in Brigels losgefahren, hatten das Auto in Tenna parkiert und waren dann losmarschiert. Juri war wie üblich übermütig vorausgetrabt. Als sie etwa eine halbe Stunde unterwegs waren, hatten sie Magisches erlebt: Der Mond ging unter, am Firmament erschien die Sonne, und die letzten Sterne verblassten. Alles gleichzeitig. Sie waren stehen geblieben und hatten stumm das Naturspektakel bewundert. Es war unglaublich gewesen. Nur Juri war unbeeindruckt geblieben. Ihn hatten die Munggen viel mehr interessiert. Es war ein stundenlanger Aufstieg gewesen, der sie alle gefordert hatte. Selbst für Juri waren ein, zwei Stellen eine Herausforderung gewesen. Doch die Belohnung hatte sie alle Mühen vergessen lassen. Der Blick über die Surselva, über all diese Gipfel, auf denen das Licht hinunterzufließen schien, und darüber der endlose Himmel. Er hatte Emilia erklärt, dass es einen »guten« und einen »bösen Fess«, gibt. Den »guten« hatten sie erklommen, und auf den »bösen« konnten sie blicken. Diese mächtige, abweisende Felsnadel, die ein paar Meter über den »guten« hinausragt. Und doch war er bezwungen worden. Gemäß einer Eintragung in ein Jahrbuch des SAC wurde er am 10. August 1895 zum ersten Mal bestiegen. Niemals hätte sich Coray dort hinaufgetraut. Er erinnerte sich schaudernd an den Anblick der schroffen Felsen.

»Erde an Matti, wo bist du grad mit deinen Gedanken?«

»Ich habe nur einen kleinen Abstecher an einen himmlischen Ort gemacht, weil ich mich davor fürchte, den Eltern Zinsli gegenübertreten zu müssen.«

»Ich habe darüber nachgedacht, dass ihre Welt jetzt noch voll in Ordnung ist. Sie werden ruhig schlafen, vielleicht etwas Schönes träumen. Dann kommen wir – und ihr Leben wird in Trümmern liegen.«

»In Augenblicken wie diesen frage ich mich, ob ich wirklich den richtigen Job habe.«

»Ach, hör auf, Matti! Natürlich ist es der richtige Job für dich. Es kommt ja nicht alle Tage vor, dass wir Todesnachrichten überbringen müssen. Außerdem hättest du nirgendwo anders eine so verdammt coole Partnerin.«

Coray musste grinsen, als sie das sagte. Natürlich hatte sie recht. Er konnte sich keinen anderen Beruf vorstellen. Was hätte er denn sonst tun sollen? Obwohl seine Mutter sich entsetzt hatte, als er seinen Eltern vor vielen Jahren erklärt hatte, dass er Polizist werden wollte.

»Bist du verrückt geworden?«, hatte sie ihn fassungslos angeschrien. Damals war sie eine sehr engagierte Journalistin gewesen. Vor allem war sie sehr sozialkritisch gewesen. Und selbstredend immer auf der Seite der Leute, die gegen die

Obrigkeit revoluzzten. Die Vorstellung, dass ihr eigener Sohn sie vielleicht einmal bei einer unbewilligten Demo anhalten würde, war ihr unerträglich gewesen. Sein umsichtiger und diplomatisch geschickter Vater hatte die Wogen einmal mehr geglättet. Unterdessen waren die Eltern pensioniert. Seine Mutter war umtriebig geblieben und brachte ihren Mann mit ihren Aktionen ab und zu zur Verzweiflung, aber mit dem Beruf ihres Sohnes hatte sie sich längst ausgesöhnt. Im Gegenteil, sie fand es spannend, wenn er auf Verbrecherjagd ging, und versuchte immer wieder, ihn über seine Fälle auszuhorchen.

Als sie an der wegen ihres Bilderzyklus von 1408 bekannten Kirche von Tenna vorbeifuhren, setzte wieder leichter Schneefall ein. Ein paar Minuten später fuhren sie auf den Hofplatz der Familie Zinsli. Es war ein stattlicher Bauernhof, tipptopp gepflegt, alles an seinem Platz.

»Kein Glunggepuur«, stellte Kurtz fest und meinte damit Bauern, die ihre Höfe als Abstellhalde für ausrangierte Maschinen, abgewrackte Fasnachtswagen, vor sich hin rostende Autos und derlei Gerümpel missbrauchten.

Alles war dunkel, die Stille im feinen Schneetreiben vermittelte einen Frieden, den ihre Nachricht brutal zerstören würde. Coray seufzte und klopfte gegen die Haustür, eine Klingel hatten sie keine entdecken können. Nichts geschah. Kurtz hämmerte mit ihrer Faust entschlossen gegen das Holz. Im oberen Stock ging ein Licht an, und kurz darauf hörten sie, wie jemand die knarrende Holzstiege herunterkam. Ohne dass gefragt wurde, wer hier um diese Zeit klopfte, öffnete sich die Tür. In dieser Region musste sich niemand vor nächtlichen Räubern oder dergleichen fürchten. Da ging es höchstens um ausgebüxte Kühe oder einen Wolfsangriff.

Ein verstrubbelter Kopf tauchte in der hell erleuchteten

Türöffnung auf. Verschlafene Augen blinzelten Coray und Kurtz an. Der Mann hatte sich in aller Eile Jeans und einen Pulli übergezogen. Unter dem Pullover schaute der Kragen eines karierten Pyjamas hervor. Barfuß stand er auf dem alten Holzboden.

»Was ist denn los?«, fragte der Mann und schaute sie verblüfft an. Er hatte wohl mit einem Nachbarn gerechnet, aber nicht mit zwei Unbekannten.

»Herr Zinsli, mein Name ist Matti Coray, ich bin von der Kriminalpolizei Graubünden. Das ist meine Kollegin Katja Kurtz.«

Beide hielten ihre Dienstausweise hoch.

»Polizei? Was will denn die Polizei hier? Es ist mitten in der Nacht.«

Verwirrt versuchte Zinsli, sich einen Reim auf das Geschehen zu machen. Sein Blick suchte in den Gesichtern der Beamten nach Antworten.

»Bitte«, sagte Kurtz, »können wir reinkommen? Es geht um Ihre Tochter Flora.«

»Flora? Aber die ist nicht hier. Die ist bei ihrer Freundin Fanny in Flims. Sie übernachtet dort.«

»Kommen Sie, gehen wir rein«, sagte Coray entschlossen und schob den zögerlichen Bauern ins Haus.

Im Inneren war es – verglichen mit der Kälte draußen – behaglich warm. Sie standen in einem Flur, in dem ungefähr hundert Schuhe in einem großen Regal ordentlich aufgereiht waren.

»Wie viele Kinder haben Sie?«, fragte Kurtz unwillkürlich, als sie die Schuhe in allen Größen erblickte. Die kleinsten mochten einem Kindergärtler passen.

»Fünf, Flora ist die Älteste. Und die Vernünftigste«, schob Zinsli nach. »Auf sie kann man sich verlassen. Was ist mit Flora?« Coray hörte den bangen Unterton, der in der Frage mitschwang.

»Herr Zinsli«, hob er an, »wir haben leider traurige Nachrichten für Sie. Ihre Tochter Flora ist verstorben.«

Ungläubig schaute Zinsli ihn an.

»Was reden Sie denn da? Flora geht es gut, sie ist bei ihrer besten Freundin. Sie übernachtet dort, geht dann mit ihr in die Schule und kommt heute Abend wieder nach Hause.«

»Haben nicht Fannys Eltern bei Ihnen nachgefragt, ob Sie etwas über den Verbleib der Mädchen wissen?«

»Doch, aber danach habe ich nichts mehr gehört, also wird alles in Ordnung sein.«

Er redete in beschwörendem Ton auf Coray und Kurtz ein, als könnte er damit jegliches Ungemach abwenden. Es ungeschehen machen.

Auf der Stiege knarrte es, und eine Frau in einem weißen Nachthemd erschien. Sie hatte sich ein gehäkeltes Dreieckstuch umgehängt und hielt den Schal über der Brust fest zusammen. Alle verstummten und schauten ihr entgegen.

Sie sieht aus wie eine Gestalt aus einem Jeremias-Gotthelf-Roman, dachte Coray unwillkürlich. Im Gegensatz zu Zinsli, der trotz der Situation einen jugendlichen Eindruck machte, wirkte diese Frau wie aus der Zeit gefallen. Sie hatte ihre dünnen mausbraunen Haare in Zöpfen um den Kopf geschlungen. Ihre Füße steckten in altmodischen Hausstiefeln, die farbmäßig nicht zu benennen waren.

»Corsin«, sagte sie in die Stille hinein, »was ist hier los?«

Ihre Stimme klang beherrscht. Coray schauderte es bei der Kälte, die er in den wenigen Worten wahrnahm.

»Die Leute hier sind von der Polizei, und sie behaupten, dass unsere Flo gestorben sei. Dabei ist das doch Unsinn. Sie kann gar nicht tot sein. Sie ist doch –«

»Sei still«, unterbrach sie ihn und blickte zu Coray. Sie starrte ihn an, ohne etwas zu sagen. Aber er verstand den Blick sehr wohl und beeilte sich, die Situation zu erklären. »Heute Nacht sind Flora und Fanny unter dem Baumwipfelpfad in Laax tot aufgefunden worden. Wir wissen noch nicht, was passiert ist. Es könnte sich um einen Unfall, Suizid oder aber auch um ein Verbrechen handeln.«

Während er gesprochen hatte, war Zinsli auf einen Stuhl gesunken, der in der großzügigen Diele stand und wahrscheinlich dafür benutzt wurde, sich bequem die Schuhe anzuziehen. Langsam schien die Botschaft bei ihm anzukommen. Er konnte sie nicht mehr verdrängen. Auf seinem Gesicht spiegelten sich Fassungslosigkeit, Schock und Trauer, schließlich kamen die Tränen. Sie flossen über seine Wangen, ohne dass er auch nur versuchte, sie zu verbergen oder abzuwischen. Er saß einfach auf seinem Stuhl, versuchte das Gehörte zu verstehen und ließ seinen Emotionen freien Lauf.

Nicht so seine Frau. Flurina Zinsli stand aufrecht im Raum, umklammerte weiterhin ihren Häkelschal und verzog keine Miene.

Coray fragte sich, ob sie wohl verstanden hatte, was er eben ausgeführt hatte. Ein Blick zu seiner Kollegin zeigte ihm, dass auch sie ob dieser Reaktion irritiert war. Sie hatte die Augenbrauen hochgezogen und trat nun nahe an die Frau heran.

»Frau Zinsli, haben Sie –«

»Ich habe verstanden, was Sie gesagt haben – und es wundert mich nicht«, sagte sie in schneidendem Ton.

Coray und Kurtz starrten sie an, und auch Zinsli hob ungläubig den Kopf.

»Was meinen Sie damit, dass es Sie nicht wundert?«

»Das kommt davon, wenn man sich mit den falschen Leuten herumtreibt. Diese Fanny war ein verdorbenes Mädchen.«

»Wie kommen Sie darauf?«

»Jedermann in der Region weiß, dass sie total verwöhnt ist, sich an keine Regeln hält und nie in die Kirche geht. Außerdem nimmt sie Drogen.«

Bei dem Wort Kirche stutzte Coray. War diese Frau besonders religiös? Wenn man sie anschaute, konnte man schon auf den Gedanken kommen, dachte er. In seinem Hirn hinterlegte er eine Notiz, dieser Frage nachzugehen.

Als niemand Anstalten machte, etwas zu ihren Feststellungen zu äußern, fuhr sie mit unbewegter Miene weiter.

»Ich habe diesen Umgang von Flora nicht gutgeheißen. Ich wollte ihn meiner Tochter verbieten. Aber mein Mann war anderer Meinung.«

Der Blick, den sie ihm dabei zuwarf, war mehr als anklagend – er war vernichtend.

Zinsli hatte sich von seinem Stuhl erhoben und ging auf seine Frau zu.

»Wie kannst du so etwas sagen? Flo ist richtig aufgeblüht, als sie damals Fanny kennengelernt hat. Vorher war sie verschlossen und still, aber mit Fanny wurde ihr Leben bunt, und man sah sie oft lachen.«

»Du siehst ja, wozu es geführt hat, dieses bunte Leben«, wobei sie »bunte« schrill betonte. »Ich bin sicher, es war Fannys Schuld. Sie hat unsere Tochter da in etwas reingezogen. Wahrscheinlich eine Drogengeschichte. Sie sind im Drogenrausch über das Geländer gestürzt. Glaubten, sie könnten fliegen, liest man ja immer wieder, solche Geschichten.«

»Flurina«, wandte Zinsli beschwörend ein, doch sie ließ ihn nicht weiterreden.

»Es ist doch wahr«, spie sie ihm entgegen, »ich habe dieser Bekanntschaft nie zugestimmt. Dieses Mädchen ist grundschlecht, und jetzt hat sie die gerechte Strafe bekommen. Und du bist schuld, dass Flora tot ist. Du hast ihr erlaubt, mit dieser Göre rumzuziehen, in dieser verdorbenen Familie zu verkehren und sogar in diesem Haus zu übernachten!«

In das Schweigen hinein, das folgte, hörten sie, wie leises Knarren auf der Stiege ertönte. Erschrocken blickten Coray und Kurtz nach oben. Dort stand ein etwa siebenjähriges

Mädchen mit langen blonden Locken und einem ramponierten Teddy im Arm.

»Mamma«, sagte sie verstört und rieb sich die Augen, »Mamma, ich kann nicht schlafen, wenn ihr so laut seid. Und ich glaube, der schwarze Mann ist wieder im Schrank und will raus. Kommst du ihn vertreiben und bleibst dann bei mir, bis ich wieder eingeschlafen bin?«

Der Anblick ihrer kleinen Tochter schien Flurina Zinsli aus ihrem Furor zu holen. Sofort stieg sie die Treppe hoch, nahm die Kleine auf ihre Arme und redete beruhigend auf sie ein.

Mit der Frau können wir heute nicht mehr rechnen, dachte Coray. Auch Kurtz schüttelte unmerklich den Kopf.

»Herr Zinsli«, wandte sie sich an den erschütterten Mann, »sollen wir jemanden für Sie anrufen? Soll jemand zu Ihnen kommen, vielleicht ein Seelsorger?«

»Nein, darum müssen wir uns jetzt selber kümmern«, sagte er mit einem verlorenen Blick. »Es muss ja weitergehen, Flo ist – war – nicht unser einziges Kind.«

Er ließ die Beamten stehen und stieg mit hängendem Kopf die Treppe hinauf.

»Ich würde sagen, das war's für uns«, meinte Kurtz trocken und schritt entschlossen zur Haustür.

Coray war derselben Ansicht. Sie traten in die Nacht hinaus. Der Schneefall hatte aufgehört, am Himmel hatten wieder Mond und Sterne das Regiment übernommen. Sie beleuchteten die Berggipfel, warfen ihr kaltes Licht über die verzuckerten Tannen, und Coray erwartete, jeden Moment eine Sternschnuppe zu sehen. Während er noch andächtig in das geheimnisvolle Universum über ihm starrte, trat Kurtz neben ihn.

»Ist ja richtig kitschig.« Sie rempelte ihn energisch an und schritt entschlossen zum Auto. »Komm jetzt, du Sternengucker, es ist verdammt kalt.«

»Ich werde nie verstehen, wie du solche Schönheit einfach ignorieren kannst.« Coray riss sich von dem Anblick los und folgte ihr.

Im Auto stellten sie zuerst die Heizung auf volle Leistung und fuhren dann langsam durch das Dorf hinunter.

»Die Tante ist voll schräg«, sagte Kurtz.

»Ja, das war mehr als sonderbar. Sie war weder schockiert noch betroffen, während er vor Trauer kaum handlungsfähig war.«

»Und ich bin vor Müdigkeit kaum mehr handlungsfähig. Ich brauch jetzt ein, zwei Stunden Schlaf. Mehr liegt ja wohl heute nicht drin.«

»Weißt du was, du kommst jetzt mit mir nach Hause. Alles andere macht bei diesen Straßenverhältnissen keinen Sinn. Und Willi wäre am Boden zerstört, wenn er morgen nicht im Dienstwagen fahren könnte.«

Kurtz dachte einen Augenblick nach. »Okay, aber ich komme nur, wenn Juri bei mir pennen darf.«

»Haha, das ist ganz in meinem Sinn, dann habe ich für einmal genug Platz in meinem eigenen Bett.«

Nach einer knappen Stunde bogen sie in die Einfahrt zu Corays Haus in Brigels ein. Der Vorplatz war beleuchtet, das hieß, dass Emilia zu Hause war. Auch im Chalet brannte Licht. Als Coray die Heckklappe öffnete, schien sein Vierbeiner nicht besonders begeistert von der Störung.

»Na, komm schon, Emilia wartet auf dich«, lockte er ihn.

Das genügte, um Juri in die Gänge zu bringen. Geschwind kam er aus seiner Box, sprang in den Schnee hinaus und trabte zur Haustür, welche sich öffnete, noch bevor der Hund sich mit einem Bellen anmelden konnte. Begeistert sprang er an Emilia hoch und ließ sich ausgiebig von ihr knuddeln. Als Coray und Kurtz zum Haus kamen, sah er, wie bleich Emilia war. Besorgt nahm er sie in die Arme.

»Ist alles okay bei dir, du bist ganz weiß im Gesicht?«

»Ja, alles gut. Aber es war eine schwierige Geburt. Ich hatte ein paarmal Angst, dass wir es nicht schaffen würden. Jetzt bin ich einfach kaputt und unterkühlt. Ich bin auch gerade erst nach Hause gekommen.«

Dann sah sie Kurtz ins Licht treten. Erfreut umarmte Emilia sie.

»Katja, du hier um diese Zeit? Das bedeutet zwar nichts Gutes für die Sicherheitslage der Surselva, aber ich freue mich, dich zu sehen.«

Zusammen gingen sie in die Stube mit dem großen Cheminée und dem Wahnsinnsausblick über das Tal und auf die gegenüberliegenden Berge. Doch jetzt knisterte kein Feuer, und vor den Fenstern war nur Dunkelheit auszumachen.

»Ich habe Wasser aufgesetzt, wollen wir noch zusammen einen Tee trinken?«, fragte Emilia.

»Das ist eine gute Idee«, antwortete Coray. »Aber danach gehen wir ins Bett. Das war für uns alle ein langer Tag.«

»Matti hat gesagt, dass ich bei euch schlafen kann. Ist das okay für dich?«

»Aber natürlich, das Gästebett steht bereit. Ich lege dir noch Unterwäsche und ein paar Klamotten bereit für morgen. Du wirst wohl kaum Zeit finden, zu dir nach Hause zu gehen.«

»Du bist die Beste, danke dir, Emilia.«

Kurtz warf sich auf die Couch, schlürfte den heißen Tee und seufzte behaglich.

»Ich weiß nicht, ob ich überhaupt nochmals aufstehen kann«, sagte sie und streckte müde ihre Glieder aus.

Keiner mochte mehr groß reden, zehn Minuten später verzog sich Kurtz ins Gästezimmer und schleppte Juri mit sich. Auch Coray und Emilia fielen todmüde ins Bett. Sie war sogar zu erschöpft, ihre klammen Füße wie sonst zwischen seine warmen Beine zu stecken.

»Emilia, kannst du dich morgen um Juri kümmern? Ich werde keine Zeit für ihn haben.«

»Natürlich, ich habe frei und gehe mit ihm Schneeschuh laufen. Ist es ein schlimmer Fall, den ihr bekommen habt?«

»Ein sehr schlimmer. Ich werde in den nächsten Tagen nicht oft bei dir sein können. Bitte versprich mir, dass du auf dich und das Baby aufpassen wirst. Ich habe Angst, dass du dich übernimmst. Es ist nicht gut, in deinem Zustand ganze Nächte in kalten Ställen zu verbringen und dich körperlich so zu verausgaben.«

»Wer ist jetzt die Ärztin in diesem Team? Mach dir keine Gedanken, Juri und ich und auch das Baby kommen zurecht. Schlaf jetzt, mein Liebster, schlaf.«

VIER

Als Coray noch schlaftrunken in die Küche wankte, schickte die Sonne ihre ersten Strahlen durch das von Eisblumen überzogene Fenster. Das wird ein kalter Tag, dachte er und zog schaudernd die Schultern hoch. Er überdachte die Ereignisse der vergangenen Nacht. Jetzt im Morgenlicht kam ihm das ganze Geschehen unwirklich vor. Hatten sie tatsächlich zwei tote junge Frauen im Schnee liegen sehen? Der Klingelton seines Handys riss ihn aus seinen Grübeleien. Cathomas.

»Coray, wann können Sie und Kurtz hier im Büro sein? Wir haben eine Menge zu besprechen.«

»Auch Ihnen einen guten Morgen, Frau Major. Kurtz ist hier bei uns in Brigels. Wir fahren in einer Viertelstunde los …«

»Gut, dann erwarte ich Sie beide um halb neun im Besprechungszimmer.«

Und schon hatte sie aufgelegt.

»War das die Chefin?«, fragte Kurtz, die noch halb schlafend und mit wirrem Haar in die Küche kam. Gefolgt von Juri, der direkt zu seinem frisch gefüllten Fressnapf trabte.

»Ja. Wir haben Order, in einer Dreiviertelstunde in der Ringstraße anzutreten«, flachste er.

»Zu Befehl.« Kurtz stand stramm und hielt ihre Hand an die Stirn wie in einem alten Kriegsfilm.

Kichernd stürzten sie den Kaffee hinunter, mampften ein altbackenes Gipfeli und zogen sich dann die Winterjacken und Stiefel über. Juri hatte sein Frühstück beendet, marschierte, ohne sich umzudrehen, zur Schlafzimmertür, stieß sie mit der Schnauze auf und sprang zu Emilia ins Bett.

»Dein Hund ist lausig erzogen. Hast du ihm nicht beigebracht, dass er im Bett nichts zu suchen hat?«

»Das sagt gerade die Richtige. Wo hat Juri die letzten Stunden verbracht?«

Kurtz grinste und ging zur Haustür. »Er ist ein angenehmer Bettgenosse, das muss ich zugeben. Obwohl er schnarcht wie ein alter Löwe. Komm jetzt!«

Sie eilten rutschend und mit den Armen um sich rudernd über die eisige Schneedecke vor dem Carport.

»Verdammt!«, fluchte Kurtz. »Ich breche mir noch die Knochen auf deinem Grund und Boden. Ich hoffe, du hast eine gute Versicherung.«

»Unterstehe dich, mich mit diesem Fall im Stich zu lassen. Musst halt ein bisschen langsamer machen. Apropos: Heute fahre ich, ich kenne mich besser aus mit Eis und Schnee.«

»Dann schaffen wir es kaum in nützlicher Zeit.«

Als Coray vorsichtig auf die Straße hinausfuhr, stellte er zu seiner Erleichterung fest, dass diese geräumt war. Beschwingt gab er Gas und fuhr Richtung Tal hinunter. Auch Kurtz schienen die paar wenigen Stunden Schlaf gutgetan zu haben. Ihre Augen blickten klar, und er spürte ihren Tatendrang.

»Ich glaube nie und nimmer an einen Suizid der beiden Teenager.« Sie kniff vor dem grellen Sonnenlicht die Augen zusammen.

»Nein, ich auch nicht. Warum sollten sich zwei Menschen, die offensichtlich Spaß am Leben haben und nichts auslassen, warum sollten die sich umbringen?«

»Und was ist mit einem Unfall?«

»Du meinst, die sind aus Blödsinn über die Brüstung geturnt? In einem Schneesturm und bei dieser Kälte? So als Mutprobe? Das kann ich mir nicht vorstellen.«

»Nein, scheint mir auch nicht sehr glaubhaft.«

»Wir müssen die Untersuchungen abwarten, sowohl die kriminaltechnische als auch die der Pathologie.«

Auf der Oberalpstraße angekommen, trat Coray aufs Gas, die Straße war in perfektem Zustand.

»Übertreib es bloß nicht«, spottete Kurtz, »nicht dass du in einen Geschwindigkeitsrausch gerätst.«

Ein paar Minuten nach halb neun Uhr sprinteten sie am Empfang grüßend an Stella vorbei. Die energische zierliche Person mit dem dynamischen kurzen Blondschopf steckte tief in irgendwelchen Akten. Ein eher ungewöhnlicher Anblick. Normalerweise war sie damit beschäftigt, anstrengenden Besuchern Paroli zu bieten. Dass man zum Beispiel keine Ehefrau als vermisst melden konnte, nur weil sie nach dem Yoga nicht pünktlich nach Hause gekommen war. Oder dass es keine gute Idee war, sich mit einer Alkoholfahne über den Tresen zu lehnen und sie »Kleine« zu nennen. Wie üblich verschmähten Coray und Kurtz den Lift und liefen die Treppe hoch. Die Tür zum Büro ihrer Chefin war angelehnt, und noch bevor sie klopfen konnten, rief Annabelle Cathomas sie herein.

»Da haben wir den Schlamassel.« Sie bat die beiden, die Jacken auszuziehen und sich zu setzen.

Schweigend kamen sie der Aufforderung nach. Cathomas hatte wahrscheinlich ebenfalls nur ein paar Stunden geschlafen. Wenn überhaupt. Doch sie kam wie immer tadellos daher. Jedes blonde Haar an seinem Platz, das Make-up perfekt und das elegante Kostüm ohne einen Falt. Nur der Fakt, dass sie noch immer die Diamantohrringe von gestern trug, zeigte Coray, dass die Lage außerordentlich war. Er war immer wieder von ihrem teuren Schmuck fasziniert, den sie jeden Tag anders kombinierte. Vor allem rätselten er und Kurtz seit Langem, ob die Klunker geschenkt oder selbst gekauft waren. Frau Major hielt ihr Privatleben nicht gerade geheim, aber man wusste kaum etwas über sie, außer dass sie geschieden war und einen erwachsenen Sohn hatte.

»Ist die Presse schon informiert?«, fragte Coray.

»Brunner hat die Presseerklärung noch heute Nacht aufgesetzt, sie wird in den nächsten Minuten rausgehen. Die ersten Journis schleichen bereits um das Haus der Familie Candinas in Flims. Ich nehme mal an, die lieben Nachbarn sind dafür verantwortlich. Die haben ja am Rande mitbekommen, dass was nicht stimmt in der Familie.«

Bei diesen Worten dachte Coray unbehaglich an die nächtlichen Schreie von Lydia Candinas.

»Was steht in der Mitteilung?«, fragte Kurtz und beugte sich vor.

»Dass heute Nacht bei einem Sturz vom Baumwipfelpfad zwei junge Frauen tödlich verletzt worden sind. Der Hergang ist Gegenstand der Ermittlungen … und so weiter. Das Übliche halt, wenn man eigentlich nichts sagen will.«

»Und die Namen der beiden?«

»Werden noch nicht bekannt gegeben, auch wenn die Angehörigen unterrichtet sind. Aber das ist eine Frage der Zeit. Es wird schon jetzt heiß spekuliert, dass die eine die Tochter von Candinas ist, wahrscheinlich hat einer von uns die Klappe nicht halten können. Lange wird es nicht gehen, bis die Herrschaften aus der schreibenden Zunft uns auf die Pelle rücken werden. Da wir jedoch selber noch nicht wissen, was wirklich passiert ist, gibt es keinen weiteren Kommentar. Von Planta weiß hoffentlich bis heute Abend, ob es ein Tötungsdelikt ist. Wovon ich ausgehe. Deshalb behandeln wir das ab sofort als Verbrechen. Inoffiziell natürlich. Offiziell geht es um Befragungen. Sie legen sofort los mit den Nachforschungen. Morgen im Verlauf des Tages werden wir eine Pressekonferenz abhalten müssen. Ich wäre froh, wenn Sie beide als die leitenden Ermittler dabei sein könnten.«

Coray und Kurtz schauten sich an. Beide hassten solche Auftritte, aber sie wussten auch, dass es nun mal zum Geschäft gehörte. Resigniert nickten sie.

»Gut, ich halte Sie diesbezüglich auf dem Laufenden. Konnten Sie heute Nacht beide Familien erreichen?«

Fragend blickte Cathomas Coray und Kurtz an. Während der nächsten zehn Minuten gab Coray eine Zusammenfassung der Ereignisse in Flims und Tenna wieder.

Cathomas hörte konzentriert zu.

»Was ist mit dieser Frau los?«, fragte sie schließlich mit hochgezogenen Augenbrauen, als er die Reaktion von Floras Mutter auf die Todesnachricht beschrieb.

»Das wissen wir noch nicht. Vielleicht ist sie sehr gläubig, obwohl ihr Mann ganz anders zu ticken scheint.«

»Sie könnte auch in einer Sekte sein«, warf Kurtz ein. »Anders kann ich mir ihr Verhalten nicht erklären.«

»Finden Sie es heraus.«

Damit winkte Cathomas die beiden aus dem Raum. Die packten ihre Winterjacken und marschierten über den Gang hinüber in ihr eigenes Büro, wo sich Kurtz auf ihr »Denkersofa« warf. Ein Designerstück, zu dessen Kauf sie Coray überredet – oder eigentlich eher genötigt – hatte. Sie schwang ihre Beine über die Lehne und sah zu Coray hinüber.

»Solange das nicht offiziell als Verbrechen deklariert ist, müssen wir vorsichtig sein bei unseren Ermittlungen.«

»Wir sind uns einig, dass die beiden jungen Frauen getötet wurden, alles schreit nach einem Verbrechen.«

»Da bin ich ganz deiner Meinung. Ich kann es bis in die Fingerspitzen fühlen, und ich fresse einen Besen, wenn sich etwas anderes herausstellen sollte.«

Ein Klopfen an der Tür unterbrach ihre Überlegungen. Ein großer, schlaksiger junger Mann mit einem unglaublich hässlichen Pullover stand im Rahmen. Coray sah aus dem Augenwinkel, dass Kurtz nach Luft schnappte, als sie das Kleidungsstück sah: Ein Rentier oder ein Elch oder auch ein Hirsch – so genau war es nicht auszumachen – hatte eine Nikolausmütze über den Kopf gestülpt, und im Hintergrund stand ein riesiger orangefarbener Mond am Himmel. Verfilzte Schneeflocken vervollständigten das winterliche Idyll. Der Pulli war offensichtlich von Hand gestrickt und schon oft gewaschen worden. Das Rentier – oder der Elch oder der Hirsch – hatte eine ziemlich abgeschabte Nase, und ein Auge war völlig ausgefranst. Alle wussten, dass seine Mutter ihm dieses zweifelhafte Geschenk gemacht hatte. Und dass er das Kleidungsstück ihr zuliebe trug. Außerdem machte sich der Technikfreak nichts aus Kleidern. Hauptsache, er hatte es warm und das Stück war bequem. Der Mann mit dem wilden Lockenkopf war ein genialer Tüftler. Kein Computer, keine Kamera und kein Handy konnte seinen Fähigkeiten widerstehen, er deckte all ihre Geheimnisse auf.

»Mensch, Nick, du weißt aber schon, dass Weihnachten seit bald zwei Monaten vorbei ist?«, rief Kurtz ihm lachend entgegen.

Verwirrt runzelte der Kriminaltechniker seine Stirn, ging aber nicht weiter darauf ein. Er hob eine flache Schachtel, in der zwei Handys lagen. Bei beiden war das Glas zerbrochen, und sie sahen ziemlich ramponiert aus.

»Sind das die Handys der beiden toten jungen Frauen?«, fragte Kurtz, nun wieder ernst.

»Ja, wobei ich nicht weiß, welches wem gehört. Das müsst ihr selber herausfinden.«

»Du willst uns jetzt aber nicht sagen, dass du sie nicht knacken konntest?«, fragte Kurtz ungläubig. So etwas war noch nie vorgekommen.

»Daran liegt es nicht. Die Dinger sind arg beschädigt. Vielleicht krieg ich sie wieder hin, aber das kann dauern. Ich wollte euch nur Bescheid sagen.«

Coray und Kurtz schauten sich perplex an. Das war keine gute Nachricht.

»Okay, danke, Nick, da kann man nichts machen. Aber informier uns sofort, wenn du mehr weißt.«

»Mach ich, ciao zusammen.«

Mit einem Nicken verschwand er durch die Tür – und mit ihm sein beeindruckender Pullover.

»Das ist scheiße!«, fluchte Kurtz. »Der Inhalt der Handys hätte uns sicher weitergeholfen. Wieso sind die zerbrochen? Die sind ja im Schnee gelandet.«

»Ja, aber vergiss nicht, dass es zwar heftig geschneit hat gestern Abend, aber während der Wochen vorher war es trocken, oder es hat geregnet. Der Neuschnee liegt noch nicht sehr hoch, die Mädchen samt ihren Handys müssen brutal aufgeschlagen sein.«

Während der nächsten halben Stunde legten sie ihr weiteres Vorgehen fest. Sie kamen überein, zuerst noch einmal die Eltern zu befragen. Jetzt, wo der erste Schock vorbei war, wo die schreckliche Nachricht langsam als Realität in das Bewusstsein sickerte, jetzt mussten Coray und Kurtz herausfinden, wer diese jungen Frauen waren. Wie sie gelebt hatten, was ihre Träume, ihre Hoffnungen, ihre Pläne gewesen waren. Wer waren ihre Freunde? Mit wem waren sie unterwegs gewesen? Waren Drogen im Spiel? Gab es Auseinandersetzungen mit Lehrern? Eifersüchteleien? Streit? Hatten Fanny und Flora Feinde gehabt?

»Sind wir uns einig, dass wir zuerst Fannys Umfeld durchleuchten? Sie scheint die Person mit dem komplexeren Hintergrund zu sein«, sagte Coray.

»Unbedingt. Sie war in dieser Zweierkonstellation die Anführerin. Sie hat bestimmt, was läuft und wo es langgeht. Ich sehe Flora eher als Mitläuferin, als treue Freundin, auf die Fanny immer zählen konnte.«

»Sie hat aber auch profitiert von dieser Beziehung. Stell dir vor: Ein Bauernmädchen, das vorher wahrscheinlich nicht gerade weit herumgekommen ist oder viel vom Leben außerhalb ihrer kleinen Welt gesehen hat, dieses junge Ding wird in das wilde Leben der kleinen Candinas eingesogen.

Ein Mädchen, das in London aufgewachsen ist, das sich gemäß Aussagen seiner Eltern nichts sagen lässt, das mehr oder weniger macht, was es will. Ich bin sicher, für Flora hat sich ein neues Universum aufgetan.«

»Was sich nicht gerade harmonisch auf ihr Familienleben ausgewirkt haben dürfte. Du hast ja ihre Mutter erlebt. Die ist doch voll auf einem Trip. Ich hätte sie am liebsten geschüttelt, als sie dieses Gelaber von sich gegeben hat.«

Coray stellte sich vor, wie seine Kollegin die arme Frau Zinsli am Nachthemd gepackt und geschüttelt hätte. Sein Grinsen brachte ihm einen misstrauischen Blick von Kurtz ein. Bevor er sich erklären konnte, läutete das Telefon auf dem Tisch. Kurtz schnappte sich den Hörer und schaute mit gerunzelter Stirn zu Coray rüber.

»Schick ihn zu uns rauf ins Besprechungszimmer«, sagte sie und erklärte dann zu Coray gewandt: »Das war Stella. Corsin Zinsli steht bei ihr am Empfang und möchte uns sprechen.«

»Der ist hier? Dann bin ich mal gespannt, was er von uns will.«

Sie eilten über den Flur, als Zinsli aus dem Lift trat. Unsicher blickte er sich um und schien erleichtert, als er die beiden auf sich zutreten sah. Verlegen gab er ihnen die Hand. Er war sehr bleich, wirkte aber gefasst. Sie baten ihn ins Besprechungszimmer und boten ihm einen Stuhl an.

»Entschuldigung, dass ich einfach so hereinplatze, aber es gibt ein paar Sachen, die ich Ihnen erklären will. Und zu Hause geht das nicht so gut.«

Betreten stockte er und räusperte sich. Er wusste anscheinend nicht so recht, wie er beginnen sollte.

»Geht es um Ihre Frau?«, kam Kurtz ihm zu Hilfe.

Erleichtert nickte Zinsli.

»Ja. Ich weiß, dass ihre Reaktion auf die Nachricht von Flos Tod Ihnen sonderbar vorgekommen sein muss.«

Sonderbar ist noch milde ausgedrückt, dachte Coray. Befremdend würde es eher treffen.

Doch sie sagten nichts, sondern schauten ihren Besucher erwartungsvoll an. Er seufzte und sprach leise weiter. Dabei rieb er sich unbewusst mit der rechten Hand die Innenfläche seiner linken.

»Sie müssen wissen, dass meine Frau nicht immer so war. Auch wenn Sie sich das vielleicht nicht vorstellen können, kann ich Ihnen versichern, dass Flurina eine fröhliche, lebenslustige Person war. Wir haben bei jedem Anlass im Dorf mitgemacht. Sie hatte ein inniges, spielerisches Verhältnis zu unseren Kindern. Auf den Touren mit den Ziegen hat sie unsere Gäste mit Geschichten unterhalten, sie zum Mitsingen von Schlagern animiert. Ja, sie hat viel gelacht, früher.«

An dieser Stelle seiner Erzählung verstummte Zinsli. Coray und Kurtz regten sich nicht, niemand sagte ein Wort. Beklemmung legte sich über den Raum. Es würde nichts Gutes folgen, das spürten die Beamten.

»Vor vier Jahren haben wir unseren Ältesten verloren«, fuhr Zinsli unvermittelt fort. »Er war am 1. August mit Freunden auf den Piz Mundaun gegangen. Sie wollten zum ersten Mal beim Höhenfeuer dabei sein. Er war sechzehn Jahre alt, und wir fanden nichts dabei, ihn gehen zu lassen. Im Gegenteil, wir waren froh, dass Bastian etwas mit Freunden unternehmen wollte. Er war eher ein stiller Junge, der seine Zeit lieber bei den Ziegen verbrachte als mit Gleichaltrigen.«

Wehmütig lächelte Corsin Zinsli, mit seinen Gedanken wohl bei seinem Sohn.

Das ist ja grauenhaft, dachte Coray. Die haben bereits eines ihrer Kinder verloren. Was ist denn das für ein Schicksal, das so etwas zulässt? Unwillkürlich gingen seine Gedanken zu seinem eigenen Kind, das in Emilias Bauch heranwuchs. Panik erfasste ihn. Was, wenn diesem Kind etwas so Furchtbares geschehen sollte? Wie lebt man weiter, wenn man seinen Sohn oder seine Tochter verliert? Er wusste, niemand konnte verhindern, dass schreckliche Dinge passierten. Auch er würde sein Kind nicht vor allen Gefahren beschützen können. Und dieses Wissen, dass es Ereignisse im Leben gab, auf die er überhaupt keinen Einfluss nehmen konnte, spülte ihm Gletscherkälte in die Adern. Er blickte zu Kurtz, die seine Gedanken zu lesen schien. Sie kniff die Augen zusammen und schüttelte unmerklich den Kopf. Es war nur eine kleine Geste, aber sie brachte ihn wieder in den Normalmodus. Die Panik zog sich zurück, und er atmete tief ein. Er war wieder da.

»Erzählen Sie bitte weiter, was an jenem 1. August passiert ist«, sagte Kurtz.

»Drei Kollegen mit Quads haben Bastian abgeholt. Ich hatte zwar einen Moment lang Bedenken, als er sich hinten auf die Maschine schwang, aber sie machten alle einen zuverlässigen Eindruck. Und das waren sie eigentlich auch.«

»Und trotzdem ist etwas passiert«, sagte Kurtz leise.

»Ja, trotzdem ist es passiert.«

Verzweifelt presste Corsin Zinsli seinen Kopf in die Hände. Sie ließen ihm Zeit, sagten nichts, versuchten, mit der eigenen Bestürzung klarzukommen.

»Die Burschen sind ein Stück den Berg rauf mit den Quads gefahren und dann zu Fuß bis zum Gipfel. Sie haben in ihren Rucksäcken sogar Holz mit hinaufgetragen. Das ist so Tradition, dass jeder, der vor dem Feiertag auf den Piz Mundaun steigt, mindestens ein Holzscheit mitnimmt. Sie hatten ein tolles Fest dort oben, die Jungen haben zusammen gefeiert, getanzt und wahrscheinlich auch ein bisschen getrunken. Seine Freunde haben nach der Tragödie ausgesagt, dass Basti einen glücklichen, ausgelassenen Eindruck gemacht hat.«

Wieder verstummte Zinsli. Und da fiel es Coray wie Schuppen von den Augen. Er erinnerte sich an den katastrophalen Ausgang dieser fröhlichen 1.-August-Feier. Als sich am nächsten Morgen, noch vor Sonnenaufgang, ein paar Burschen aus der Region mit ihren Quads auf den Heimweg machten, war eine der Maschinen verunglückt, der Fahrer war dabei getötet worden. Er hatte sich bei einem Sturz das Genick gebrochen. Der leicht alkoholisierte Beifahrer hatte zugegeben, dass er seinen Kumpel überredet hatte, das Quad zu lenken, da er sich nicht mehr ganz sicher auf den Beinen fühlte. Dieser Kumpel war Bastian Zinsli gewesen. Er hatte keinen Alkohol im Blut, aber er hatte keinerlei Erfahrung, was das Lenken eines Quads anbelangte. Coray war zwar nicht selbst in den Fall involviert gewesen, aber seine Kollegen hatten natürlich darüber geredet. Das Unglück hatte das ganze Tal erschüttert, die Anteilnahme war riesig gewesen. Vor allem, weil die gesamte Familie Zinsli weit über ihr Dorf hinaus aktiv und beliebt war.

Unterdessen hatte Zinsli seine Geschichte weitererzählt.

»Sein Freund Dennis, der zwar ebenfalls vom Quad geschleudert wurde, war mit ein paar Prellungen davongekommen, aber er war nach der Katastrophe nicht mehr derselbe. Ich glaube, er ist aus der Surselva weggezogen.«

Lange Zeit blieb es still im Raum.

»Und auch Ihre Frau war nicht mehr dieselbe«, vermutete Kurtz.

Zinsli schüttelte den Kopf und brach unvermittelt in Tränen aus. Als wäre ein Damm in ihm gebrochen, berichtete er von der Veränderung, die nach dem Unglück in seiner Frau vorgegangen war. Wie sie nach der schrecklichen Nachricht in eine Schockstarre geraten war, aus der sie lange Zeit nicht mehr herausgefunden hatte. Den einzigen Trost hatte sie in der Kirche gefunden. Halbe Tage hatte sie am Grab ihres Sohnes verbracht. Mit versteinertem Gesicht und ohne Tränen. Ihn hatte sie mit leerem Blick weggeschickt, wenn er sie nach Hause holen wollte. Er hatte sich um alles allein kümmern müssen: den Hof, den Haushalt, die Kinder. Zum Glück war in dieser furchtbaren Zeit seine Mutter regelmäßig eingesprungen.

Auf einmal schien es seiner Frau besser zu gehen. Sie ging ihren Verpflichtungen wieder nach. Das Lachen und die Fröhlichkeit allerdings, die kamen nicht zurück. Und oft ging sie stundenlang weg, ohne eine Erklärung. Als sie ihrem Mann nicht sagen wollte, wo und mit wem sie ihre Zeit verbrachte, war er ihr eines Tages gefolgt.

»Zuerst argwöhnte ich, sie habe einen anderen Mann kennengelernt. Aber das war es nicht. Sie verschwand jeweils im Haus einer obskuren Gruppe in Ilanz«, erklärte Zinsli. »Eine Art Sekte.«

Er habe daraufhin seine Frau zur Rede gestellt, doch die habe ihm mit unbewegter Miene erklärt, eher verlasse sie ihn und die Kinder als ihre »Brüder und Schwestern«. Er habe nachgegeben, weil er bei dem Gedanken, dass sie tatsächlich vom Hof weggehen könnte, in helle Panik geraten war.

»Seither hat sie einfach funktioniert. Aber zu den Kindern schaut sie gut«, erzählte Zinsli weiter. Erst als Flora begonnen habe, aus der Enge ihres freudlosen Zuhauses auszubrechen, sei es ganz schwierig geworden. Seine Frau habe ihr den Zorn Gottes prophezeit, dass sie büßen werde für ihr sündiges Leben. Sie und ihre »Verführerin« Fanny.

»Dabei wollten sie einfach ein bisschen Spaß haben«, betonte Zinsli. »Du meine Güte, es waren junge Frauen, die dabei waren, das Leben zu erforschen. Das ist doch völlig normal, das tun sie alle in diesem Alter!«

Er persönlich sei froh gewesen, dass Flo und Fanny so gute Freundinnen wurden, dass seine Tochter eine andere Welt kennengelernt habe. Er habe seiner Frau untersagt, weiter in diesem Ton mit Flo zu reden. Daraufhin habe sie fast gar nicht mehr mit ihrer Tochter geredet, aber ihr verkniffenes Gesicht habe Bände gesprochen.

Und jetzt diese Tragödie.

»Ich wollte einfach, dass Sie ein bisschen verstehen, wie es in Flos Leben aussieht. Ausgesehen hat.«

»Danke, es ist wichtig für uns, über den Hintergrund Ihrer Tochter so viel wie möglich zu erfahren«, sagte Coray, nachdem Zinsli geendet hatte.

»Was wissen Sie über andere Freundschaften Ihrer Tochter?«, hakte Kurtz nach. »Haben Sie da jemanden kennengelernt, oder hat Flora etwas erzählt?«

»Nein, da ist sie sehr allgemein geblieben. Sie hat mir zwar hie und da etwas erzählt, aber eher so Oberflächliches. Sie hat auch nie jemanden mit nach Hause gebracht.«

Wen wundert's?, dachte Coray. Wer will seinen Schulkollegen eine solche Mutter vorstellen? Ihm tat Corsin Zinsli leid, der hatte eine richtig miese Schicksalskarte gezogen.

»Warum hat Flora eine Privatschule besucht?«

»Sie hatte sich das damals sehr gewünscht, nachdem sie Fanny kennengelernt hatte. Sie wollte unbedingt mit ihr in dieselbe Schule gehen. Und finanziell war das für uns kein Problem. Das Geschäft mit den Packziegen läuft sehr gut.«

»Hatte sie einen Freund?«

Zinsli schüttelte den Kopf. »Nein, das glaube ich nicht. Auf jeden Fall hat sie mir nichts davon erzählt.«

»Wie war sie in der Schule, hatte sie gute Noten?«

»Absolut, da gab es keinerlei Probleme.«

»Fällt Ihnen sonst etwas ein? Ein Ereignis, das Flora traurig gemacht hat oder nervös, oder war sie in letzter Zeit ängstlich?«

»Mir ist nichts aufgefallen, aber ich habe sie auch nicht sehr oft gesehen.«

Sie fragten ihn noch nach dem Namen der Sekte, und Zinsli sagte, seines Wissens nenne sie sich »Lichtglas Grischun«.

»Gut, Herr Zinsli, danke, dass Sie so offen zu uns gesprochen haben. Das hilft uns sehr bei unseren Ermittlungen«, schloss Kurtz. »Falls Ihnen noch etwas einfällt, dann rufen Sie uns bitte an.«

Als Corsin Zinsli das Besprechungszimmer verließ, schien es ihm ein bisschen besser zu gehen. Er hatte wieder Farbe im Gesicht, und er hielt sich aufrechter als noch vor einer Stunde.

Kurtz war ans Fenster getreten und wartete, bis sie den Mann aus dem Gebäude treten sah. Dann drehte sie sich zu Coray um.

»Was sagt man da?«, fragte sie ihn hilflos. »Dass das Schicksal eine Bitch ist? Dass es mir viel lieber wäre, wenn wir es mit ein paar Arschlöchern zu tun hätten statt mit diesen trauernden Eltern?«

Wütend trat sie mit ihren Stiefeln gegen einen Stuhl, der polternd umkippte.

Coray sah ihr zu, ohne etwas zu sagen. Er wusste, dass sie Dampf ablassen musste. Es war ihre Art, mit der Situation umzugehen. Einmal hatte sie ihm anvertraut, dass sie mit einem Lover in Paris gewesen war und er ihr dort gebeichtet hatte, dass er sie betrogen hatte. Ihre Reaktion hatte darin bestanden, dass sie ihm einen Fausthieb verpasst – und sich dabei den kleinen Finger gebrochen hatte.

»Was gehst du auch nach Paris?«, hatte Coray gefragt und sich die Lachtränen aus den Augen gewischt. »Diese Stadt ist völlig überbewertet.«

»Du hättest den Kerl sehen sollen. Mein Ring hat ihm die Wange aufgeschlitzt. Er hat geblutet wie ein Schwein.«

Bei der Erinnerung an den Anblick ihres schockierten Ex war Kurtz ebenfalls in lautes Gelächter ausgebrochen. »Wir sind dann getrennt nach Hause gereist. Und dann hatte ich wochenlang eine Schiene am Finger und musste in die Ergotherapie.«

Sie hatten sich beide kaum mehr einkriegen können vor Lachen. Coray konnte Kurtz vor seinem geistigen Auge sehen. Ein Wunder, dass der Typ noch lebt, hatte er gedacht und sich erneut gekrümmt.

Wir sollten uns einen Boxsack ins Büro hängen, überlegte Coray, als er seiner Kollegin zusah, wie sie die Rücklehne eines Stuhles malträtierte. Schließlich beruhigte sie sich wieder, überraschte ihn allerdings mit einem besorgniserregenden Gedanken. »Matti, könntest du dir vorstellen, dass Floras Mutter dem in ihren Augen gotteslästerlichen Treiben der Mädchen ein Ende setzen wollte?«

»Und deswegen ihre eigene Tochter umbringt? Nein, das kann ich mir nicht vorstellen.«

»Aber denk doch mal nach, wie Flurina Zinsli auf die Todesnachricht reagiert hat. Sie war kein bisschen schockiert.«

»Daraus zu schließen, dass sie selber die Mörderin ist, finde ich trotzdem krass. Ich denke, ihre Miene ist immer verschlossen, egal was passiert oder was in ihr vorgeht.«

»Und ich finde diesen Gedanken gar nicht so abwegig. Sie hat alles versucht, Flora wieder auf den richtigen Weg zu bringen. Also das, was sie unter richtig versteht. Diese Sektenheinis haben ihr wahrscheinlich dermaßen das Hirn verdreht, dass sie selber gar nicht mehr erkennt, was richtig oder falsch ist. Es würde mich auch nicht wundern, wenn die ihr eingeredet hätten, dafür zu sorgen, dass ihre Tochter nicht auf dem lasterhaften Pfad weiterwandelt. Oder einen ähnlichen Schwachsinn.«

Coray hörte ihr aufmerksam zu, versuchte sich auszumalen, wie eine Mutter fähig sein könnte, ihr Kind umzubringen. Nein, er konnte es sich nicht vorstellen. Doch dann sah er eine andere Szenerie vor sich. Wie Flurina Zinsli ihrer Tochter gefolgt war, sie wutentbrannt zur Rede gestellt, beide Mädchen vielleicht beschimpft oder gar bedroht hatte …

»Matti, teile deine genialen Gedanken mit mir«, unterbrach Kurtz sein Kopfkino. Das tat er, und sie spannen die Geschichte weiter.

»Fanny hat sie wahrscheinlich ausgelacht, so wie wir sie aus den Erzählungen bis jetzt kennen«, fuhr Kurtz fort.

»Hat sie eine durchgeknallte Tante oder so ähnlich genannt«, sagte Coray, der nun zwischen den Wänden hin und her tigerte. »Aber die Sache hat einen Haken …«

»Ich weiß: Wie sollen die auf den Baumwipfelpfad hinaufgekommen sein?«

»Vielleicht sind die Mädchen da hinauf, um sie loszuwerden, und sie ist ihnen gefolgt. Fit genug ist sie wahrscheinlich.«

Einen Moment schwiegen beide. Dann griff Kurtz zum Telefon, wählte eine Nummer und stellte den Lautsprecher an.

»Es gibt nur einen Weg, das herauszufinden.«

Nach kurzem Läuten wurde der Anruf von Flurina Zinsli entgegengenommen. Als Kurtz sie danach fragte, wo sie gestern zwischen achtzehn und zweiundzwanzig Uhr gewesen sei, trat Stille ein.

»Wollen Sie damit andeuten, dass ich meine eigene Tochter in den Tod gestürzt habe?«, fragte sie schließlich ungläubig. »Sind Sie verrückt geworden?«

»Das ist reine Routine. Bitte beantworten Sie die Frage.«

»Ich war bis einundzwanzig Uhr bei meiner Glaubensgemeinschaft in Ilanz.«

Kurtz bedankte sich und beendete das Gespräch.

»Na, das nenn ich mal ein bombenfestes Alibi«, sagte Kurtz ironisch.

Sie kamen überein, bei den »Brüdern und Schwestern« nachzufragen. Aber zuerst mussten sie bei Fannys Eltern vorbeigehen. Sie meldeten sich telefonisch an und eilten die Treppe runter.

»Nehmt den ›Rambo‹ mit«, rief ihnen Stella zu, als sie am Empfang vorbeikamen. »Es ist wieder ein Schneesturm prognostiziert.«

Damit meinte sie ein speziell ausgerüstetes Einsatzfahrzeug der Kantonspolizei Graubünden, das sich sicher durch fast jedes Gelände steuern ließ.

»Danke, Stella, gute Idee«, sagte Coray und nahm den Schlüssel von »Rambo« entgegen.

Auf dem Weg von Chur nach Flims hoch sah es draußen aus wie in einem Werbevideo von Graubünden Tourismus: Die Äste der Tannen bogen sich unter dem Neuschnee, Eiszapfen hingen wie Weihnachtsdekoration von den Dachkänneln und eingefrorenen Brunnen. Die ganze Welt glitzerte wie in einem Bollywoodfilm, und die Berge lockten zahlreiche Wintersportler auf die Pisten. Zu Dutzenden waren sie unterwegs in der Weissen Arena. Und alle schienen glücklich zu sein. Sie lachten, riefen einander Scherze zu, gestikulierten und brachten mit ihren Skiern auf den Schultern andere Passanten ins Straucheln. Mit Skiern, Snowboards und Schlitten strebten sie den Bahnen entgegen, die sie auf die Gipfel des Crap Sogn Gion, des Crap Masegn oder gar auf den Vorabgletscher bringen würden. Eingepackt in farbige Daunenjacken, ausgerüstet mit den neuesten Skischuhen, topstylishen Sonnenbrillen und teuersten Kopfhörern. Flims/Laax war einer dieser Wintersportorte, wo man hinging, um zu sehen und vor allem um gesehen zu werden.

»Blödes Schickimicki-Volk«, knurrte Kurtz, als sie halten mussten, um eine Gruppe über den Fußgängerstreifen zu lassen. »Diese Frauen gehen tatsächlich voll geschminkt auf die Pisten.«

Coray grinste in sich hinein, als er sich vorstellte, wie Kurtz mit knallrot angemalten Lippen in ihr Kampfsporttraining ging. Nein, das war wohl weniger ihre Welt. Er hatte sie noch nie mit mehr als Mascara und Lipgloss gesehen.

Als sie in die Straße einbogen, in der das Zuhause der Familie Candinas lag, war es vorbei mit dem Wintermärchen. Ein Pulk von Menschen verstopfte den Weg. Die Medienvertreter waren in heller Aufregung, und als sie des Polizeifahrzeugs ansichtig wurden, gab es kein Halten mehr. Mit weit von sich gestreckten Handys stürmten sie auf das langsam rollende Fahrzeug zu. Eine besonders eifrige Reporterin in weißem Anorak mit Pelzbesatz an der Kapuze versuchte mit einem Sprint, die anderen hinter sich zu lassen. Sie war allerdings in unpassendem Schuhwerk unterwegs und rutschte mit ihren dicksohligen Sneakers auf der vereisten Spur aus. Zum Glück hatte Coray das Unheil kommen sehen und den Wagen bereits gestoppt. Mit weit ausgebreiteten Armen und aufgerissenen Augen segelte die Frau auf sie zu und verschwand abrupt aus ihren Gesichtsfeldern.

»Merda!«, fluchte Coray und löste hastig, ohne hinzublicken, seinen Sicherheitsgurt.

»Der ist nichts passiert«, ließ sich Kurtz ungerührt vernehmen. »Ich habe jedenfalls nichts gegen das Blech donnern hören.«

Coray war bereits aus dem Wagen gestiegen und darum herumgeeilt. Als er zur Front kam, lag die Frau noch immer am Boden, etwa zwanzig Zentimeter vom Auto entfernt. Unterdessen hatte sich auch Kurtz bequemt auszusteigen. Die Frau war nicht mehr so jung, wie es auf den ersten Blick ausgesehen hatte. Deutliche Falten durchzogen das vom Schreck verzerrte Gesicht.

Sie sieht aus wie eine Möwe nach einer Bruchlandung, ging es Coray durch den Kopf, als er auf die Frau hinunterblickte. Diese begann sich zu regen, und Coray beeilte sich, ihr seine Hilfe anzubieten.

»Lassen Sie mal, ich muss erst abchecken, ob noch alles ganz ist«, antwortete sie und kam ungelenk auf die Knie, wo sie erneut innehielt.

Kurtz, die inzwischen zu ihnen getreten war, schaute der Frau mit schräg gelegtem Kopf interessiert bei ihren Bemühungen zu.

»Kommen Sie schon, es ist nichts passiert«, sagte Kurtz nach einem Moment, trat hinter die Gestürzte und packte sie entschlossen unter den Armen.

Vor lauter Überraschung ließ die Journalistin alles geschehen und stand nach der derben Hilfe etwas derangiert wieder auf ihren Beinen. Die ehemals weiße Jacke wies graue Schlieren auf, und was immer sie vorher für eine Frisur gehabt haben mochte – jetzt waren es nur noch feuchte Strähnen, die verloren auf ihre Schultern fielen.

»Haben Sie sich verletzt?«, fragte Coray und erntete dafür einen bösen Blick von Kurtz.

»Nein, es geht ihr gut, nicht wahr? Es ist alles in Ordnung«, betonte Kurtz und klopfte der Dame ein paar Eispartikel von der Kleidung. »Und jetzt machen Sie bitte Platz, wir müssen hier durch.«

»Warten Sie, mein Handy liegt noch unter Ihrem Wagen«, rief die Frau aufgeregt, ließ sich erneut auf alle viere nieder und schob sich behände unter den Kühler. Eifrig packte sie ihr Gerät und kroch rückwärts wieder unter dem Wagen hervor.

»Na, wer sagt's denn«, murmelte Kurtz Coray zu. »Ich hab doch gewusst, dass der nichts passiert ist.«

Coray verdrehte die Augen und ging zurück zum Auto. Die Journalisten, die begierig die Szene gefilmt hatten, rückten nahe an den Wagen heran und riefen ihnen ihre Fragen zu. Vor allem etwas schien sie umzutreiben: Wer waren die Opfer?

»Stimmt es, dass Fanny Candinas eines der toten Mädchen ist?«, rief einer, und alle verstummten, um die Antwort nicht zu verpassen.

Mit in die Hüften gestemmten Armen stellte sich Kurtz dem Pulk. Ihre zu Schlitzen verengten Augen nahmen den Fragesteller ins Visier.

»Wer sagt das?«

»Man hört das so.«

»Wo hört man das?«

»Na, überall halt. Und dass die Polizei hier ist, hat ja auch etwas zu bedeuten.«

»Aber natürlich hat das etwas zu bedeuten. Es bedeutet, dass Sie und Ihre Kollegen sofort aufhören, uns den Weg zu versperren. Schon mal etwas über Behinderung der Polizei gehört? Außerdem sollten Sie es langsam wissen, meine Herrschaften: Von uns bekommen Sie keine Auskunft zum Fall. Wenden Sie sich an unsere Medienstelle. Und jetzt machen Sie uns gefälligst Platz!«

Die letzten Worte hatte sie so entschieden ausgestoßen, dass sie schon beinahe wie eine Drohung klangen. Zögerlich ging die Meute auseinander und gab die Straße frei.

»Du bist unmöglich«, sagte Coray kopfschüttelnd, als Kurtz wieder in den Wagen eingestiegen war. Dabei konnte er das Lachen nicht unterdrücken.

»Wieso? Ich habe ihr ja geholfen, wieder auf die Beine zu kommen.«

»Oh ja, das war sehr nett von dir. Und wenn sie sich verletzt hätte? Sie war ja nicht mehr ganz jung.«

»Ach, komm schon, so wie die angesegelt kam, konnte sie sich gar nicht verletzen. Die ist gelandet wie ein Flugzeug auf Kufen. Sie hat Glück gehabt, dass ich ihr überhaupt geholfen habe.«

Coray schaute Kurtz fragend an.

»Wenn nämlich der Pelzkragen an ihrem Anorak echt gewesen wäre, hätte ich sie liegen lassen.«

»Oh, ich verstehe«, sagte er, »dann ist ja alles gut.«

Zum dritten Mal innert nicht mal eines Tages öffneten sie dieselbe Gartenpforte, marschierten über denselben Pfad und standen vor derselben Haustür. Diesmal riss niemand sie auf, bevor sie läuten konnten. Im Gegenteil, es blieb lange still hinter der Tür, und Kurtz wollte schon ein zweites Mal klingeln, als sie ein leises Schlurfen vernahmen. Langsam ging die Tür auf, und Oskar Candinas stand vor ihnen. Es war nicht so, dass er sich nicht Mühe gegeben hätte mit seinem Äußeren. Das Leinenhemd, das er trug, war knitterfrei, die Hosen tadellos in Passform und die Brillengläser frisch geputzt. Es war vielmehr die Haltung, die ihm eine verlorene, unglaublich einsame Aura verlieh. Die Arme, die schlaff nach unten hingen, die von Schmerz gezeichneten Gesichtszüge und der erschöpfte Blick, mit dem er ihnen entgegensah.

»Guten –«

»Kommen Sie herein«, unterbrach er die Grußworte. Er ging voraus in das Wohnzimmer, das sie bereits kannten. Doch heute begrüßte sie kein Feuer, das lustig tanzend seine Wärme verbreitete. Die Vorhänge waren zugezogen, was den sonst so heimeligen Raum in ein gespenstisches Zwielicht tauchte. Sogar die riesige Zimmerlinde neben den Fenstern schien ihre Blätter hängen zu lassen.

Die Ermittler blieben im Raum stehen. Es war nicht das erste Mal, dass sie nach einer Tragödie die Hinterbliebenen befragen mussten. Das war nie leicht. Aber eine solche Verzweiflung, die alles mit einem bleiernen, klebrigen Grau überzogen hatte, das war eine neue Dimension. Hilflos blickten sie einander an.

»Ich weiß, was Sie denken«, sagte eine tonlose Stimme aus dem Halbdunkel. »Und Sie haben recht. Es ist, als hätte man diesem Haus den Sauerstoff entzogen.«

Lydia Candinas war unbemerkt in den Raum getreten und ging zum Sofa, wo sie sich kraftlos in die Kissen fallen ließ. Ihr Mann trat neben sie, blieb aber stehen. Es wirkte, als hätte er nicht einmal genug Energie, um sich hinzusetzen. Heute hatte diese Frau, die in einer Illustrierten einmal eine Stilikone genannt worden war, nichts Glamouröses an sich. Sie war ungeschminkt, trug Jeans und ein graues Männerhemd, das ihr bis fast auf die Knie reichte. Ihre nackten Füße steckten in unprätentiösen Finken aus schwarzem Filz.

»Es tut uns leid, dass wir Sie belästigen müssen. Aber es ist wichtig, dass Sie uns einige Fragen beantworten«, begann Coray.

»Das verstehen wir. Kommen Sie, setzen wir uns doch zusammen.«

Damit ließ sich Candinas neben seine Frau auf das Sofa sinken und bedeutete den Ermittlern, sich ihnen gegenüberzusetzen.

»Wir bedauern Ihren Verlust zutiefst«, sagte Coray mit seiner einfühlsamsten Stimme und ließ sich nieder. Wobei er jedes Wort ernst meinte, er musste kein Mitgefühl heucheln, der Tod dieser zwei jungen Menschen traf ihn tatsächlich.

»Danke. Aber können wir bitte zur Sache kommen. Je schneller wir das hinter uns bringen können, desto besser für mich und meine Frau. Sie gehen von Mord aus, nehme ich an, sonst wären Sie nicht hier.«

Bevor sie darauf eingehen konnten, begann Lydia Candinas unvermittelt zu sprechen.

»Ich will wissen, wer das getan hat«, kam es gepresst aus ihrem Mund. »Und ich werde alles tun, um Sie bei den Ermittlungen zu unterstützen – auch wenn ich hier stundenlang sitze und Ihre Fragen beantworte. Es spielt keine Rolle. Nichts spielt mehr eine Rolle. Mich interessiert nur noch, wer der Mörder meines Kindes ist. Ich muss das wissen. Ich muss wissen, warum Fanny sterben musste. Ob mich eine Mitschuld an ihrem Tod trifft.«

»Warum sollten Sie mitschuldig sein?« Kurtz hatte bereits ihr knallrotes Notizbuch auf den Knien und einen Stift in der Hand.

»Weil ich ihr vielleicht zu viele Freiheiten gelassen habe. Weil ich sie wie eine Erwachsene behandelt habe. Weil ich mir sicher war, dass sie diese Freiheiten nicht ausnützen würde. Weil ich mich vielleicht grandios geirrt habe.«

»Liebes –«, begann Candinas, wurde jedoch sofort wieder abgeblockt.

»Nein, lass. Du musst mich jetzt nicht beschwichtigen oder versuchen, mein Gewissen zu entlasten. Du warst es doch, der immer wieder gesagt hat, wir sollten ihr vielleicht nicht alles erlauben –«

»Aber das haben wir doch gar nicht –«

»Wann haben wir ihr denn jemals etwas wirklich verboten? Nein gesagt? Und es dann auch durchgezogen?«

»Zum Beispiel, als sie als Zwölfjährige alleine nach London fliegen wollte, nur um ihre Freunde zu treffen.«

»Das war aber so ziemlich das einzige Mal. Weißt du noch, wie sie uns während Tagen die Hölle heißgemacht hat, weil wir nicht nachgegeben hatten? Sie müssen wissen, wenn Fanny etwas erreichen wollte, konnte sie sehr überzeugend sein.«

In der Erinnerung an das Erlebnis lächelte Lydia Candinas wehmütig, und ihr Mann nahm sanft ihre Hand in die seine.

»Aber sie war doch immer zuverlässig. Wenn sie etwas mit uns abgemacht hat, dann hat sie sich daran gehalten.«

»Ja, das war sie. Aber eigentlich haben wir keine Ahnung, was sie so getrieben hat. Wir haben einfach gedacht, wenn Flo an ihrer Seite ist, macht sie keinen Blödsinn. Aber Flo war ja wohl auch nicht immer dabei, wenn unsere Tochter unterwegs war. Vielleicht haben wir einfach zu wenig auf sie aufgepasst.«

Lydia Candinas sprang erregt von dem Sofa auf und begann im Raum herumzulaufen.

»Hör auf, dir Schuldgefühle einzureden. Du bist nicht schuld an ihrem Tod. Ihr Mörder ist schuld daran!«

Coray und Kurtz hatten schweigend dem Dialog zugehört. Jetzt wandte sich Coray an das Paar.

»Warum reden Sie so bestimmt von einem Mörder, könnte es nicht auch eine Mörderin gewesen sein?«

Verblüfft schaute Lydia Candinas ihn an.

»Eine Frau? Sie glauben tatsächlich, eine Frau wäre zu einer solchen Tat fähig? Rein körperlich stelle ich mir das ziemlich abwegig vor«, sagte sie.

»Apropos Frau: Wie gut kennen Sie eigentlich Flurina Zinsli?«

»Sie meinen Flos Mutter? Eigentlich überhaupt nicht.« Sie erzählte, dass sie die beiden Familien gern einmal zusammengebracht hätte, seit die Mädchen zusammen in die Schule gingen. Aber irgendwie hatte es nie geklappt. Entweder waren die Zinslis an einem Vereins- oder Dorffest engagiert, oder die Candinas hatten einen gesellschaftlichen Event. Und später, nachdem der Bastian so tragisch ums Leben gekommen war, sei das sowieso kein Thema mehr gewesen.

»Das war wie eine Zäsur«, fügte Oskar Candinas hinzu. »Danach hat die Frau jegliche Kontaktversuche unsererseits abgeblockt. Und für Flo war es auch nicht einfach, sie hatte plötzlich eine Fremde als Mutter.«

»Hat sie darüber geredet?«

»Mit uns nicht, aber bestimmt mit Fanny. Ab und zu hat unsere Tochter erwähnt, dass Flo wieder Stress habe zu Hause. Ohne ihren Vater und ihre Geschwister wäre sie schon längst dort abgehauen. Wir hätten sie sofort bei uns aufgenommen, nicht wahr, Lydia?«

»Oh ja, das wäre die beste Lösung gewesen. Auch für uns. Sie hat uns immer leidgetan, wenn wir gemerkt haben, dass zu Hause wieder der Teufel los war.«

»Hat Flora je erzählt, dass sie misshandelt wurde von ihrer Mutter?«, fragte Kurtz.

»Nein«, antwortete Lydia Candinas nach kurzem Nachdenken. »Sie wurde nicht geschlagen oder so, aber Frau Zinsli hat ihrer Tochter immer wieder prophezeit, dass Gott ihren lasterhaften Lebenswandel nicht dulden würde, dass er sie bestrafen würde, dass sie schon noch sehen werde, wohin das alles führe. Und eigentlich ist das auch Misshandlung.«

Coray und Kurtz sahen sich an. Ja, das sahen sie auch so. Grausamkeit muss nicht zwangsmäßig körperliche Spuren hinterlassen.

Kurtz bat die Candinas, ihnen einen Überblick über das Leben ihrer Tochter zu verschaffen. Wie war ihr Tagesablauf? Hatte sie einen Freund? Was machte sie in der Freizeit? Wie lief es in der Schule? War in letzter Zeit etwas anders gewesen? Wie hießen ihre Lehrer, ihre Schulkameraden? Während die beiden erzählten, machte Kurtz sich Notizen.

Es kam nicht viel Neues dabei heraus. Ihres Wissens ging Fanny zur Schule, zum Klettern, traf sich mit Freunden, hing im Sommer am Caumasee herum und stand im Winter auf dem Snowboard. Und fast immer war ihre Freundin Flo dabei. Dass eine oder beide eine ernsthafte Beziehung mit einem Mann hatten, glaubten sie nicht.

»Das wüsste ich«, behauptete Lydia Candinas, »das hätten sie mir erzählt.«

Wieder wechselten die beiden Ermittler einen Blick. Sie haben keine Ahnung, sagte dieser Blick, keine Ahnung, wie erfinderisch Teenager beim Verschweigen oder Zurechtbiegen von Geschehnissen sein konnten. Es wäre nicht das erste Mal, dass die Eltern schlicht keine Vorstellung davon hatten, was ihre Kinder so trieben.

»Gut, für den Moment war das alles. Vielen Dank, dass Sie so offen zu uns waren. Wenn Ihnen noch etwas in den Sinn kommt ...«

»Dann rufen wir Sie sofort an«, beendete Lydia Candinas Corays Satz und griff nach der Karte, die er ihr hinhielt.

Sie verabschiedeten sich und verließen das Haus. Nach der düsteren Atmosphäre im Inneren hießen sie die kalte Luft und der blaue Himmel willkommen. Die Medienschaffenden ließen sie ohne Kommentare passieren. Dafür sorgte nicht zuletzt die abweisende Miene der vorausmarschierenden Kurtz. Als einer der Journalisten Luft holte, um doch noch eine Frage zu stellen, traf ihn ihr Blick auf eine Weise, dass er seinen Mund schnell wieder zuklappte. Coray hatte ihr einmal gesagt, dass er niemanden kenne, der sein Gegenüber so wirksam zum Schweigen bringen könne, ohne etwas zu sagen. Sie hatte das mit einem Lächeln zur Kenntnis genommen und geantwortet, sie finde das gar nicht schlecht, wenn die Leute in gewissen Situationen ein bisschen von ihr eingeschüchtert seien, das erspare ihr so manche überflüssige Diskussion.

FÜNF

Beim Auto angekommen, klopfte Katja Kurtz aufs Dach und zeigte anklagend auf ihr linkes Handgelenk.

»Matti, hast du vielleicht schon mal auf die Uhr geschaut oder das wütende Knurren in meinem Bauch gehört? Ohne Schlaf ist es schon nicht lustig, aber ohne etwas Warmes im Bauch arbeiten zu müssen, verstößt gegen die Menschenrechte.«

»Du hast recht, ich habe auch einen Mordshunger, es ist ja schon Mittag. Komm, wir haben uns ein richtiges Essen verdient.«

Sie beschlossen, nach Laax zu fahren und in der »Posta veglia« einzukehren. Das stattliche Gebäude im Dorfkern war 1880 erbaut worden und hatte früher tatsächlich als Postbüro gedient. Auch eine Station für Postkutschen hatte das heutige Gasthaus anno dazumal beherbergt.

Coray und Kurtz besuchten das Gasthaus nicht zum ersten Mal. Es gab verschiedene Räume, aber sie gingen immer ins sogenannte Beizli. In der behaglichen Atmosphäre konnte man zur Ruhe kommen, auch wenn die Welt draußen mal wieder aus den Fugen geriet. Und der Wirt sorgte dafür, dass sie auch außerhalb der aufgeführten Essenszeiten etwas Warmes in den Magen bekamen. Sie bestellten beide die »Posthalterin«. Die Bündner Spezialität Pizokel wurde hier mit viel Gemüse, Pilzen, brauner Butter und geriebenem Käse serviert. Die Teller verströmten schon von Weitem einen unwiderstehlichen Duft. Wie hungrige Wölfe fielen die beiden über das Essen her. Lange Zeit war es still am Tisch, bis Kurtz theatralisch seufzte und genießerisch die Augen schloss. »Jetzt noch ein Zweierli Roten und ein ausgedehntes Mittagsschläfchen, und ich wäre der zufriedenste Mensch.«

»Mit einem Schläfchen kann ich nicht dienen, aber ich lade dich zu einem Nani ein, was hältst du davon?«

»Ich denke, das ist die beste Idee des Tages. Danach halte ich wieder ein paar Stunden durch.«

Das Nani war eine gebrannte Creme nach einem Rezept des Hauses. Coray wusste, dass seine Kollegin verrückt danach war.

Es war schon etwas anderes, sich von einem guten Essen gestärkt wieder an die Arbeit zu machen als mit leerem Magen, dachte Coray. Außerdem war noch ein Foto von Emilia auf seinem Handy aufgeploppt. Sie war auf Schneeschuhen im Gebiet Chischarolas ob Brigels unterwegs. Das Bild zeigte Juri, wie er durch den Neuschnee pflügte, mit pflotschnassem Fell und vergnügtem Blick. Es ging ihnen gut, und das beruhigte ihn. Er steckte das Handy wieder ein, nachdem auch Kurtz einen Blick darauf geworfen hatte. Er hatte ihr noch nicht gesagt, dass Emilia schwanger war. Niemand wusste davon. Sie hatten beschlossen, mit der Nachricht zu warten, bis mindestens die ersten drei Monate der Schwangerschaft vorbei waren. Gestern, nachdem sie Bilder vom Ultraschall gesehen hatten, waren sie übereingekommen, dass der Moment bald gekommen war, ihre Nächsten über das glückliche Geschehen zu informieren. Aber dann war alles anders gekommen, und jetzt war nicht der richtige Zeitpunkt. Die tragischen Ereignisse hatten alles andere in den Hintergrund gedrängt. Coray wollte es Kurtz in einer entspannten Atmosphäre, wo es keinen Mord und Totschlag gab, erzählen. Er musste innerlich grinsen, als er sich ihr Gesicht vorstellte. Sie würde ausflippen.

»Wir gehen jetzt noch bei dieser Sekte in Ilanz vorbei, und dann ist es bereits Zeit, dass wir uns auf den Weg zu Isidor machen. Ich bin gespannt, was er uns zu erzählen hat.«

»Ich bin vor allem gespannt, in welchem Outfit er uns heute empfangen wird«, sagte Kurtz.

Sie spielte damit auf den Kleiderspleen des Rechtsmediziners an. Nicht nur seine Straßenkleidung war speziell – er pflegte sich vor allem innerhalb seiner heiligen Hallen sehr ausgefallen zu kleiden. Sie hatten ihn schon in Schürzen mit Micky-Maus-Motiven, mit aufgemaltem Frack oder gestreift wie eine Häftlingskleidung vor den toten Menschen auf seinem Chromstahltisch hantieren und kommentieren sehen. Niemand hatte es bis jetzt gewagt, ihn auf seine Marotte anzusprechen. Es wurde auch hinter seinem Rücken von niemandem als unpassend kritisiert. Alle wussten, wie sehr Isidor von Planta seinen Patienten zugetan war – auch wenn diese nicht mehr reden konnten. Vielleicht wollte er ihnen mit diesen außergewöhnlichen Aufmachungen zeigen, dass sie für ihn etwas Besonderes waren, auch wenn sie entblößt und aufgeschnitten vor ihm lagen.

Seinen Auftrag sah er darin, das herauszufinden, was die Toten nicht mehr erzählen konnten. Was ihnen angetan worden war. Er hatte einen angeborenen Instinkt dafür, wann ein Tod nicht ein natürlicher war. Und mochte ein Mord noch so raffiniert ausgeführt worden sein: ein unscheinbarer blauer Fleck in der Kniebeuge, eine kleine Schürfung auf dem Haarboden oder ein winziger Einstich hinter dem Ohr – der Rechtsmediziner ruhte nicht eher, bis er die Geheimnisse der Toten aufgedeckt hatte. Es war seine Art, ihnen zu ihrem Recht zu verhelfen. Ihnen seinen Respekt zu zollen.

Auf dem Weg hinunter Richtung Ilanz blitzte auf der linken Seite kurz der Vorderrhein auf, der sich wie ein silbernes Band durch die Schneelandschaft zog. Geradeaus blickte die Bündner Rigi – wie der Piz Mundaun gern genannt wurde – etwas herablassend aufs Tal hinunter. Und obwohl der Anblick schon fast kitschig schön war, dachte Coray mit Sehnsucht an den Sommer. Mit Juri an seiner Seite auf Schneeschuhen durch die verzauberte Landschaft zu ziehen, die klirrende Kälte auf den Wangen zu spüren und das

Knirschen des frisch gefallenen Schnees zu hören, war zwar zutiefst befriedigend, aber Coray war ein Sommerkind. Er liebte es, den Sonnenaufgang von einem Gipfel aus zu bewundern, auf den Wanderungen in kristallklaren Bergseen zu schwimmen und in den Nächten vor einem Maiensäß hockend die Sternschnuppen zu bestaunen.

»Weißt du noch, als wir im Sommer diesen Höllenritt auf dem Rhein nur mit Glück überlebt haben?«, fragte in diesem Moment seine Kollegin. Geradeso, als hätte sie seine Gedanken erraten.

»Oh ja, ich erinnere mich gut. Wenn ich daran denke, tun mir wieder alle Knochen weh. Wie geht es eigentlich mit deinem Emil?«

Emil Tscharner war ebenfalls Polizist und der Freund von Katja Kurtz. Er war beim letzten Einsatz lebensgefährlich verletzt worden und hatte lange Zeit in der Reha verbringen müssen. Coray hatte ihn ein paarmal besucht und wusste, dass er seit Kurzem wieder im Einsatz war.

»Er ist glücklich, dass er wieder im Dienst ist. Aber ich glaube, diese Sache hat tiefere Spuren bei ihm hinterlassen, als er selber wahrhaben will. Er redet nicht gerne darüber. Du kennst ihn ja: ganz die Sorte harter Cowboy.«

»Ha, das sagt ja grad die Richtige!«

»Ich habe keine Ahnung, was du meinst. Ich bin die sanfteste, zugänglichste Person in ganz Graubünden.«

Nach diesem erstaunlichen Statement brachen beide in Lachen aus und fühlten, wie gut es tat, all das Schwere und Traurige für einen Moment beiseitezuschieben. Wie befreiend es sich anfühlte.

»Sag mal, was hat unser Kollege im Innendienst eigentlich zu dieser Sekte rausgefunden?«, fragte Kurtz.

»Nicht viel, es liegen keine Anzeigen oder Beschwerden gegen sie vor. Sie scheinen sehr zurückgezogen zu agieren. Wahrscheinlich irgendwelche Spinner, die glauben, dass die fehlgeleitete Menschheit bald von Meteoriten ausgerottet wird und sie von einem Ufo abgeholt werden und in die strahlende Unendlichkeit reisen werden.«

Nach Schluein bogen sie links ab Richtung Industrieviertel. Vorbei an der Bucht am Rhein, wo sie in der warmen Jahreszeit gern ihre Sandwiches verdrückten, ihre Fälle besprachen und Juri halbe Baumstämme ins türkisfarbene Wasser warfen. Das Navi führte sie vor eine alte Baracke, die etwas versteckt hinter einem Betongebäude lag. Sie hatten sich nicht angemeldet, aber nahmen an, dass Flurina Zinsli die Leute vorgewarnt hatte. Und genau so war es. Sie kamen kaum dazu, ihre Ausweise zu präsentieren, als die Frau, die ihnen die Tür aufmachte, auch schon loslegte. »Wie können Sie es wagen, unsere Schwester zu beschuldigen, Sie –«

»Wie heißen Sie?«, unterbrach Kurtz barsch und mit undurchdringlicher Miene den Redefluss der etwa Sechzigjährigen, die ihre grauen Haare offen bis fast zur Hüfte fallend trug.

»Äh …«

»Können wir reinkommen?«, fuhr Kurtz fort und machte einen Schritt ins Haus.

Überrumpelt trat die Frau zurück, und Coray und Kurtz marschierten in den Hausflur. Es war dunkel und müffelte leicht nach Schweiß und einem undefinierbaren Essensgeruch. Coray sah, wie seine Kollegin angewidert die Nase rümpfte. Dabei ließ sie die Frau keinen Moment aus den Augen.

»Also? Wie ist Ihr Name?«

Die Frau hatte sich gefasst. Mit verschränkten Armen stand sie breitbeinig vor ihnen und blitzte sie durch die verschmierten Gläser ihrer altmodischen Brille wütend an.

»Das geht Sie gar nichts an, ohne Durchsuchungsbefehl dürfen Sie gar nicht in unser Haus kommen.«

»Gute Frau, Sie schauen zu viele Krimis«, sagte Kurtz und seufzte genervt. »Wir wollen Ihnen einfach ein paar Fragen stellen. Aber wenn es Ihnen lieber ist, bestellen wir Sie nach Chur auf den Polizeiposten.«

Die Frau setzte zu einer Antwort an, überlegte es sich dann aber anders. »Gut, ich werde Ihre Fragen beantworten, aber wir bleiben hier im Flur stehen.«

»Wie Sie wollen. Also, wie heißen Sie?«

»Ich bin Schwester Annamaria.«

»Geht es ein bisschen genauer?«, hakte Coray nach. »Zum Beispiel mit einem Nachnamen, einem Wohnort, einer Adresse?«

»Annamaria Kübler. Ich wohne an der Rosenstraße 14, hier in Ilanz.«

»Und was ist Ihr Job hier?«

»Wie meinen Sie das? Es ist kein Job, den ich hier ausübe. Ich bin frühpensioniert und widme mich hier meinen Brüdern und Schwestern. Wir alle tun das in unserer Gemeinschaft. Wir beten zusammen, reden zusammen, kochen manchmal und kümmern uns in Notlagen umeinander.«

»Wie viele Mitglieder hat denn Ihr Club?«, schaltete sich Kurtz ein.

»Club«, schnaubte Kübler. »Wir sind kein Club! Wir sind rund zwanzig Menschen, die sich Gott zugewandt haben, während sich die anderen immer mehr vom Glauben abbringen lassen. Denen es egal ist, wie oberflächlich und falsch sie ihr Leben führen, die sich von Satan verführen lassen und ihre gottgegebene –«

»Hat sich Flurina Zinslis Tochter Flora auch von Satan verführen lassen?«

Einen Moment lang stand Kübler mit offenem Mund da und starrte die beiden an.

»Das scheint tatsächlich geschehen zu sein«, fuhr sie dann bedächtig fort und faltete die Hände. »Ihre Mutter konnte kaum mit ansehen, wie sie auf diesen furchtbaren Pfad der Laster geriet. Sie war so verzweifelt.«

»Und da haben Sie beschlossen, sie von diesem furchtbaren Pfad hinunterzustoßen? Ihre Seele zu retten?« Kurtz' Stimme tönte wie rostiger Stahl.

Selbst Coray glitten bei diesem Tonfall Eissplitter den Rücken hinunter. Unbehaglich zog er die Schultern nach oben.

»Wovon reden Sie da? Glauben Sie etwa, jemand von uns könnte jemand anderem das Leben nehmen?«

»Warum sollten Sie das nicht können, wenn Sie damit einer geliebten Schwester den Seelenfrieden zurückgeben können?«

Die Wörter »geliebten Schwester« sprach Kurtz dermaßen triefend vor Ironie aus, dass Kübler das Blut in die Wangen stieg. Es machte Kurtz offensichtlich Spaß, Kübler zur Weißglut zu bringen. Doch sie atmete tief durch und fing sich wieder.

»Nur Gott entscheidet über Leben und Tod. Unser Weg ist ein anderer als Gewalt.«

»Aha. Und welchen Weg gehen Sie in solchen Situationen?«

»Wir beten. Wir beten alle zusammen um die Seelen der Menschen, die straucheln oder gar gefallen sind. Die Kraft unserer gemeinsamen Fürbitten hat schon so manches Wunder bewirkt.«

»Da bin ich mir sicher«, sagte Kurtz trocken.

Annamaria Kübler schien angesichts der kühlen Überlegenheit, welche die Polizistin an den Tag legte, doch langsam die Fassung zu verlieren. Obwohl auch Coray durchaus seinen Spaß daran hatte, die zur Schau gestellte Selbstgerechtigkeit dieser Frau einstürzen zu sehen, fand er es an der Zeit einzugreifen.

»War Flurina Zinsli gestern Abend hier?«

»Ja, das war sie. Wir haben zusammen mit den anderen

darum gebetet, dass Flora endlich zur Vernunft kommt. Flurina hat sich in letzter Zeit noch mehr Sorgen um sie gemacht als sonst schon.«

»Warum denn? Was war in letzter Zeit anders?«

Corays Stimme tönte betont beiläufig, aber in seinem Innern hörte er leise eine Glocke anschlagen.

»Sie war noch verschlossener als sonst, noch weniger zu Hause. Flurina konnte sie gar nicht mehr erreichen in ihrer Welt.«

»Und worauf hat Frau Zinsli das zurückgeführt?«

»Sie hatte keine Ahnung – und das war ja das Schlimme. Sie war so verzweifelt deswegen.«

»Ich bin sicher, dass Ihr Betkreis ihr sehr geholfen hat«, kam es mit unüberhörbarem Sarkasmus von Kurtz.

Kübler drehte sich ihr wütend zu und starrte sie schwer atmend mit verkniffenen Lippen an; ihre glatt polierte Fassade zeigte erste Risse. Nicht mehr lange und Kübler würde Kurtz mit den Fingernägeln durchs Gesicht fahren.

»Von wann bis wann war Flurina Zinsli gestern hier?«, fuhr Coray fort.

»Sie ist abends um sechs Uhr gekommen, dann haben wir zusammen gekocht, gegessen und danach gebetet. Es war nach neun Uhr, als sie gegangen ist.«

»Und das können wie viele Personen bezeugen?«

»Wir waren neun Schwestern und Brüder.«

»Gut, dann schreiben Sie uns jetzt die Namen, Adressen und Telefonnummern dieser Leute auf. Wir warten so lange.«

Verdutzt schaute Kübler sie an.

»Und wenn Sie die Angaben haben, gehen Sie dann wieder?«

»Ja, dann gehen wir wieder.«

Sie bat die Beamten, im Flur zu warten, und eilte sichtlich erleichtert Richtung Wohnräume. Lange brauchte sie nicht, um die Liste zu erstellen. Sie übergab das Papier Coray, Kurtz würdigte sie keines Blickes. Er bedankte sich und nahm seine Kollegin entschieden am Arm. Er spürte förmlich, dass sie es gern noch weiter auf die Spitze getrieben hätte mit Frau Kübler.

Als sie aus dem Haus traten, dunkelte es bereits ein, und die ersten Schneeflocken trudelten vom Himmel. Noch fielen sie eher zögerlich, doch ein Blick hinauf in die schwarzen Wolken verhieß nichts Gutes.

»Was guckst du so misstrauisch in den Himmel, erwartest du Rache von oben, weil ich diese Betschwester ein bisschen getriezt habe?«

»Ich denke nicht, dass du schuld bist. Ich verdächtige eher das Sturmtief, vor dem sie auf der Fahrt hierher gewarnt haben.«

Sie beschlossen, sofort Richtung Chur aufzubrechen, kurz bei der Chefin vorbeizuschauen und dann direkt ins Kantonsspital zu fahren, um Isidor von Planta zu treffen. Coray hoffte zutiefst, dass dieser die Obduktion der beiden jungen Frauen schon abgeschlossen hatte. Lieber seilte er sich beim Klettern über eine überhängende Wand ab, als dass er dem Rechtsmediziner bei dessen Handwerk über die Schulter sah. Von Planta wusste von Corays kleiner Schwäche und richtete es immer mal wieder so, dass Coray nicht ungeschoren davonkam. Heute war es immerhin bald Abend, er hatte etwas Gutes im Magen – von daher waren die Voraussetzungen nicht schlecht. Die größte Überwindung kostete es Coray, wenn er am frühen Morgen für eine Obduktion vor Ort sein musste. Das fand er jeweils eine ganz üble Geschichte. Buchstäblich.

Bis Laax hatte der leichte Schneefall eher einem Tanz geglichen, so, als zierten sich die Flocken, bis auf die Erde zu fallen. Doch urplötzlich hatte das Wetter nichts Spielerisches mehr: Wilde Böen trieben große, wie zerrissene Papiertaschentücher aussehende Fetzen vor sich her. In alle Richtungen stoben sie, was die Autofahrer sichtlich irritierte. Direkt vor ihnen ging ein Mann panisch auf die Bremsen, und Coray musste einen Vollstopp machen. Noch griffen die Pneus auf dem Belag, aber es würde nicht mehr lange dauern, und die Fahrbahn würde bedeckt und rutschig sein.

»Natürlich ein Zürcher«, sagte Kurtz und zeigte grinsend auf das Nummernschild des weißen Vans vor ihnen.

»Du bist schlimmer als jeder Bündner«, antwortete Coray kopfschüttelnd. »Und dabei solltest du als Aargauerin wissen, wie nervig solche Sprüche sind. Ich sage nur: weiße Socken!«

»Ha, derlei lässt mich völlig kalt. Hup doch mal, sonst zockeln wir morgen noch hinter diesem Zürcher her. Oder besser noch, wir schalten die Sirene ein.«

Sie machte Anstalten, sich auf seine Seite zu lehnen.

»Untersteh dich – ich setze dich auf der Stelle in der Wildnis aus.«

Sie liebten diese Frotzeleien, es entspannte, brachte sie zum Lachen und schweißte sie zusammen.

Unterdessen hatte der Schneesturm an Intensität zugenommen. Coray musste sich konzentrieren, damit er die Fahrbahn nicht aus den Augen verlor. Der Fahrer des weißen Vans vor ihnen gab auf und hielt an der erstbesten Ausbuchtung neben der Straße. Coray war erstaunt, dass Kurtz keinen ihrer beißenden Kommentare abgab. Er warf einen Blick zu ihr rüber und sah, dass sie fasziniert das Schneeballett vor der Windschutzscheibe verfolgte.

»Weißt du, woran mich das erinnert?«, fragte sie. »An die Starenschwärme, wenn sie sich für ihren Flug in den Süden zusammenfinden. Das sieht auch so magisch aus, und die Vögel stoßen nie zusammen. Es ist unglaublich. Weißt du übrigens, dass eine Schneeflocke eine halbe bis eine Stunde braucht, bis sie am Boden ist? Sie fällt mit einer Durchschnittsgeschwindigkeit von rund vier Stundenkilometern.

Und sie haben einen Durchmesser von einigen bis fünf Millimetern.«

Amüsiert hörte Coray ihren Ausführungen zu. Er war immer wieder erstaunt, welche verrückten Wege ihre Gedanken gingen. Und wie schnell sie sich von einer freundlichen, hilfsbereiten Person in eine Furie verwandeln konnte. Oder umgekehrt von einer Zynikerin in ein Wesen, das staunend wie ein Kind den Schneeflocken zuschaute. Sie war schon eine Nummer, diese Katja Kurtz. Einen Moment lang war er versucht, ihr von Emilias Schwangerschaft zu erzählen. Es hätte zu der entrückten Stimmung gepasst.

»Willst du nicht ein bisschen aufs Gas drücken, wir haben freie Fahrt«, sagte sie in seine Überlegungen hinein, und er verwarf den Gedanken wieder. Die magische Minute war vorbei.

Sie erreichten das Portal des Flimserstein-Tunnels und tauchten ein in die Betonröhre. Der knapp drei Kilometer lange Crap da Flem bot ihnen zwar keinerlei Magie, dafür Schutz vor der Unbill des Wetters. Coray erinnerte sich an das furchtbare Unwetter vom vergangenen Sommer. Auch da war er froh gewesen, als er mit Emilia und Juri im Auto in den Tunnel hatte fliehen können. Er entspannte sich und gab Gas.

»Fändest du es nicht besser, wenn wir direkt zu von Planta fahren würden?«, fragte Kurtz nach einem Blick auf die Uhr. »Sonst schaffen wir es vielleicht nicht mehr durch die Stadt. Und wir sind sowieso schon spät dran.«

»Ja, du hast recht. Ruf Cathomas an und sprich es mit ihr ab.«

Kurtz kramte ihr Handy hervor, stellte auf Lautsprecher und wählte den Kontakt.

»Seid ihr im Schneesturm stecken geblieben, oder was hindert euch daran, pünktlich in meinem Büro zu erscheinen?«

Ihre Stimme klang kühl, doch Coray hörte den besorgten Unterton, von dem sie keinesfalls wollte, dass man ihn hörte. Wenn sie auch stets die toughe Vorgesetzte gab, die von nichts und niemandem berührt wurde, wusste er, dass es durchaus Situationen gab, in denen sie sich Sorgen machte um ihre Leute. Aber sie war gut darin, sich ihre Gefühle nicht anmerken zu lassen. Sehr gut.

»Guten Abend, Frau Major«, gab Kurtz zur Antwort. »Ja, wir sind tatsächlich etwas langsam unterwegs. Was einerseits am Schneesturm liegt und andererseits an der Fahrweise von Kollege Coray.« Bei diesen Worten warf sie einen frechen Blick zu ihm. Doch Coray sah stoisch auf die Fahrbahn vor sich und verzog keine Miene.

»Also, wir wollten fragen, ob es okay ist, wenn wir direkt in die Pathologie fahren und erst danach zu Ihnen kommen?«

»Aha, Sie fürchten sich vor von Planta. Ha, ich weiß, wie er reagiert, wenn man zu seiner Audienz zu spät kommt. Wissen Sie was, Sie müssen gar nicht in die Ringstraße kommen, berichten Sie mir einfach jetzt am Telefon, was der Stand der Dinge ist.«

In einer knappen Zusammenfassung berichtete Kurtz über die Ereignisse des Tages. Einen Moment lang herrschte Stille.

»Verdächtigen Sie die Mutter oder jemand aus dieser Sekte?«

»Nein, nicht wirklich. Die sind zwar ein bisschen wirr, was ihr Denken anbelangt, aber wir halten sie nicht für verdächtig. Außerdem halten wir sie nicht für fähig, eine solche Tat durchzuziehen.«

»Gut. Was ist der Plan für morgen?«

»Wir fahren in die Schule der Mädchen, befragen ihre Mitschüler und Lehrer.«

»Am Nachmittag ist die Pressekonferenz angesagt. Ich erwarte, dass Sie um drei Uhr hier im großen Sitzungszimmer anwesend sind. Nein, kommen Sie um halb drei zu mir ins Büro. Es wäre schön, wenn Sie bis dann Ermittlungsergebnisse hätten, die wir den Schreiberlingen vorweisen können.«

»Alles klar. Wir geben Ihnen noch Bescheid, was von Plantas Untersuchungen hervorgebracht haben.«

Unterdessen waren sie im Tal unten angekommen und beschlossen, in Domat/Ems auf die A 13 aufzufahren und so die Stadt zu umfahren. Es würde bestimmt Chaos herrschen auf den Straßen von Chur. Es war nicht nur wegen des Schnees, aber zusammen mit dem Feierabendverkehr dürften schwierige Verhältnisse herrschen in der Bündner Hauptstadt.

»Ist dir schon ein bisschen gschmuch im Bauch?«, fragte Kurtz scheinheilig und nahm einen großen Schluck aus ihrer Trinkflasche.

»Nein.«

»Du lügst!«

»Ja.«

Lachend reichte sie ihm die Flasche.

»Komm, nimm einen Zug Kräutertee und dann gib Gas. Von Planta zieht uns die Haut über die Ohren, wenn wir zu spät kommen.«

SECHS

Es war genau sechs Uhr, als die beiden Ermittler die Autotür öffneten und zum Eingang des Seitentrakts des Kantonsspitals Chur hasteten. Als sie das Reich des Chefarztes der Rechtsmedizin betraten, schaute ihnen dieser tadelnd entgegen. Neben ihm stand sein Assistent, dessen Namen sich Coray nie merken konnte. Was wahrscheinlich daran lag, dass der junge Mann sich bescheiden im Schatten des großen Meisters hielt. Er hatte jedoch keinerlei Probleme damit, Hauptsache, er konnte seinem Chef beim Arbeiten über die Schulter schauen. Von Planta mochte ein etwas eitler Selbstdarsteller sein, aber in seinem Fach war er unbestritten eine Koryphäe.

»Ihr kommt drei Minuten zu spät«, sagte der Rechtsmediziner mit vor der Brust verschränkten Armen.

»Sorry, Isidor, aber hast du vielleicht schon mal aus dem Fenster geschaut? Es schneit wie verrückt.« Coray wies in die Dunkelheit hinaus.

»Ach, wirklich? Nun, wie auch immer, tretet näher, damit ich meine Untersuchungsergebnisse mit euch teilen kann.«

Von Planta stand zwischen zwei Chromstahltischen, auf denen die zugedeckten Körper der toten Teenager lagen. Sein Outfit war wieder einmal spektakulär: Er war ganz in Weiß gekleidet, mit kleinen roten Rosen auf seiner Schürze. Um die Stirn hatte er sich ein rotes Band mit winzigen weißen Blüten gebunden. Obwohl mehr als speziell, fand Coray es dennoch nicht unpassend. Er verstand, was von Planta damit ausdrücken wollte. Es war eine Ehrerbietung den jungen Frauen gegenüber; die weiße Farbe und die Blumen wirkten frisch und rein wie der Frühling. Der Frühling des Lebens, in dem Fanny und Flora mittendrin gestanden hatten und aus dem sie mit erschreckender Brutalität von einer Sekunde auf die andere gerissen worden waren. Behutsam hob von Planta das Tuch über Fanny an und zog es so weit hinunter, dass der Kopf frei war. Auf ein kurzes Nicken seines Chefs hin tat der Assistent das Gleiche mit Flora.

Coray spürte, wie sich ihm die Nackenhaare aufstellten. Während Kurtz, ohne zu zögern, zu den Tischen trat, musste er sich zwingen, einen Schritt vor den anderen zu setzen. Ich hätte gescheiter einen Kräuterschnaps anstelle des Kräutertees getrunken, dachte er und näherte sich mit weichen Knien den Leichen. Als er die selbst im Tode schönen, jungen Gesichter betrachtete, überkam ihn Traurigkeit. Er schaute in das alabasterweiße Antlitz von Fanny, das von langen schwarzen Haaren umrahmt auf dem kalten Stahl ruhte. Er konnte sich sehr gut vorstellen, wie diese Augen, die jetzt geschlossen waren, vor Abenteuerlust geblitzt hatten; wie dieser schön geschwungene Mund bei jubelndem Lachen ausgesehen haben mochte. Coray konnte keinen Sinn hinter dem Tod dieser zwei jungen Frauen finden. Aber wann konnte er das schon? Nach all den Jahren, mit all den Leichen kannte er die heftigen Trauermomente, die ihn jeweils kurz heimsuchten. Er dachte dabei nicht nur an die Toten, denen das Kostbarste genommen worden war, sondern auch an die Hinterbliebenen. Unerträglich war der Gedanke daran, dass auch sein Glück zerbrechlich war. Dass das Schicksal auch in sein Leben einbrechen und ihm erbarmungslos das Liebste entreißen konnte. Und dass es nichts gab, was er dagegen tun konnte.

Ein kurzes Räuspern von Kurtz holte ihn in die Gegenwart zurück. Sie kannte den schwarzen Schatten, der ab und zu über seine Seele kroch, und verscheuchte ihn zuverlässig mit ihrem Lächeln oder einem Augenzwinkern.

»Also«, begann von Planta mit seinen Ausführungen und fuhr ohne sein übliches Pathos fort. »Die gute Nachricht ist, dass diese beiden jungen Frauen nicht leiden mussten. Sie waren nach dem Sturz aus über dreißig Metern sofort tot. Der Todeszeitpunkt dürfte zwischen zwanzig und einundzwanzig Uhr liegen. Ihre Körper weisen jede Menge Verletzungen auf.«

Damit zog er die Tücher bis weit hinunter. Der Anblick war schrecklich. Die Verheerungen an diesen blassen Leibern anzusehen, schier unmöglich.

Coray bemühte sich, sein Kopfkino abzuwürgen, als er den Rechtsmediziner von all den Knochenbrüchen reden hörte. Von Trümmerbrüchen der Schädel, Beckenfrakturen, offenen Beinbrüchen, Einblutungen, Fraktur der Halswirbelsäule mit Rückenmarksverletzungen und Rissen in der weißen Gehirnsubstanz. An dieser Stelle schluckte Coray schwer, schaute zu seiner Kollegin und nahm nicht ohne Neid zur Kenntnis, dass diese sehr interessiert den Ausführungen des Arztes folgte. Als er bemerkte, dass ihm tatsächlich schummrig wurde, wandte er seine übliche Vermeidungsstrategie an: Er fixierte einen bestimmten Gegenstand – eine der kleinen Rosen auf von Plantas Schürze – und fragte sein Gehirn ab, was es alles über Rosen gespeichert hatte.

Als er das Wort Abwehrspuren wahrnahm, war er augenblicklich wieder präsent.

»Was für Abwehrspuren?«, fragte er.

»Bei Fanny habe ich Halteverletzungen an beiden Handgelenken gefunden. Da muss jemand richtig zugepackt haben, sie trugen ja beide Handschuhe. Und genau dieser Umstand hat leider auch verhindert, dass ich unter den Fingernägeln DNA finden konnte.«

»Und bei Flora?«

»Es gibt zwar Hämatome im Schulterbereich, aber ich kann diese nicht eindeutig als Angriffsspuren identifizieren – all ihre Verletzungen können auch vom Sturz herrühren.«

»Aber bei Fanny ist es sicher?«

»Matti, würde ich es sonst sagen?« Von Planta schaute ihn leicht genervt an. »Sie ist eindeutig an den Handgelenken festgehalten worden.«

»Also Mord«, meinte Kurtz, »was ja nicht wirklich eine Überraschung ist.«

»Ich bin noch nicht fertig, meine Lieben.«

Coray und Kurtz sahen sich ertappt an. Sie wussten ja, dass von Planta bei seinen Ausführungen auf absolute Konzentration Wert legte.

»Beide waren sexuell aktiv.«

»Was, Flora auch?« Kurtz konnte sich nicht zurückhalten. »Na, da schau an, die brave Flora, die gemäß ihrem Vater keinen Freund hatte.«

Auch Coray blickte von Planta überrascht an.

»Jetzt untersteh dich bloß, mich zu fragen, ob ich sicher sei«, meinte von Planta trocken. »Es besteht kein Zweifel. Und zu guter Letzt: Im Blut von Fanny haben wir Spuren von Cannabis gefunden. Sie dürfte gestern den einen oder anderen Joint geraucht haben. Flora ist sauber.«

Stille breitete sich im Raum aus. Alle starrten auf die geschundenen Frauen, als würden sie die beiden noch einen Atemzug lang in dieser Welt festhalten wollen. Es war nicht das leiseste Geräusch zu hören. Dann war der Moment vorbei.

Während der ganzen Zeit hatte der Assistent regungslos dagestanden. Jetzt zog er auf einen Wink seines Chefs hin die Tücher wieder behutsam bis über die Gesichter. Kurtz räusperte sich und machte Anstalten, sich zu verabschieden.

Doch bevor sie etwas sagen konnte, wandte sich von Planta ihnen zu. »Zwei junge, gesunde Frauen sind tot, nachdem sie von einem Baumwipfelpfad gestürzt worden sind. Das ist verdammt nicht in Ordnung. Das ist so was von beschissen daneben. Und da draußen läuft ein krankes Arschloch herum, das für diese Tragödie verantwortlich ist. Findet den Kerl!«

Abrupt drehte er sich auf dem Absatz um und verließ ohne ein weiteres Wort den Raum. Coray und Kurtz standen verdattert da und blickten ihm hinterher. Es war zwar nicht das erste Mal, dass Isidor von Planta Emotionen zeigte. Aber diese Sprache hörten sie zum ersten Mal von ihm. Der Assistent stand immer noch zwischen den zwei Stahltischen. Er hatte während des kurzen Ausbruchs seines Chefs keine Miene verzogen. Jetzt schaute er Kurtz direkt in die Augen und hob fast entschuldigend die Schultern. »Er hat durchaus Empathie«, sagte er dann, »auch wenn er diese meist erfolgreich verbergen kann.«

»Scheint so«, gab Kurtz zurück und wandte sich dem Ausgang zu. Als sie durch die Schiebetür ins Freie traten, blieben sie abrupt stehen: Die Flocken fielen so dicht, dass sie das Gefühl hatten, in eine weiße Wand zu prallen. Der Wind pfiff heulend um die Mauern des Spitals, und auf den Straßen bildete sich bereits eine Schneedecke. Entgeistert starrten sie in den Himmel.

»Mann, ich kann mich nicht erinnern, wann ich das letzte Mal einen solchen Schneesturm erlebt habe.«

»Na, wenn du als Mann der Berge das sagst, dann will das ja was heißen.«

Nachdem sie dem wilden Treiben noch einen Augenblick lang zugesehen hatten, machte Kurtz Coray den Vorschlag, bei ihr zu übernachten. Coray stimmte zu, er wusste, dass er nicht mal mit dem gut ausgerüsteten Polizeifahrzeug den Weg nach Brigels hinauf schaffen würde. Er rief Emilia an, die ihm versicherte, dass es ihr und Juri bestens ging.

»Wir sitzen vor dem Cheminéefeuer, trocknen meine Socken und Juris Fell und halten unser tägliches Zwiegespräch.«

Coray lächelte liebevoll, als er sich die beiden vorstellte. Emilia würde Juri ihre Gedanken mitteilen, der würde seinen riesigen schwarzen Kopf schräg halten und sie mit seinem samtenen Blick aufmerksam anschauen. Coray war sicher,

Juri verstand viel mehr, als man bei einem Hund annehmen konnte. Aber Juri war ja auch nicht irgendein Hund. Er verspürte eine fast schmerzhafte Welle von Sehnsucht nach seinem Zuhause und seinen Liebsten. Dann rief er sich zur Ordnung. Es war schließlich nur eine Nacht, er würde es überleben.

»Ich nehme Juri morgen zur Arbeit mit, falls wir es überhaupt bis Ilanz schaffen«, sagte Emilia.

»Du weißt ja, dort, wo eine Postautoroute hinführt, wird die Straße schnell geräumt. Du kannst also zuversichtlich sein.«

»Gut, grüß Katja und passt auf euch auf, bis morgen Abend.«

Rutschend und fluchend legten sie den Weg zum Auto zurück. Als sie die Türen öffneten, wehten unzählige Schneeflocken ins Innere und fielen auf die Sitze, wo sie rasch schmolzen. Ohne mit der Wimper zu zucken, setzte sich Kurtz nach einem oberflächlichen Wisch kurzerhand auf die feuchte Fläche. Diese Unkompliziertheit war etwas von den Dingen, die Coray an ihr so schätzte. Sie machte nie ein Tamtam um Kleinigkeiten, sondern fegte sie einfach aus dem Weg.

Als er losfuhr, rief Kurtz Annabelle Cathomas an und teilte ihr die Untersuchungsergebnisse der Rechtsmedizin mit. Auch sie hatte mit diesem Ergebnis gerechnet.

»Dann steht ja einer Pressekonferenz nichts mehr im Weg«, tönte es lakonisch aus der Freisprechanlage.

»Also, wenn es so weiterschneit –«, versuchte es Coray, wurde jedoch sofort unterbrochen.

»Vergessen Sie es, ich will keine Ausreden hören, Sie und Kurtz stehen morgen um punkt halb drei Uhr bei mir auf der Matte.«

Und schon hatte sie die Verbindung unterbrochen. Seufzend blickte Kurtz zu ihm. Dann begann sie leise zu lachen.

»Was findest du denn so lustig?«

»Ich mag die Chefin einfach. Ich weiß, sie ist unmöglich. Sie treibt einen manchmal zum Wahnsinn, sie kann stur sein wie ein Esel, kalt wie ein Diamant, aber sie ist auch fürsorglich, empathisch und auf ihre Art witzig. Und vor allem ist sie klug und loyal. Darum ist es mir egal, dass sie oft barsch rüberkommt – und nie grüßt.«

»Sie hat schließlich einen Ruf zu verteidigen. Ihr ist es ganz recht, dass sie als Eisprinzessin gilt und dass niemand ihr Privatleben kennt. Ich meine, niemand von uns aus dem Polizeikorps. Sie hat bestimmt auch einen Bekanntenkreis.«

»Vielleicht sogar einen Lover.«

»Einen Lover? Was muss ich mir darunter vorstellen? Ein geschniegelter jüngerer Typ, der ab und zu bei ihr läutet?«

Bei der Vorstellung schüttelte Coray entschieden den Kopf. »Nein, darüber will ich gar nicht erst spekulieren.«

»Ha, du bist so was von prüde. Könnte doch sein. Aber nein, ich dachte eher an einen etwa gleichaltrigen Typ mit grauen Schläfen und einem wichtigen Posten in der Behörde. Oder in der Wirtschaft. Ein hohes Tier halt.«

»Ich will das gar nicht wissen. Mir passt das ganz gut so. Sie ist unsere Chefin, und den Job macht sie gut. Das ist alles, was mich interessiert.«

»Ach, komm schon, gib zu, dass auch du dich manchmal fragst, was Frau Major so alles treiben mag. Und wer ihr den teuren Schmuck schenkt, nimmt uns beide wunder.«

Coray fühlte sich ertappt. »Vielleicht hat sie ja geerbt und gönnt sich ab und zu etwas Schönes. Und jetzt lass mich in Ruhe. Ich muss mich auf das Fahren konzentrieren.«

Das war in der Tat zu einer Herausforderung geworden. Die Fahrbahn voller Matsch, die Sicht eingeschränkt und die Leute auf der Straße überfordert. Selbst auf dem Trottoir spielten sich chaotische Szenen ab. Passanten, die ausrutschten und stürzten, lärmende Jugendliche, die sich unter vergnügtem Geschrei eine wilde Schneeballschlacht lieferten, und Schneepflüge, die versuchten, die Fahrbahn freizuräumen. Coray starrte durch die Windschutzscheibe. Sein Blick wurde von den umherwirbelnden Flocken einen Moment lang so in Bann gezogen, dass er beinahe den Bezug zur Wirklichkeit verlor. Es war, als hüpfte man durch ein glitzerndes, tobendes Märchenland.

»Ich mag auch von Planta«, sinnierte Kurtz laut weiter. »Heute hat er zwar ein bisschen so ausgesehen, als hätte er sich in seine Bettwäsche gekleidet.«

»Sag mal, was ist denn los mit dir? So tiefsinnig erlebe ich dich selten.«

»Ach, ich weiß es nicht. Es muss an diesem verdammten Schnee liegen. Wenn ich rausgucke, werde ich irgendwie sentimental. Weich. Doof.«

Coray musste lachen. »Du bist auch doof noch okay.«

Schweigend legten sie den Weg ins Rheinquartier, wo Kurtz' Wohnung lag, zurück. Sie hatte ihren Freund Emil Tscharner angerufen, der Frühdienst gehabt hatte. Er hatte vorgeschlagen, etwas Unkompliziertes zu kochen. Coray freute sich, er wusste, dass Emil – ganz im Gegensatz zu ihm – ein recht annehmbarer Koch war. Während seiner langen Rehazeit hatte er es sich selbst beigebracht. Was seiner Freundin mehr als nur ein bisschen gefiel. Kurtz aß zwar gern, aber am liebsten bei Kollegen zu Hause oder im Restaurant. Oder eben, wenn Emil kochte.

Coray freute sich aber auch, dass er den jungen Polizisten in einem anderen Rahmen als im Dienst treffen konnte. Er hatte ihn zwar schon auf dem Polizeiposten gesehen, seit er wieder arbeitsfähig war, aber das waren eher zufällige, oberflächliche Begegnungen gewesen. Er kannte Tscharner vor allem von der Arbeit. Als Ausbilder hatte er ihn hart gefordert und war von dessen Einsatz und Widerstandskraft beeindruckt gewesen. Dann hatte ihm Kurtz von der sich behutsam anbahnenden Beziehung erzählt, und ein paar Monate später hatten sie gemeinsam einen spektakulären Fall gelöst. Dessen Aufklärung hatte allerdings einen hohen Tribut gefordert: Alle drei waren verletzt im Spital gelandet. Emil Tscharner hätte seinen Einsatz beinahe mit dem Leben bezahlt. Coray fühlte sich noch heute dafür verantwortlich.

Als sie die Wohnung betraten, wehte ihnen der unverkennbare Duft von in Olivenöl geröstetem Knoblauch entgegen. Sofort meldete sich Corays Magen mit lautem Knurren, was ihm ein bisschen peinlich war.

»Da scheint ja jemand Hunger zu haben«, ließ sich Emil vom Herd her vernehmen. »Das passt perfekt, das Essen ist gleich so weit.«

Aufgeräumt schüttelte er Coray die Hand, küsste Kurtz auf den Mund und eilte mit seinem Holzlöffel wieder an den Herd. Um die Taille hatte er sich eine schwarze Schürze gebunden, und Coray fand, dass er ganz gut damit aussah. Ähnlich wie ein Kellner in einem schönen Lokal. Was ihn verwunderte, denn er selbst kam sich lächerlich vor, wenn er sich so was umbinden sollte. Aber da er außer Grillieren, Fondue und kalter Platte eh keine Kochkünste aufzuweisen hatte, stellte sich das Problem nicht wirklich oft.

»Ah, schön warm hier«, stellte Kurtz zufrieden fest und schälte sich aus ihrer dicken Jacke. Coray tat es ihr gleich und spürte, wie ihn die behagliche Wärme sofort entspannte. Er wollte nur noch an diesem Tisch sitzen, essen, ein bisschen reden und sich dann auf der Couch ausstrecken. Als er sein Handy brummen hörte, war er geneigt, den Ton zu ignorieren, doch dann siegte sein Pflichtbewusstsein, und er blickte auf die eingegangene Nachricht. Interessiert zog er seine Augenbrauen zusammen, legte dann das Gerät jedoch ohne Kommentar in seine Jackentasche zurück. Es war nichts, das nicht bis morgen warten konnte.

Kurtz hatte auf der Kochinsel eine offene Flasche Wein

entdeckt und brachte sie an den gedeckten Tisch. Während sie den rubinroten Barbera d'Asti einschenkte, stellte Emil eine Platte mit himmlisch duftender Pasta in die Mitte.

»Mmmhhh«, ließ sich Kurtz mit geschlossenen Augen vernehmen, »Spaghetti aglio, olio e peperoncino – meine Lieblingspasta!«

Die nächsten Minuten vergingen in einträchtigem Schweigen. Erst als der größte Hunger gestillt war, fragte Emil: »Wie kommt ihr voran im Fall der beiden jungen Frauen?«

»Bis jetzt ist nur klar, dass es kein Unfall und auch kein Suizid war, sondern ganz klar ein Mord«, antwortete Coray. »Es fällt mir schwer zu glauben, dass etwas dermaßen Schockierendes hier bei uns geschehen kann.«

»Wieso sollte so etwas nicht hier passieren?«, fragte Kurtz mit einem leichten Unterton und beugte sich über den Tisch. »Die Menschen sind überall gleich. Warum nur denken alle, dass in den Bergen Heidi-Idylle herrscht? Dass sich hier keine Psychopathen, Mörder und kranker Abschaum herumtreiben? Im vergangenen Jahr haben wir ja einschlägige Erfahrungen sammeln können.«

»Schon, aber junge Frauen umzubringen – ich kann mich an nichts Vergleichbares in der Region erinnern«, schaltete sich Coray ein.

Sie unterhielten sich noch eine Weile über andere Dinge, die aktuell in der Welt passierten und ebenfalls nicht zu Optimismus einluden. Aber alle hatten in der vergangenen Nacht nicht viel Schlaf bekommen, und deshalb machten sie nicht mehr lange. Sie tranken den letzten Schluck Wein, räumten auf und gingen schlafen. Bevor es sich Coray auf der Couch im Wohnzimmer gemütlich machte, ging er auf den Balkon und warf einen Blick in den Himmel. Der zeigte sich zu seiner Überraschung wolkenlos und geizte nicht mit Aussicht auf unzählige Sterne, die wie glatt poliert aus der Schwärze funkelten.

Als hätte nicht vor zwei Stunden noch ein Schneesturm gewütet, dachte Coray und fragte sich, ob Emilia sich gerade mit Juri auf dem Abendspaziergang befände und ob sie ebenfalls in die kalte Pracht über sich schauen würde. Blödsinn, dachte er, als er sich auf dem Sofa einkuschelte, Emilia ist keine Sternenguckerin, die liegt jetzt im Bett, liest ein Buch und streichelt Juris Kopf, der auf ihrem Bauch liegt. Mit diesem Bild im Kopf zog er die Decke über sich und war eingeschlafen, bevor sein Kopf richtig auf dem Kissen lag.

Der Morgen zeigte sich in bester Wettermanier. Blauer Himmel lag über den weißen Berggipfeln, und Coray hätte sich gewünscht, mit Schneeschuhen an den Füßen und Juri an seiner Seite da hochmarschieren zu können. Keine Gedanken an tote Mädchen und Pressekonferenzen, sondern einfach das Glück eines freien Tages in den Bergen. Er kleidete sich an, öffnete ein Fenster und fröstelte, als die eiskalte Luft ins Zimmer drang. Trotz des strahlenden Wetters fühlte sich der Tag für ihn seltsam schwer an, wie eine klumpige, muffige Decke.

»Guten Morgen, Matti«, holte ihn die beschwingte Stimme von Kurtz aus seinem tristen Loch. Frisch und mit wippendem Rossschwanz kam sie ins Wohnzimmer, warf ihm ein vergnügtes Lächeln zu und peilte umstandslos die Kaffeemaschine an.

»Wie schaffst du es nur, am Morgen so gut drauf zu sein?«, brummelte er, spürte jedoch, wie sich durch den bloßen Anblick der munteren Katja Kurtz seine eigene Befindlichkeit schlagartig besserte.

»Ach, weißt du, ich denke, das ist das Alter. Wenn ich dann mal so alt bin wie du, dann sieht das wahrscheinlich auch ganz anders aus.«

»Halt deine freche Klappe und gib mir einen starken Espresso. Wo ist Emil?«

»Der Glückspilz hat heute frei und geht mit einem Kumpel auf den Crap Sogn Gion zum Snowboarden.«

»Ja, der hat einen fröhlicheren Grund, nach Flims zu fahren, als wir.«

»Und wir fahren jetzt zur Schule der beiden Mädchen, oder gehen wir als Erstes ins Kletterzentrum?«

»Nein, wir fahren direkt zur Schule. Ich habe gestern noch eine SMS von Lydia Candinas erhalten. Mit dem Namen eines Freundes von Fanny. Sie gehen in dieselbe Klasse und sollen sich sehr gut verstanden haben.«

In kleinen Schlucken schlürften sie das süttig heiße Gebräu. Coray spürte, wie sich seine Lebensgeister regten. Plötzlich konnte er es nicht mehr erwarten, sich auf den Weg zu machen, sich in den Fall zu stürzen, Erkenntnisse zu erlangen. Entschlossen stellte er die lächerlich kleine Tasse in die Abwaschmaschine und marschierte in den Gang, um sich die Schuhe anzuziehen. Seine Kollegin beeilte sich, es ihm gleichzutun, und keine drei Minuten später traten sie aufs Trottoir hinaus. Das in der Zwischenzeit zwar nicht perfekt geräumt, aber immerhin passierbar war.

»Heute besteht keine Gefahr von Lawinen auf der Straße«, scherzte Kurtz, »dann kannst du doch mich fahren lassen.«

Lachend warf Coray ihr die Schlüssel zu und ging zur Beifahrertür. Er hatte kein Problem damit, sie am Steuer zu wissen. Im Gegenteil, wenn Kurtz fuhr, dann hatte er Zeit, seinen Gedanken nachzuhängen. Den Fall im Kopf zu drehen und zu wenden, bis ihm vielleicht eine Erleuchtung kommen würde.

Die Fahrt quer durch die Stadt verlief auf den geräumten Straßen ohne Probleme. Als die Gebäude des Gymnasiums Plaun in Sicht kamen, dachte Coray an seine eigene Schulzeit zurück. Er war nie gern zur Schule gegangen. Nicht weil er nicht gut gewesen wäre, sondern weil er sich zu Tode gelangweilt hatte. Er war schon als Kind viel lieber draußen gewesen, hatte stundenlang den Kaulquappen in den Tümpeln zugesehen. Oder war mit dem Hund der Nachbarn durch den Wald gestreift. Diese waren noch so froh gewesen, dass sie ihren Schäfermischling mit dem Jungen losschicken konnten, so mussten sie selbst weniger raus. Weniger Freude hatte seine Mutter an den Aktivitäten ihres Sprösslings gezeigt. Sie hätte lieber gehabt, er hätte studiert. Doch Matti war hartnäckig geblieben und war seinen eigenen Weg gegangen. Unterdessen hatte sie sich schon längst mit dem Polizistensohn arrangiert, und sein Vater hatte ihn sowieso stets unterstützt. Er hatte nur gewollt, dass sein Sohn glücklich werde – egal ob als Studierter oder als Polizist.

Als sie sich auf dem Sekretariat anmeldeten, reagierte die junge Frau mit großer Betroffenheit. Ja, sie seien natürlich informiert worden, niemand könne es glauben, zwei so junge Frauen, so beliebt bei allen, wirklich schrecklich. Und selbstverständlich werde ihnen der Klassenlehrer Rede und Antwort stehen, sie setze ihn in Kenntnis. Sie stand auf und eilte davon. Nur einen Augenblick später kam sie zurückgehastet.

»Herr Meyenberg steht in zwei Minuten zur Verfügung«, sagte sie zu den Beamten und machte Anstalten, sich wieder hinter ihren Computer zu setzen.

»Sagen Sie mal«, meinte Kurtz und neigte sich über den Tresen, um das Namensschild lesen zu können, »Frau Schäfer, kannten Sie Fanny und Flora gut?«

Diese Frage schien Frau Schäfer etwas aus dem Konzept zur bringen.

»Nein, nein, mehr vom Sehen. Ich hatte selten etwas mit ihnen zu tun. Ich meine, ich habe überhaupt selten mit den Schülern zu tun. Also ich meine, mit allen …« Verwirrt griff sie sich in die kurzen dunklen Haare und schaute hilfesuchend zu Coray. Als dieser noch überlegte, warum die Frau so nervös reagierte, betrat ein Mann den Raum. Er war circa fünfunddreißig Jahre alt, groß, hager, nachlässig gekleidet und hatte eine Brille mit Goldrand weit vorn auf der Nase. Seine schütteren Haare fielen ihm ungepflegt in die Stirn. Er war Coray auf den ersten Blick unsympathisch. Sein schlaffer Händedruck, als er sich vorstellte, verstärkte den Eindruck noch.

»Meyenberg, guten Tag, Sie wollen mich sprechen?«

Coray stellte sich und seine Kollegin vor, sie zeigten ihre Ausweise, und er fragte, ob man sich irgendwo ungestört unterhalten könne.

»Warum, dauert es lange? Ich bin mitten in einer Stunde –«

»Jetzt sagen Sie nicht, dass es Sie wundert, dass wir hier sind und mit Ihnen reden wollen«, unterbrach ihn Kurtz mit schneidender Stimme. »Zwei Ihrer Schülerinnen sind zu Tode gekommen. Also gehen wir jetzt zusammen in einen ruhigen Raum und reden über diese Mädchen.«

Meyenberg starrte sie konsterniert an, dann bedeutete er ihnen, ihm zu folgen. Frau Schäfer hatte während der kurzen Diskussion ihren Blick nicht vom Bildschirm ihres Computers gehoben. Meyenberg führte sie in ein kleines Sitzungszimmer, das von einem riesigen Bild beherrscht wurde. Es zeigte einen Ausschnitt aus der Churer Altstadt, und die warmen Farben, mit denen es gemalt worden war, verbreiteten eine angenehme Atmosphäre. Von der der Lehrer allerdings nichts zu spüren schien. Er war fahrig, und sein Blick glitt unstet durch den Raum. Die Beamten schaute er kaum an. Als alle drei saßen, konnte er seine Füße nicht still halten und fingerte an seiner Uhr herum.

»Warum sind Sie so nervös?«, fragte Coray ruhig.

»Ich weiß nicht, was Sie meinen.« Die Antwort klang trotzig – ebenfalls wie aus dem Mund eines Kindes.

Einen Moment lang schaute ihn Coray nur an. Aus den Augenwinkeln konnte er wahrnehmen, wie Kurtz darauf wartete, sich den Typ zur Brust nehmen zu können. Immerhin konnte sie sich beherrschen und begnügte sich damit, ihn aus ihren zusammengekniffenen Augen anzufunkeln.

Lange hielt der Lehrer dem Blick von Coray nicht stand.

»Was wollen Sie wissen?«, murmelte er und wippte nur noch mit den Füßen. Seine ganze Körperhaltung drückte Ablehnung aus. Dieser Mann wollte nur eines: so schnell wie möglich aus diesem Raum verschwinden.

»Sie waren der Klassenlehrer von Flora und Fanny und damit der erste Ansprechpartner für die Schülerinnen. Da sollten Sie doch in der Lage sein, eine Einschätzung darüber abgeben zu können, wie es den beiden so ging.«

»Hören Sie, Klassenlehrer bedeutet nur, dass ich in schulischen Belangen Ansprechpartner bin.«

»Gut, dann reden wir doch über diese schulischen Belange. Wie standen die beiden leistungsmäßig da?«

»Flora hatte überhaupt keine Probleme, sie war fleißig und mit der gebotenen Ernsthaftigkeit bei der Sache.«

Die Ermittler warteten, dass er fortfuhr, aber weiter kam nichts von Meyenberg.

»Und«, fragte Kurtz genervt, »gibt es sonst noch etwas zu sagen?«

»Ja, also, nein. Es gibt zu Flora nichts mehr zu sagen«, stotterte Meyenberg.

»Aber zu Fanny schon? Da gibt es einiges zu sagen, oder?«

Erschrocken schaute Meyenberg sie an.

»Was meinen Sie damit? Also in der Schule ist sie einigermaßen über die Runden gekommen. Sie wäre zu viel mehr fähig gewesen, sie war sehr intelligent. Aber sie war faul, die Schule war eher ein lästiges Nebenfach in ihrem Leben. Wie oft habe ich ihr gesagt, sie soll sich ein bisschen ins Zeug legen, dann könnte sie mit super Noten aufwarten. Aber das hat sie nicht interessiert, sie hat darüber gelacht.«

»Was hat sie denn interessiert, Männer vielleicht?«, fragte Coray.

Es war, als hätte er in ein Wespennest gestochen. Meyenberg sprang von seinem Stuhl auf und schaute ihn mit weit aufgerissenen Augen an.

»Wieso Männer? Davon weiß ich nichts! Nein, ich wollte nur sagen ...«

»Was genau wollten Sie sagen?« Jetzt klang Kurtz' Stimme schneidend. Sie stand ebenfalls auf und stellte sich dicht vor Meyenberg hin. Dieser hielt diese Nähe nicht aus, er wich zurück und schaute verunsichert zu Coray.

»Ich habe nichts weiter zu sagen. Ich muss zurück in die Klasse.«

Er marschierte Richtung Tür. Coray bedeutete Kurtz, ihn gehen zu lassen, obwohl er sah, dass sie ihn am liebsten am Kragen gepackt und auf einen Stuhl gezwungen hätte.

»Da stimmt doch was nicht«, sagte sie aufgebracht, als die Tür sich hinter dem Lehrer geschlossen hatte. »Der hat doch Dreck am Stecken, so wie der Angst hatte.«

»Das sehe ich auch so, aber im Moment kommen wir mit ihm nicht weiter. Ich lasse jetzt den Jungen bringen, dessen Namen Lydia Candinas mir gestern Abend geschickt hat. Vielleicht hat er ja etwas Interessantes zu erzählen.«

Coray ging zurück ins Sekretariat und bat Frau Schäfer, Matthias Zobel zu holen. Dienstbeflissen nickte sie und machte sich auf den Weg in die betreffende Klasse.

Im Zimmer schaute Kurtz mit nachdenklich gerunzelter Stirn auf das Bild an der Wand. Coray wusste, dass sie das Bild nicht wirklich sah, es bildete lediglich einen Ort, wo ihr Blick zur Ruhe kommen konnte, während sie ihre Hirnzellen auf Höchstleistung schaltete. Er betrachtete sie einen Moment lang und hing dann seinen eigenen Gedanken nach. Etwas war hier gar nicht im Lot. Es war nicht nur der Lehrer, der seltsam reagierte, auch die Sekretärin legte ein Verhalten an den Tag, das ihn erstaunte. Er war es gewohnt, dass die meisten Leute auf Polizeibeamte spontan mit Nervosität reagierten. Coray konnte jeweils geradezu sehen, wie sich die Angesprochenen fragten, ob sie zu schnell gefahren, verboten parkiert oder den Hund am falschen Ort nicht an der Leine geführt hatten. Das war eine normale menschliche Reaktion. Aber er spürte, dass an dieser Schule etwas vorging, was unbedingt unter dem Deckel gehalten werden musste.

»Es geht um Männer«, unterbrach Kurtz unvermittelt seine Überlegungen, »bei dieser Frage sind seine Gesichtszüge sozusagen entgleist.«

»Ich kann mir nicht vorstellen, dass sich Fanny von diesem Typ angezogen gefühlt haben könnte.«

»Nein, auf keinen Fall. Es sei denn, sie hat was von ihm gebraucht. Eine gute Note zum Beispiel.«

»Hältst du Fanny tatsächlich für so skrupellos, dass sie sich diesen Lehrer krallt und ihn verführt für eine gute Note?«

Kurtz schüttelte den Kopf. »War nur so eine Gedankenspielerei. Nein, Fanny war viel zu lebenslustig, um dermaßen durchtrieben zu sein. Und außerdem wäre er ihr zu unattraktiv gewesen – das Mädchen hatte Niveau, und dieser Meyenberg rangiert zweifellos darunter.«

Wieder verfielen sie in Schweigen, das jedoch schon nach kurzer Zeit von einem leisen Klopfen an der Tür unterbrochen wurde. Coray ging hin und öffnete sie. Vor ihm stand ein ausgesprochen gut aussehender junger Mann, der ihn neugierig musterte. Nervosität war ihm keine anzumerken, er schien vielmehr darauf zu brennen, mit der Polizei zu reden. Kaum hatte Coray ihn hereingebeten, saß er bereits auf dem Stuhl, ihnen am Tisch gegenüber und schaute die Beamten abwechslungsweise fragend an. Kurtz stellte sich und ihren Kollegen mit Namen vor, doch das schien Matthias Zobel nicht sehr zu interessieren.

Während Kurtz redete, betrachtete Coray den jungen Mann näher. Er war groß, schlank, hatte hellblaue Augen und nussbraune Haare, die er zu einem dichten Dutt zusammengefasst hatte. Coray hatte diese Frisur stets etwas lächerlich gefunden, unmännlich halt. Niemals hätte er Ähnliches für sich auch nur in Betracht gezogen. Doch an diesem Jungen sah es richtig gut aus.

»Herr Zobel, können Sie sich vorstellen, warum wir hier sind?«

»Nennen Sie mich doch Matthias. Und ja, ich denke, ich weiß, warum Sie mit mir reden wollen.«

Coray sah, wie sich seine Augen verdüsterten. Er glaubte, einen tiefen Kummer darin wahrzunehmen. Als er weitersprach, sah er diese Vermutung bestätigt.

»Es geht um Fanny. Um Fanny und um Flo. Sie sind tot, ermordet, wie man hört. Über das Geländer auf dem Baumwipfelpfad gestürzt.«

Bei diesem Bild in seinem Kopf angekommen, versagte dem jungen Mann die Stimme. Tränen rollten über seine Wangen, doch er blickte sie weiterhin an. Verbarg nicht sein Gesicht in den Händen. Er saß einfach da und weinte lautlos. Coray und Kurtz schauten sich etwas hilflos an. Er spürte, wie ihn tiefes Mitleid mit diesem Jungen überkam. Das war einer, der um etwas Kostbares weinte, dem klar war, dass etwas unwiederbringlich verloren war. Sie ließen ihm Zeit, sich zu fassen, und als er auffordernd nickte, sprach Coray weiter.

»Wie gut hast du die beiden gekannt?«

»Fanny habe ich gut gekannt. Flo war zwar meist dabei, aber sie war ziemlich zurückhaltend. Ich habe nie so recht gewusst, was sie denkt. Aber sie schien bei unseren Unternehmungen Spaß zu haben. Sie war nicht etwa ein Mauerblümchen oder so.«

»Was habt ihr denn so zusammen unternommen?«

»Ach, so das Übliche halt. Snowboarden, biken, wandern, abhängen ...«

»Kiffen«, warf Kurtz ein, und es war nicht als Frage formuliert.

Ruckartig drehte ihr Matthias den Kopf zu. Er schien abzuwägen, ob die Polizei etwas wusste oder ihn bloß provozieren wollte.

»Ähm …«

»Wir wissen davon«, stellte Kurtz klar. »Matthias, es interessiert uns nicht, dass ihr Gras raucht. Was wir wollen, was wir unbedingt wollen, ist, den oder die Mörder deiner beiden Mitschülerinnen finden. Nur das. Und deshalb bitten wir dich, erzähl uns alles, was uns dabei helfen könnte.«

Kurtz hatte sich bei ihrer Erklärung dem jungen Mann weit entgegengelehnt und blickte ihm nun aus nächster Nähe in die Augen. Anders als vorher dem Lehrer schien es Matthias nicht unangenehm. Er erwiderte den Blick, schien die Dringlichkeit zu spüren, mit der Kurtz sprach – und kapitulierte.

»Ich werde Ihnen alles sagen, was ich weiß«, sagte er mit leiser Stimme und setzte sich aufrecht hin.

»Wie sah deine Beziehung zu Fanny aus?«, fragte Coray. »Wart ihr Freunde, oder war da mehr zwischen euch?«

»Ich hätte gerne mehr gehabt als Freundschaft. Ich war verliebt in sie, seit ich sie das erste Mal gesehen habe. Sie hat mich wahnsinnig gemacht. Zeitweise konnte ich nicht mehr geradeaus denken wegen ihr. Und sie wusste das, aber sie ist immer ausgewichen, wenn ich ihr näherkommen wollte. Sie hat das ein bisschen ins Lustige gezogen, mich als Kumpel behandelt, so als würde sie gar nicht bemerken, wie verrückt ich nach ihr war.« Hier schwieg Matthias einen Augenblick lang. »Ich glaube, sie wollte mich nicht kränken, indem sie mir eine klare Abfuhr erteilte. Und sie hat sich nie über mich lustig gemacht.«

Er erzählte weiter, wie er schließlich akzeptieren musste, dass aus ihnen nie ein Liebespaar werden würde. Dass er sich bemüht hatte, sich mit der Rolle des besten Freundes zufriedenzugeben. Er wollte ja nichts mehr, als an ihrer Seite zu sein. Und wer weiß, vielleicht würde sie es sich ja doch irgendwann anders überlegen. Aber bis es so weit war, tat er alles, um Zeit mit ihr verbringen zu können. Half ihr in der Schule, ging mit Flora und Fanny auf die Berge und hing mit ihnen in dubiosen Lokalen ab.

»Hast du ihr bei der Beschaffung von Cannabis geholfen?«, fragte Kurtz.

»Oh, dabei brauchte sie keine Hilfe. Solche Kontakte hat Fanny schon selber gemacht. Aber ich habe sie manchmal zu ihren Treffen mit dem Dealer begleitet.«

SIEBEN

Um an Cannabis zu kommen, waren in Chur – wie in jeder mittelgroßen Stadt – keine großen Anstrengungen nötig, wie Matthias erklärte. Und was auch für die Polizisten keine Neuigkeit war. Das Zeug gab es überall zu kaufen: in den Gassen, auf den Plätzen und sogar vor den Schulen. Fanny hatte ihren Lieferanten stets auf der Totengutbrücke getroffen.

»Das hat ihr gefallen, das war ganz ihr Ding«, sagte Matthias und lächelte bei der Erinnerung an den etwas makabren Namen der Brücke. »Der nahe Friedhof und die Möglichkeit, dass sie von der Straße aus jederzeit gesehen werden könnte, hatten ihr einen Kick verschafft.«

»Hat Flora auch mitgemacht, wenn ihr geraucht habt?«

»Also um das richtigzustellen: Ich habe kein Cannabis geraucht. Nicht aus moralischen Gründen oder so, sondern weil ich Sportler bin. Ich spiele American Football. Mein großer Traum ist es, einst bei den Calanda Broncos zu spielen. Dafür tue ich alles.«

Der Junge sprach mit Leidenschaft von diesem Club, und Coray konnte ihn verstehen. Auch er war seit den ersten Erfolgen der Broncos 2003 fasziniert von dieser Sportart. Damals war er noch auf der Polizeischule gewesen und hatte mit ein paar Kumpels das Spiel gegen die zwei Jahre ungeschlagenen Zurich Renegades besucht. Es war ein nervenzerfetzendes Spektakel gewesen, und als die Bündner kurz vor Schluss den Gegner mit 29 zu 28 schlugen, waren die Zuschauer total aus dem Häuschen gewesen. Der Churer Club war auch heute noch erfolgreich unterwegs und Coray immer mal wieder auf der Tribüne anzutreffen.

»Ich verstehe«, meinte er. »Aber beantworte doch noch die Frage nach Flora. Hat sie auch Gras geraucht?«

»Sie hat es einmal probiert, weil Fanny sie gehänselt hatte. Aber sie hat es eklig gefunden. Sie musste husten und hat es meines Wissens nie mehr versucht.«

»Und dieser Dealer, kennst du den? Weißt du, wie er heißt?«

»In der Szene ist er unter dem Namen Gras-Aldo bekannt.«

Coray machte sich eine Notiz. Er glaubte sich zu erinnern, dass es sich um einen Kleinganoven handelte. Ein Typ, der immer mal wieder mit der Polizei zu tun hatte. Kein großer Fisch.

»Hatte Fanny etwas mit Meyenberg am Laufen?«, fragte Kurtz unvermittelt.

»Mit Meyenberg? Fanny? Nie im Leben! Den hätte sie nicht mal mit der Feuerzange angefasst.«

Matthias Zobel sah echt entsetzt aus bei dieser Vorstellung.

»Aber mit jemand anderem?«

Matthias zögerte einen Moment, dann nickte er grimmig.

»Handelte es sich dabei um einen Lehrer?«

»Ja. Sie hatte was mit dem Englischlehrer.«

»Wie heißt er?«

»Tom Behrens.«

Es blieb eine ganze Weile still im Raum. Du meine Güte, dachte Coray, ein Lehrer, der was mit seiner Schülerin hat. Das absolute Tabu. Und für die Schule die absolute Katastrophe. Wenn das publik wurde, hatte die Schule ein Problem. Von den Konsequenzen für den Lehrer ganz zu schweigen. Erneut dachte er an das sonderbare Verhalten des Klassenlehrers sowie der Sekretärin. Die wissen das, schoss es ihm durch den Kopf, und ein Blick zu Kurtz bestätigte seinen Verdacht. Sie vermutete das Gleiche.

»Was weißt du über diese Geschichte?«, fragte er Matthias.

»Für Fanny war das bloß ein Spiel. Sie wollte einfach sehen, ob sie ihn rumkriegen kann. Zuerst hat sich Behrens überhaupt nicht darauf eingelassen. Aber Fanny hat nicht lockergelassen und ihn immer wieder angemacht. Sie konnte ganz schön überzeugend sein. Und einfallsreich. Schließlich hatte sie es geschafft. Sie hatte es uns grinsend erzählt. Sie hat es nicht böse gemeint, es war nur Spaß.«

Doch für Behrens war es kein Spaß, wie Matthias weitererzählte. Er hatte sich ernsthaft in Fanny verliebt und geglaubt, dass sie die Liebe seines Lebens sei. Doch sie hatte ihn nur ausgelacht und ihm klipp und klar erklärt, dass er für sie nur ein Flirt gewesen sei. Behrens hatte sie jedoch weiter bedrängt, bis sie ihm gedroht hatte, die Geschichte publik zu machen. Das war vor etwa zwei Wochen gewesen.

»Wer hat davon gewusst?«, fragte Kurtz.

»Sicher bin ich nicht, aber ich glaube, Frau Schäfer, die Sekretärin, hat sie mal zusammen gesehen, und die hat es sicher dem Meyenberg gesteckt. Die beiden sind ganz dicke Freunde.«

»Und wie hast du dich gefühlt, bei diesem ›Spiel‹ von Fanny? Warst du nicht eifersüchtig?«

»Nein, ich habe ja mitgekriegt, dass sie überhaupt nicht in den verliebt war. Es hat mir zwar nicht gefallen, ich habe es richtig scheiße gefunden, aber eifersüchtig war ich nicht. Eigentlich hat mir der Typ fast ein bisschen leidgetan.«

Coray versuchte, sich das alles vorzustellen. Eine leichtsinnige, verwöhnte Siebzehnjährige, die das Leben als Spiel betrachtete, die gewohnt war zu bekommen, was sie haben wollte, jedoch nie mit Arglist agierte. Ihre beste Freundin, die genau das Gegenteil verkörperte mit ihrer zurückhaltenden Art. Und ein Freund, der gern mehr gewesen wäre als ebendies und doch lieber das war als gar nichts. Dazu ein Lehrer, der den Kopf und seine Contenance – und vielleicht bald seine Stelle – verloren hatte. Und ein kleiner Dealer, der was genau für eine Rolle spielte?

»Gibt es noch andere Freunde in eurer Clique? Oder andere Männer in Fannys Leben?«, fragte er.

»Nein, nicht wirklich. Natürlich waren wir hie und da mit anderen aus der Klasse zusammen unterwegs oder auf einer Party. Aber Fanny und ich und Flo waren unzertrennlich. Wir haben uns total vertraut.«

Er ließ mutlos den Kopf hängen. »Ich weiß grad gar nicht, wie mein Leben jetzt weitergehen soll.«

Coray wusste es auch nicht, hatte keinen Trost für Matthias Zobel. Er legte ihm kurz seine Hand auf die Schulter. Kurtz fragte zum Schluss nach seinem Alibi für vorgestern Abend. Er erklärte, er sei mit seinen Eltern zusammen zum Essen in der Altstadt gewesen und dann habe er seiner jüngeren Schwester den Text abgehört, den sie an einer Theateraufführung der Schule vorzutragen hatte. Das würden sie überprüfen, aber Coray zweifelte nicht daran, dass es stimmte. Sie ließen den Jungen gehen.

Die Klasse der beiden getöteten Mädchen, die sie anschließend befragten, hatte nichts von Interesse beizusteuern. Alle zeigten sich ob der Morde traurig, fassungslos und auch verängstigt. Aber so richtig befreundet mit Fanny oder Flora war keiner von ihnen. Es kristallisierte sich heraus, dass sich die beiden jungen Frauen genug Gesellschaft gewesen waren. Und wahrscheinlich auch Matthias Zobel ihre innersten Geheimnisse nicht erfahren hatte.

»Weißt du was, Matti, ich muss aus dieser Schule raus«, platzte Kurtz heraus, als sie aus dem Klassenzimmer traten, und sie schritt schnurstracks auf die Ausgangstür zu. »Ich weiß, wir müssen diesen Englischlehrer befragen, aber jetzt grad kann ich diese Luft nicht mehr atmen, diese Atmosphäre nicht mehr ertragen – ich muss raus!«

Ungestüm riss sie die Tür auf, trat nach draußen und atmete tief durch. Coray eilte ihr hinterher.

»Was ist denn los?«

»Ach, ich weiß auch nicht. Dieses ganze Schulzeugs macht mich aggressiv. Ich habe diese Atmosphäre schon immer gehasst. Ich habe die Schule gehasst, dieses Eingesperrtsein, dieses Reglementierte – einfach alles. Und ich wusste, ich konnte nicht einfach kündigen so wie die Erwachsenen.«

Coray war überrumpelt von dem Ausbruch seiner Kollegin. Soweit er sich erinnern konnte, hatten sie nie näher über ihre Schulzeit geredet. Aber er musste grinsen, als er sich die kleine Katja vorstellte, die gern ihren Job als Schülerin gekündigt hätte.

»Weißt du was, der Englischlehrer kann warten. Wir gehen jetzt in eine Beiz, trinken einen Kaffee und befragen den Behrens später. Okay?«

»Ist gut. Sicher besser, als eine Schlägerei anzufangen.«

»Danach wäre dir jetzt grad, nach einer Schlägerei?«

»Hätte nichts dagegen.« Grimmig marschierte sie weiter und öffnete schließlich die Tür eines nahe gelegenen Café.

Ein Boxsack im Büro wäre wirklich eine gute Idee, überlegte sich Coray und steuerte einen Nischentisch an. Es war ein hübsches kleines Lokal, ohne viel Schnickschnack, aber mit einladendem Flair und einer freundlichen Bedienung. Sie bestellten beide einen Espresso und warteten, bis die junge Frau wieder hinter den Tresen zurückgekehrt war und sich an der Kaffeemaschine zu schaffen machte.

»Matti, wenn du jetzt eine dunkle Geschichte aus meiner Vergangenheit erwartest, muss ich dich enttäuschen: Es gab keinen Missbrauch, keine Schläge und keine Gewalt, die ich in der Schule erleben musste. Die einzige Gewalt ging von mir aus, als ich als Elfjährige einen gleichaltrigen Jungen verdroschen habe, der auf dem Pausenplatz Jagd auf die Mädchen machte, weil er sie küssen wollte. Als Kind schon so verkorkst, stell dir das mal vor. Nach meiner Abreibung hat er dieses seltsame Verhalten eingestellt. Mit nicht mal zwanzig

Jahren ist er dann an Drogen gestorben. Eigentlich ein armer Kerl.«

Katja Kurtz' Blick wandte sich nach innen, ihrer Vergangenheit zu, und Coray ließ sie in Ruhe ihren Erinnerungen nachhängen. Er war erleichtert, dass in ihrer Jugend nichts wirklich Schlimmes vorgefallen war. Er hatte während seiner Laufbahn einige Fälle erlebt, bei denen sich herausgestellt hatte, dass die Täter als Kinder selbst Opfer gewesen waren. Opfer von überforderten Eltern, psychopathischen Verwandten oder sadistischen Erziehern. Er wusste, was Missbrauch in jeglicher Form in einer Kinderseele anrichten konnte. Es hätte ihn wirklich sehr gewundert, wenn seine Kollegin je Ähnliches erlebt hätte. Er wusste, dass sie extrem wütend wurde, wenn sich wieder eine von ihrem Partner halb zu Tode geschlagene Frau weigerte, ihn anzuzeigen. Es war ein Verhalten, das sie nicht verstehen konnte, am liebsten hätte sie diese Schläger eigenhändig zur Verantwortung gezogen.

»Bist du jetzt enttäuscht, dass ich dir keine Räubergeschichte anzubieten habe?«, unterbrach Kurtz seine Gedanken und blitzte ihn über ihr Tässchen an.

»Nein, ich bin froh, dass sich in deiner Seele keine Dämonen verstecken, die plötzlich über mich herfallen könnten.«

»Na gut, ganz gewiss kann man sich dessen natürlich nie sein. Also fühle dich bloß nicht zu sicher.«

»Dieses Gefühl kenne ich sowieso nicht, wenn du in der Nähe bist.«

Ein befreiendes Lachen fegte alle negativen Gefühle beiseite. Es war richtig gewesen, diese kurze Auszeit zu nehmen. Jetzt waren sie bereit für das Gespräch mit dem Englischlehrer. Nachdem sie bezahlt hatten, machten sie sich auf den Rückweg, und Coray bat telefonisch seinen Kollegen im Innendienst, sich mal betreffend eines Kleinganoven namens Gras-Aldo umzuhören. Wenige Minuten später trafen sie wieder in der Schule ein. Sie baten Frau Schäfer, Herrn Behrens ins Sitzungszimmer zu rufen.

Tom Behrens war eine eindrucksvolle Person. Er war groß, schlank, hatte dunkle Locken, die ein gut aussehendes Gesicht einrahmten, und er hielt sich sehr gerade. Er hatte einen wachen Blick, und sein Händedruck war fest. Der Mann strahlte eine natürliche Autorität aus. Coray konnte verstehen, dass es für Fanny eine Herausforderung gewesen sein musste, ihn zu knacken. Sie hatte wahrscheinlich nicht glauben können, dass ihr Aussehen und ihr Charme für einmal keine Wirkung zeigten. Es hatte sie verblüfft, dann gekränkt und später dazu angestachelt, ihre ganze Aufmerksamkeit diesem »Projekt« zu widmen. Eine Abfuhr konnte sie nicht akzeptieren. Sie musste ihr ganzes Repertoire aufgefahren und all ihre Verführungskünste eingesetzt haben, um das zu bekommen, was sie wollte. Es ging ihr nicht um eine Beziehung, es ging ihr allein um den Triumph, den Widerstand des Lehrers brechen zu können. Fast hätte Coray der Mann, der ihnen jetzt gegenübersaß und sich betont selbstsicher gab, leidgetan.

»Herr Behrens«, begann Kurtz nach der Vorstellung, »was glauben Sie, warum wir mit Ihnen sprechen wollen?«

»Weil zwei Schülerinnen von diesem Gymnasium gestorben sind und ich einer ihrer Lehrer war.«

Coray hörte die Anstrengung, die bei jedem Wort mitschwang. Die Anstrengung, sich neutral zu verhalten. Er registrierte ebenfalls, dass er ihre Namen nicht aussprach, sondern sie einfach »zwei Schülerinnen« nannte. Als würde mit dieser Anonymität eine Grenze gezogen, die er in Wahrheit längst überschritten hatte. Die ihn jetzt davor schützen sollte, sich emotional einbeziehen zu lassen.

»Sie heißen Fanny und Flora, und sie wurden ermordet«, sagte Kurtz mit kalter Stimme.

Behrens schluckte, sagte nichts weiter und wich auch ihrem Blick nicht aus. Der weiß nicht, dass wir von der Affäre wissen, dachte Coray. Er setzt alles daran, als genau das zu erscheinen, was er sein sollte: ein Englischlehrer, der zufällig zwei junge Frauen unterrichtete, die auf ungewöhnliche Weise ums Leben gekommen sind.

»Was können Sie uns über die beiden jungen Frauen sagen?«

»Sie waren normale Schülerinnen, die ihre Leistungen erbracht haben. Vor allem Flora war eine ausgezeichnete Schülerin, sehr engagiert und zielorientiert.«

»War Fanny auch zielorientiert?« Kurtz' Stimme hatte einen so ausgeprägt ironischen Unterton, dass Behrens ihn nicht ignorieren konnte. Verunsichert blickte er zu Coray, der seinen Blick unbewegt erwiderte.

»Nun, ihre Englischkenntnisse waren hervorragend, sie lebte ja viele Jahre in England, aber ihr Ehrgeiz hielt sich in Grenzen.«

»Hatte Fanny ihre Bemühungen vielleicht auf ein ganz anderes Ziel gerichtet?«

Tom Behrens war sichtlich geschockt. Auf seinen Gesichtszügen zeichneten sich die unterschiedlichsten Gefühle ab: Unglaube, Abwehr, tiefe Unsicherheit. Doch er versuchte weiterhin, sein Gesicht zu wahren, den Unwissenden zu spielen. Es musste eine ungeheure Anstrengung für ihn sein. Er räusperte sich und schlug die Beine übereinander.

»Ich habe keine Ahnung, worauf Sie anspielen.«

»Wir wissen, dass Sie eine sexuelle Beziehung zu Ihrer Schülerin Fanny Candinas hatten«, sagte Coray, ohne seine Worte speziell zu betonen. Er hätte ebenso gut erklären können, dass draußen Schnee lag.

Die Reaktion war dramatisch: Tom Behrens erstarrte, alles Blut wich aus seinem Gesicht, die Augen waren weit aufgerissen, und aus seinem offenen Mund kam kein Ton. Coray fragte sich ernsthaft, ob der Mann gerade einen Herzanfall erlitt. Besorgt blickte er Kurtz an, die ebenfalls irritiert den bestürzten Lehrer anschaute. Kurtz erhob sich von ihrem Stuhl und trat neben ihn.

»Herr Behrens, geht es Ihnen gut?« Sie legte ihm eine Hand auf die Schulter.

Behrens sah sie an, als käme sie von einem anderen Stern, als wisse er gerade nicht, wo er sich befände und was um ihn herum passierte. Endlich richtete er seinen Blick auf sie.

»Was haben Sie da eben gesagt?«

»Ich habe Sie gefragt, wie es Ihnen geht. Sie sehen etwas mitgenommen aus.«

»Nein, nein, das wegen Fanny, was war das?«

»Wir wissen von Ihrem Verhältnis zu Fanny«, wiederholte Kurtz.

Lange Zeit blieb es still. Tom Behrens war in sich zusammengesunken und gab sich keinerlei Mühe mehr, etwas zu wahren. Er konnte keine Energie mehr für Lügen oder Vertuschungen aufbringen. Als er aufblickte, registrierte Coray einen tiefen Schmerz in seinen Augen. Dieser Mann war am Boden zerstört. Fast wirkte er erleichtert, dass er loslassen konnte, dass er diesen Kummer, diese Trauer nicht mehr verstecken musste. Er raffte sich zusammen und bemühte sich, einigermaßen aufrecht auf seinem Stuhl zu sitzen. Tom Behrens bot das Bild eines vernichteten Menschen.

Bei seinem Anblick überkam Coray nun wirklich Mitleid. Natürlich hatte er sich falsch entschieden, als er sich auf die Affäre eingelassen hatte. Aber inzwischen glaubte Coray, sich ein ziemlich gutes Bild von Fanny Candinas machen zu können. Er war sich im Klaren, dass diese junge Frau es gewohnt gewesen war zu bekommen, was immer sie haben wollte. Es war Behrens' Pech gewesen, dass er zu ihrer Beute geworden war. Coray war sich sicher, dass sie es ihm verdammt schwer gemacht hatte, ihr zu widerstehen. Und sie war ohne Frage skrupellos beim Erreichen ihres Ziels gewesen. Das führte Coray weiter zu der Frage, wie er selbst denn in einem solchen Fall reagieren würde. War er sich wirklich ganz sicher, dass er gegen Verfehlungen dieser Art gefeit war? Kurtz unterbrach zu seiner Erleichterung diese Grübeleien, indem sie sich wieder auf ihren Stuhl setzte und Behrens fragte, ob er bereit sei weiterzumachen. Seine Antwort bestand aus einem resignierten Nicken.

»Wie lange dauerte die Beziehung zwischen Ihnen und Fanny?«

»Ein paar Wochen. Aber es war nicht wirklich eine Beziehung.« Das hörte sich jetzt doch ziemlich verbittert an.

»Bitte erzählen Sie uns die ganze Geschichte«, bat Coray. Diesem Wunsch folgte Tom Behrens – in aller Ausführlichkeit.

Es war nach den letzten Sommerferien gewesen, als dem Englischlehrer aufgefallen war, dass sich seine Schülerin Fanny Candinas ihm gegenüber seltsam verhielt. Sie schaute ihn eindringlicher an als früher, hatte immer wieder Fragen, die sie ihm nach dem Unterricht unbedingt stellen musste, und folgte aufmerksam seinen Ausführungen. Dabei war sie bis zu diesem Zeitpunkt alles andere als eine interessierte Schülerin gewesen. Am Anfang freute sich Behrens, glaubte er doch, dass sein Unterricht endlich auch dieses Mädchen gepackt hatte. Doch allmählich kam ihm die Geschichte komisch vor. Fanny kam unangemeldet ins Lehrerzimmer, wenn sie wusste, dass er allein war. Behrens war nicht blöd, irgendwann hatte er kapiert, was Sache war, und Fanny klargemacht, dass er ihre Anmache nicht wollte. Dass sie sich von ihm fernhalten sollte, dass er ihr Lehrer sei und keineswegs interessiert an einer anderweitig gearteten Beziehung. Sie hatte ihn mit undurchdringlicher Miene reden lassen, hatte auf dem Absatz kehrtgemacht und war aus dem Zimmer marschiert. Eine Zeitlang war Ruhe gewesen, Behrens hatte erleichtert aufgeatmet und gedacht, alles sei der Phantasie eines gelangweilten, verwöhnten Mädchens entsprungen.

Kurz vor Weihnachten hatten sie in der Schule ein Fest abgehalten, es war zwar kein Alkohol ausgeschenkt worden, aber die Schüler hatten sich natürlich nicht an das Verbot gehalten und selbst welchen reingeschmuggelt. Alle waren gut drauf, freuten sich auf die Festtage und feierten ausgelassen in den Abend hinein. An dieser Stelle hielt Behrens inne. Als er fortfuhr, tönte seine Stimme wie Schmirgelpapier: »Es waren die letzten glücklichen Stunden meines Lebens.«

Die Ermittler blickten sich an. Kurtz runzelte die Stirn und wandte sich dann Tom Behrens direkt zu. »Was ist an diesem Abend passiert?«

»Nach der Feier bin ich nicht direkt nach Hause gegangen, sondern in eine Bar. Ich hatte Lust auf ein Glas Wein, nachdem ich den ganzen Abend nur Wasser und Eistee getrunken hatte.«

Nachdem er ein paar Gläser Roten intus hatte und sich so richtig warm und glücklich fühlte, war Fanny aufgetaucht und hatte ihn gefragt, ob er ein Gläschen mit ihr trinken würde. So zum Einstimmen auf Weihnachten. Einen Moment lang hatte er gezögert – und dann die warnende Stimme in ihm zum Teufel geschickt. Was sollte schon passieren? Er war privat hier, sie war zufällig vorbeigekommen, man trank zusammen einen Prosecco, und dann würde er sich verabschieden.

Natürlich war es ganz anders gekommen. Die Stimmung war zunehmend gelöster geworden. Fanny war gar nicht so eine verwöhnte Tussi, sie war intelligent und interessiert an der Welt, eine tolle Gesprächspartnerin, und aussehen tat sie auch immer schöner. Wie hatte er mit seiner Einschätzung so danebenliegen können? Er verstand sich gar nicht mehr. Tom Behrens verpasste den Punkt, an dem eine andere Wendung in dieser Geschichte noch möglich gewesen wäre. An dem er sich freundlich verabschieden, ihr fröhliche Weihnachten und tolle Ferien hätte wünschen können. Er hatte nicht einmal bemerkt, dass es diese Chance gegeben hätte.

An dieser Stelle seiner Erzählung angekommen, verstummte Behrens, und seine Gesichtszüge widerspiegelten die unterschiedlichsten Gefühle. Den Unglauben, dass tatsächlich er es war, der so gehandelt hatte, der dermaßen Mist gebaut hatte. Wut auf sich selbst, aber es blitzten auch Wehmut und die Erinnerung an ein wunderschönes Erlebnis auf. Coray und Kurtz ließen ihm diesen Moment. Schließlich räusperte sich Kurtz. »Sie sind mit dem Mädchen im Bett gelandet?« Es war eher eine Feststellung als eine Frage.

»Ja.«

»Wo stand dieses Bett?«

»Bei mir zu Hause.«

Die Ermittler schauten sich überrascht an.

»Sie leben alleine? Keine Partnerin? Keine Kinder?«, fragte Coray.

»Nein, ich lebe alleine.«

Na, wenigstens das, dachte Coray erleichtert. Wenigstens ging da keine Ehe den Bach runter, und Kinder mussten nicht unter den Tollereien der Eltern leiden.

»Und dann, wie ging es weiter?«

»Am Morgen war ich entsetzt über mich, als die Erinnerung kam. Fanny war in der Nacht nach Hause gegangen. Ich glaube, sie hatte sich ein Taxi gerufen. Ich weiß nicht mehr so genau, was alles geschah in jener Nacht.«

»Es gab also nur diese eine Nacht mit Fanny?«

»Nein.« Behrens schaute beschämt zu Boden. Und erzählte dann mit leiser Stimme weiter.

Die Gefühle, die ihn am Morgen danach überfluteten, waren schrecklich: Scham, Erniedrigung und Panik wechselten sich ab. Er konnte nicht glauben, was er getan hatte. Es war unentschuldbar. Was würde jetzt passieren? Würde sie ihn anzeigen? Stand vielleicht schon die Polizei vor seiner Haustür? Fluchtartig verließ er seine Wohnung, ging stundenlang durch die Straßen, flüchtete sich an den Rhein und erwog ernsthaft, sich in die Fluten zu stürzen. Schließlich ging er wieder nach Hause, so wie ein kranker Fuchs in seinen Bau kriecht. Er rechnete mit allem. Aber nichts passierte. Die Polizei kreuzte nicht auf, der Himmel stürzte nicht ein, und die Welt stand nicht still. Mehrere Tage verbrachte er schlaf- und rastlos. Schließlich zog zögernd wieder Ruhe in seine Seele ein. Er begann erfolgreich, die Geschichte zu verdrängen. Als Weihnachten und Silvester ereignislos gekommen und gegangen waren, glaubte er beinahe, dass alles nur ein Phantasiegespinst seines Hirns gewesen war.

Am 1. Januar stand sie wieder vor seiner Tür. Sie war gekommen, um ihm ein glückliches neues Jahr zu wünschen. Als er ihren Duft wahrnahm, in ihre strahlenden Augen blickte, ihre Ausstrahlung spürte, ging er in ihrer Umarmung widerstandslos unter. Die Schuldgefühle wurden kleiner und die Leidenschaft größer.

»Ich war völlig von Sinnen, wollte nur noch Fanny. Ich war wahnsinnig vor Begehren. Es war ein Rausch, wie ich ihn mir nicht hatte vorstellen können.«

»Und Fanny, war es für sie auch die große Liebe?«

»Nein. Am letzten Ferientag sagte sie mir, dass es aus sei. Einfach so. Da stand sie, schaute mich ungerührt an und sagte mir, es sei nur ein Flirt gewesen. Ich war völlig vor den Kopf geschlagen, konnte es nicht glauben, wie konnte sie mir so etwas antun? Ich habe nichts mehr verstanden.«

»Und da haben Sie begonnen, sie zu stalken?«, fragte Kurtz' sachliche Stimme.

»Stalken? Nein, ich wollte doch nur wissen, was passiert war, warum sie von einem auf den anderen Tag die Beziehung beendet hatte.«

»Sie hat es Ihnen doch gesagt«, wandte Coray ein. »Für sie war es nur ein Flirt gewesen. Nichts von Bedeutung.«

Jetzt blitzte Wut aus Behrens' Augen. »Ich –«

»Und das konnten Sie nicht ertragen«, schnitt ihm Kurtz

das Wort ab. »Diese Zurückweisung, diese Niederlage – das war der smarte Herr Behrens nicht gewohnt. Damit konnte er nicht umgehen.«

»Nein, so war das nicht …«

Behrens war von seinem Stuhl aufgesprungen und auf Kurtz zugegangen. Diese blieb ungerührt auf ihrem Platz und fuhr mit schneidender Stimme fort: »Doch, genau so war das. Sie fühlten sich gedemütigt. Von einer Schülerin, die sie eiskalt an der Nase herumgeführt hat. Für die Sie bloß eine Episode waren, eine Posse in ihrem wilden Leben. Einem Leben, in dem sie den Herrn Englischlehrer bestimmt nicht eingeplant hatte. Höchstens als Statisten, den man nach Gebrauch in die Bedeutungslosigkeit zurückschicken konnte.«

Behrens starrte sie erbost an, entgegnete jedoch nichts. Es war offensichtlich, dass er sich zurückhalten musste, dass er am liebsten einen Stuhl auf den Boden geworfen oder sonst etwas getan hätte, um seine Aggression loszuwerden. Aber er beherrschte sich, obgleich seine Hände leicht zitterten. Coray sah, wie sich ein innerer Kampf auf seinem Gesicht abzeichnete. Der Lehrer wusste selbst, wie das aussehen würde, wenn er seiner Wut nachgeben würde. Also riss er sich zusammen, schnaubte laut aus und setzte sich wieder hin.

Corays Handy vibrierte. Ein rascher Blick zeigte ihm, dass Nick – das Technikgenie – ihn sprechen wollte. Er drückte den Anruf weg, jetzt war nicht der Moment für eine Unterbrechung.

»Sie werden ja schnell wütend, Herr Behrens! War das vorgestern Abend auch so? Haben Sie da auch die Fassung verloren, als Fanny Sie ausgelacht hat?«

»Sie glauben doch nicht im Ernst, dass ich jemanden umbringe, den ich liebe?«

»So weit her war es wohl nicht mehr mit der Liebe, nachdem diese junge Frau Sie kalten Arsches abserviert hatte. Sie konnten das nicht akzeptieren. Wahrscheinlich passiert Ihnen das nicht oft, dass Sie in die Wüste geschickt werden.«

Behrens sagte nichts, starrte Kurtz nur finster an und presste die Lippen zusammen. Es war offensichtlich, dass sie ins Schwarze getroffen hatte. Der charismatische Mann hatte wahrscheinlich noch nicht so viele Abfuhren einstecken müssen.

»Wir können das jetzt abkürzen«, fuhr Coray ruhig fort, »sagen Sie uns doch einfach, wo Sie vorgestern Abend nach sechs Uhr waren.«

»Ich habe Arbeiten korrigiert.«

»Hier an der Schule?«

»Nein, ich bin nach dem Unterricht direkt nach Hause gegangen, habe alle mitgenommen und zu Hause gearbeitet.«

»Kann das jemand bezeugen?«

»Ich war alleine zu Hause, ich habe Ihnen ja gesagt, dass ich alleine lebe. Wer soll denn das bezeugen können?«

»Sind Sie nicht mehr aus der Wohnung gegangen? Zum Nachtessen vielleicht oder um irgendwo etwas zum Essen einzukaufen?«

»Nein, ich bin nach Hause gegangen und dortgeblieben. Ich habe die Wohnung nicht mehr verlassen.«

»Ja, das sieht jetzt gar nicht gut aus, Herr Behrens«, sagte Kurtz mit sarkastischem Unterton. »Vor allem, da wir wissen, dass Sie Fanny bedroht haben.«

Behrens schaute sie perplex an, und zum ersten Mal spiegelte sich Unsicherheit in seinen Zügen.

»Wer sagt so was? Das ist gelogen. Ich habe Fanny nicht bedroht. Ich habe ihr nur gesagt, so könne sie nicht mit mir umgehen. Das ließe ich mir nicht gefallen. Das war alles!«

»Und was genau wollten Sie tun, damit Fanny nicht so mit Ihnen umgeht? Und als Sie merkten, dass Sie gar nichts tun konnten, hat Sie da die Wut gepackt, haben Sie der frechen Göre gezeigt, was passiert, wenn man zu weit geht?«

Jetzt war es pure Angst, die Behrens ausstrahlte. Langsam schien ihm klar zu werden, dass seine Lage alles andere als rosig war. Hilfesuchend schaute er zu Coray. Dieser dachte jedoch gar nicht daran, ihm aus der Bredouille zu helfen. Wenn er den Verlauf des Gesprächs anschaute, war er durchaus geneigt, den Lehrer als Verdächtigen in Betracht zu ziehen. Er war nicht das unschuldige Opfer, als das er sich darstellte. Die Wut, die in dem Mann brodelte, hatte Coray überrascht.

»Haben Sie vielleicht Ihren Computer benutzt zum Korrigieren oder auch später an dem Abend?«

»Nein, ich brauche keinen Computer, um Arbeiten zu korrigieren, und später habe ich Sport geschaut.«

Schweigend schauten ihn die Ermittler an. Dann verständigten sie sich mit einem raschen Blickkontakt.

»Herr Behrens, halten Sie sich zu unserer Verfügung. Verlassen Sie die Stadt nicht, Sie hören wieder von uns.« Damit wandte sich Coray von ihm ab.

Zusammen mit seiner Kollegin verließ er den Raum. Den verdatterten Blick, mit dem der Lehrer ihnen nachsah, spürte er förmlich in seinem Rücken brennen.

Während des Gesprächs hatten sie gar nicht bemerkt, wie spät es schon war. Und wie hungrig sie waren. Sie beschlossen, etwas aus einem Take-away zu besorgen und dann ins Büro zu fahren. Zu spät bei der Chefin anzutreten, war eines der Dinge, die es zu vermeiden galt.

ACHT

Zum Essen fuhren sie auf den Parkplatz bei der Aubrücke am Rheinufer. Schweigend nahmen sie die fast unmögliche Aufgabe in Angriff, ihre Burger einigermaßen anständig zu essen. Vorsichtshalber hatte sich Coray eine der Servietten, die sie aus dem Laden mitgenommen hatten, über die Beine gelegt. Er blickte durch die entlaubten Bäume Richtung Calanda. Die schroffen Felsen am gegenüberliegenden Ufer verwehrten ihm den Blick auf den Gipfel. Was ihn nicht daran hinderte, sich an einen tollen Ausflug mit ein paar Kumpels aus der Schule zu erinnern. Von Haldenstein aus waren sie zur Calandahütte aufgestiegen. Vorbei an den Maiensäßen Arella, Nesselboden und der Alp Altsäss. Sie waren bei Sonnenaufgang losmarschiert und hatten den Calandagipfel auf über zweitausendachthundert Metern am selben Tag geschafft. Übernachtet hatten sie in der Hütte und ausgelassen mit Calandabier ihren »Gipfelsturm« gefeiert. Coray erinnerte sich, wie andächtig sie das überwältigende Rundumpanorama ganz oben auf dem Berg bestaunt hatten. Der Abstieg von der Hütte via Felsberger Älpli war im Vergleich zum herausfordernden Aufstieg ein Spaziergang gewesen. Bei den Bildern, die Coray in Erinnerung geblieben waren, wurde er ein wenig wehmütig. Wie jung sie alle gewesen waren, voller Pläne und Träume und noch weit entfernt von Mord und Tragödien.

»Wir haben schon gediegener gespiesen«, unterbrach Kurtz seine Reise in die Jugend und biss beherzt in ihren Burger.

»Dir läuft die Sauce über die Finger.«

»Und du hast sie im Gesicht.«

Er wischte sich etwas peinlich berührt mit der Serviette über den Mund.

»Ich zeige dir jetzt den Japan-Griff. Das ist die einzige Methode, mit der du einen Burger ohne Probleme essen kannst.«

Sie demonstrierte ihm, wie sie den Boden mit beiden Daumen und den kleinen Fingern umfasste und die anderen Finger in gleichen Abständen an die Oberseite des Brötchens platzierte. Das funktionierte allerdings nur insofern, als keine Gemüsestücke hinausflutschten – die Sauce quoll ihr auch bei diesem Biss zwischen den Fingern hindurch.

»So viel zur japanischen Methode«, sagte Coray grinsend.

Zum Glück lag genug Schnee, um sich die fettigen Finger zu reinigen. Die Mahlzeit hatte kaum zehn Minuten gedauert. Sie mussten sich sputen, es war zwanzig nach zwei. Kurtz startete rasant Richtung Polizeigebäude.

»Was hältst du von dem Lehrer?«, fragte sie, ohne den konzentrierten Blick von der Fahrbahn zu nehmen.

»Er ist nicht gerade das, was ich einen abgebrühten Typ nennen würde. Aber ich kann mir durchaus vorstellen, dass ihm die Sicherungen durchgebrannt sind. Stell dir vor, da bleibt er so lange standhaft, glaubt dann, dass es die große Liebe ist, und wird von Fanny derart verarscht – das ergibt für mich ein astreines Motiv.«

»Oh ja, das sehe ich auch so, und er hat kein Alibi. Das sieht übel aus für den Herrn Behrens.«

»Du magst ihn nicht, warum?«

»Weil ich diese gut aussehenden, von sich überzeugten, selbstherrlichen, sich selbst überschätzenden Typen nicht ausstehen kann.«

»Und schon blitzen deine Vorurteile wieder durch. Du kannst doch nicht wirklich glauben, dass jeder attraktive Mann zwangsläufig so sein muss, wie du ihn grad beschrieben hast.«

»Nein, ich gebe dir recht, nicht jeder – aber in diesem Fall ist es so. Punkt.«

Wie zur Bestärkung ihrer Worte bog sie mit so viel

Schwung auf den Parkplatz des Polizeigebäudes ein, dass Coray sich oben am Haltegriff festklammern musste, um nicht herumgeschleudert zu werden. Bevor er sich über ihren rüden Fahrstil beschweren konnte, war sie aus dem Auto raus und auf dem Weg zum Eingang. Als Coray hinterhereilte, sprang sie leichtfüßig den ersten Treppenabsatz hinauf. Er holte sie erst ein, als sie vor der Tür der Chefin die Hand hob, um anzuklopfen. In dem Moment trat Nick, dessen Anruf er komplett vergessen hatte, aus seinem Büro. Coray kam nicht dazu, sich zu entschuldigen.

»Hey, wenn ihr fertig seid, kommt unbedingt bei mir vorbei. Ich muss euch etwas zeigen.«

Und schon war Nick wieder verschwunden. Verdutzt schauten sie ihm hinterher, er hatte irgendwie aufgeregt gewirkt.

»Herein«, tönte es aus dem Büro von Cathomas, die ihnen mit unergründlicher Miene entgegenblickte. Coray fragte sich unwillkürlich, ob sie etwas falsch gemacht hatten, und nervte sich augenblicklich, dass er sich das fragte. Frau Major war oft so. Warum zum Teufel kam er sich manchmal noch immer wie ein Schulbub vor? Hatte er es nicht endlich gecheckt, dass es einfach ihre Art war? Er schluckte den Ärger auf sich selbst runter und setzte sich neben Kurtz auf einen der beiden Stühle, die ihrem Schreibtisch gegenüberstanden.

»Ich höre«, sagte Annabelle Cathomas und zog ihre perfekt geformten Augenbrauen in unnachahmlicher Weise nach oben.

Die beiden Beamten berichteten ausführlich von den Geschehnissen in der Schule. Als sie bei der Geschichte des Englischlehrers angekommen waren, runzelte Cathomas die Stirn, ohne sie jedoch zu unterbrechen.

»Halten Sie ihn für den Täter?«, fragte sie, als Coray den Bericht mit dem Hinweis auf Behrens' Verzweiflung schloss.

Coray und Kurtz blickten einander an.

»Sagen wir mal so«, hob Coray zu einer Antwort an, wurde aber von Kurtz unterbrochen.

»Ich glaube, dass Behrens Fanny in Rage getötet hat. Aus einem Grund, den wir noch nicht kennen, ist Flora dazugekommen, und er musste sie ebenfalls umbringen, sie hätte ihn sonst belastet.«

Cathomas hatte ihr aufmerksam zugehört. Jetzt wandte sie sich an Coray. »Und Sie, Matti, was glauben Sie?«

»Ich halte dieses Szenario für durchaus denkbar, bin aber nicht überzeugt, dass er der Mörder ist. Gut, er hat ein starkes Motiv und kein Alibi. Außerdem halte ich ihn für sportlich genug, um da auf den Baumwipfelpfad hochzukommen.«

»Was stört Sie an dem Gedanken, dass er der Mörder ist?«

Coray hielt einen Moment inne, schaute Cathomas grübelnd an und umfasste sein Kinn mit der Hand.

»Es ist mehr so ein Gefühl«, sagte er dann zögernd. »Obwohl alles passt, tue ich mich schwer damit, mir diesen Mann als Mörder vorzustellen.«

»Es stimmt, dass Tom Behrens nicht wie ein Killer wirkt, aber wir haben schon andere Typen erlebt, denen man es auch nicht angesehen hat«, gab Kurtz zu bedenken.

Cathomas blickte sinnend von einem zum anderen. »Ich werde mich mit dem Staatsanwalt besprechen. Er wird entscheiden, ob wir Tom Behrens in Untersuchungshaft nehmen.«

Bei dem Gedanken an Armin Truffer musste Coray sich beherrschen, nicht die Augen zu verdrehen. Kurtz hielt mit ihrer Abneigung nicht hinter dem Berg. Hätte ihn auch gewundert. Verächtlich schnaubte sie durch die Nase, Cathomas hingegen konnte er keine Reaktion entlocken. Dabei wussten alle, dass sie diesen eitlen, rechthaberischen Großhans ebenfalls nicht leiden konnte. Oder wurde das nur angenommen, weil alle anderen ihn nicht leiden konnten?

»Besteht nach Ihrer Ansicht Fluchtgefahr?«, unterbrach Cathomas seine ketzerischen Überlegungen.

Während Coray noch abwägte, antwortete Kurtz: »Ich denke schon, schließlich hat er keine Frau, keine Kinder und wahrscheinlich auch bald keinen Job mehr.«

»Das sehe ich anders«, hielt Coray dagegen. »Solange ihn niemand verpetzt, bleibt diese unselige Geschichte mit Fanny vielleicht unter dem Deckel. Sein Job als Lehrer an dieser Schule scheint ihm wichtig, den würde er nicht einfach hinschmeißen und ins Ausland abhauen. Wenn wir ihn aber in Untersuchungshaft nehmen, bricht alles zusammen. Er würde nie mehr an dieser Schule unterrichten. Und vielleicht auch nicht an einer anderen.«

»Gut, ich werde all diese Überlegungen bei meinem Gespräch mit dem Staatsanwalt berücksichtigen.«

Dann erklärte ihnen Cathomas, dass die Kollegen den Ganoven Gras-Aldo in der Altstadt aufgegriffen hatten. Es war nicht schwierig gewesen, der Typ hing wie üblicherweise in derselben Gegend herum und vertickte seine Ware. Er war nicht die hellste Kerze auf der Torte. Es hatte seine Zeit gedauert, bis er kapiert hatte, worum es ging. Zeitunglesen oder Nachrichtenhören gehörten nicht zu seinen Beschäftigungen. Er schien aufrichtig bekümmert über Fannys Tod. Den Verdacht, dass er damit etwas zu tun haben könnte, wies er empört von sich. Ob sie denn noch bei Sinnen seien, er sei doch nicht so bescheuert, seine Kunden umzubringen. Er hatte ein Alibi vorzuweisen, das nicht ganz astrein war, da es seine Dealerkumpels waren, die es ihm gaben.

»Aber die Kollegen, die ihn befragt haben, sind der Überzeugung, dass Gras-Aldo schon rein körperlich nicht in der Lage wäre, auf den Baumwipfelpfad zu gelangen. Er ist anscheinend ein ziemliches Wrack.«

Anschließend besprachen sie die Pressekonferenz, die für drei Uhr angesetzt war. Staatsanwalt Truffer kam mit wichtiger Miene ins Büro geeilt und ließ sich über den neuesten Informationsstand ins Bild setzen. Als Cathomas die Geschichte mit dem Englischlehrer erzählte, hellte sich seine Miene zusehends auf.

»Das ist ja wunderbar, da können wir der Presse mitteilen, dass wir einen Verdächtigen haben. Das wird sie für eine Weile beschäftigen.«

Mit »wir« meinte er natürlich sich allein. Armin Truffer war berüchtigt dafür, dass er seine Auftritte vor der Presse genoss, dass er nichts so sehr liebte, wie sich im Fernsehen zu sehen. Und dass heute auch die Vertreter dieses Mediums – zumindest die Regionalfernsehen – versammelt im großen Konferenzraum warten würden, war gewiss. Coray war froh darüber, dass Truffer sich skrupellos in den Mittelpunkt stellte, das befreite ihn davor, selbst im Rampenlicht zu stehen. Coray hasste diese Auftritte, und er wusste, dass auch seine Kollegin nicht gerade scharf drauf war, die Fragen all der Journalisten zu beantworten.

Unterdessen war es drei Uhr vorbei, doch das kümmerte den Staatsanwalt nicht. Seine Devise war, dass ein Star immer mit Verspätung auftrat, das erhöhte die Spannung im Publikum. Dass seine Leute hinter seinem Rücken über ihn witzelten, davon bekam er nichts mit. Im Gegenteil: Er war der Überzeugung, dass sie seine Autorität und seine Kompetenz erkannten, ihn bewunderten und schätzten.

»Wir lassen diesen Lehrer in Untersuchungshaft nehmen, das zeigt, wie nahe wir der Aufklärung des Falles sind. Und dies nach nur zwei Tagen.«

Bei dem Gedanken, der Presse so schnell einen Ermittlungserfolg mitteilen zu können, zupfte er mit glänzenden Augen an seinem perfekt sitzenden Maßanzug herum. Cathomas' Bedenken, dass vielleicht das Leben eines unschuldigen Mannes zerstört werden könnte, schlug er kurzerhand in den Wind.

»Papperlapapp, unschuldig ist der ja schon mal gar nicht. Immerhin hatte er was mit einer Schülerin. Das braucht ja eine gewaltige Kaltschnäuzigkeit. Nein, nein, so einer schreckt auch nicht vor Mord zurück. Das passt alles. Lassen Sie ihn in Untersuchungshaft setzen. Sofort.«

Ungerührt gab Cathomas die nötigen Anweisungen. Coray seufzte innerlich, auch ihm war klar, dass sich der Staatsanwalt nicht würde belehren lassen. Für ihn war der Fall geklärt – und er konnte sich im besten Licht präsentieren. Bei dem Gedanken an die vor ihnen liegende Pressekonferenz wurde ihm flau. Unauffällig schaute er zu Kurtz, doch die machte es wie Cathomas: Sie hatte ihr Pokergesicht aufgesetzt und schaute Armin Truffer scheinbar unbeteiligt dabei zu, wie er vor ihnen auf und ab stolzierte. Jetzt klatschte er in die Hände und eilte ihnen voraus.

»Na los, kommen Sie schon, ein bisschen Beeilung«, sagte er mit einem Blick über seine Schulter zurück.

»Der Truffer ist ja wieder total in seinem Element«, zischte Kurtz Coray zu und zielte mit einer imaginären Pistole auf den Rücken des Staatsanwalts.

Schon von Weitem hörte man die Aufregung, die im großen Sitzungszimmer herrschte. Die technischen Geräte standen bereit, die Reporter waren ungeduldig und die Luft im Raum bereits jetzt zum Schneiden. Der Staatsanwalt dachte gar nicht daran, der Chefin der Kriminalpolizei den Vortritt zu lassen. Mit wichtiger Miene schritt er zu dem Platz auf dem Podium, der mit seinem Namen beschriftet war. Schneidig zog er den Stuhl hervor und setzte sich hin. Mediensprecher Sebastian Brunner war ebenfalls vor Ort und strahlte die ihm eigene Gelassenheit aus. Doch sein Blick glitt flink über die Anwesenden, und er begrüßte Coray und Kurtz mit einem Zwinkern, bevor er seine Aufmerksamkeit wieder den Journalisten schenkte. Es waren die üblichen Reporter anwesend,

Coray kannte einige von ihnen. Dass so viele Kameras von Regionalsendern auf das Podium gerichtet waren, dürfte Truffer gefallen, dachte er.

Als der berüchtigte Blick aus den Gletscheraugen der Frau Major über die Menge glitt, verstummte das Gesumme abrupt. Sogar der geschwätzige Volontär, der von einem Boulevardblatt zur technischen Unterstützung eines aus der Zeit gefallenen – aber genialen – Schreiberlings geschickt worden war, klappte seinen Mund zu. Stille senkte sich über den Raum.

»Guten Tag, meine Damen und Herren, ich begrüße Sie zur Pressekonferenz im Mordfall auf dem Baumwipfelpfad«, eröffnete Cathomas. Nachdem sie alle Personen auf dem Podium vorgestellt hatte, fuhr sie umstandslos fort. »Ich kann die Todesfälle so benennen, weil in der Zwischenzeit ohne jeden Zweifel feststeht, dass die beiden Schülerinnen Fanny Candinas und Flora Zinsli unter Fremdeinwirkung zu Tode gekommen sind.«

Ein Raunen ging durch die Reihen. Sie hielt einen Moment lang inne und schaute in die Gesichter vor ihr. Auch Coray musterte die Leute mit ihren Handys, Mikrofonen und Laptops. Auf einigen Gesichtszügen zeichnete sich Betroffenheit ab, aber die meisten waren einfach begierig auf Neuigkeiten. Mitgefühl hatte da keinen Platz.

»Die beiden jungen Frauen sind vorgestern Abend unter der Baumwipfelbrücke in Laax aufgefunden worden«, fuhr Cathomas fort. »Bei beiden kam jede Hilfe zu spät, sie waren bereits tot.«

»Wer hat sie gefunden?«, rief ein junger Reporter mit schriller Stimme.

Als Annabelle Cathomas ihren Blick auf den Mann richtete, zog dieser eingeschüchtert den Kopf ein und setzte sich auf den Stuhl, von dem er in seinem Adrenalinschub aufgesprungen war. Cathomas fuhr mit ihren Erklärungen fort, als hätte es den kurzen Zwischenruf nicht gegeben.

»Die Rechtsmedizin hat festgestellt, dass die beiden jungen Frauen von einem oder mehreren Tätern …«

»Oder Täterinnen«, betonte eine Journalistin mit wilder Haarpracht und knallrot geschminkten Lippen und schaute herausfordernd um sich.

»… oder Täterinnen«, fuhr Cathomas völlig ungerührt fort, »über die Brüstung gestoßen wurden. Sie hatten keine Chance, diesen Sturz zu überleben, da die Neuschneedecke zu diesem Zeitpunkt noch nicht sehr dick war. Wir haben die Ermittlungen aufgenommen, die zurzeit in alle Richtungen gehen.«

Cathomas blickte zu Mediensprecher Sebastian Brunner, der sich kurz räusperte und dann die Anwesenden ermunterte, ihre Fragen zu stellen. Sofort erhob sich lautes Stimmengewirr, dem Brunner entschlossen entgegenwirkte.

»Ich bitte Sie, meine Damen und Herren, Sie wissen doch, wie das geht. Immer schön einer nach dem anderen. Oder eine nach der anderen«, fügte er hinzu. Dann zeigte er auf eine Reporterin des Bündner Regionalfernsehens.

»Wenn Sie sagen, dass Sie in alle Richtungen ermitteln, heißt das, dass Sie bis jetzt keine heiße Spur haben?«

Brunner holte Luft, kam aber nicht dazu, etwas zu sagen. Staatsanwalt Armin Truffer ergriff die erstbeste Gelegenheit, sich ins Rampenlicht zu stellen. Er räusperte sich und zog das Mikrofon, das vor ihm stand, ganz nahe zu sich heran. »Das kann man absolut so nicht sagen.« Er warf einen strafenden Blick zu der Reporterin. »Ganz im Gegenteil, wir verfolgen eine heiße Spur und können Ihnen wahrscheinlich schon bald den Täter präsentieren.«

Man konnte förmlich spüren, wie elektrisiert die Menge diese Information aufnahm, es summte wie in einem Bienenstock.

So ein verdammter Idiot, dachte Coray wütend, der ist tatsächlich imstande, Ermittlungsergebnisse auszuplaudern, die noch lange nicht spruchreif sind. Er musste hier eingreifen, bevor größerer Schaden entstand.

»Wir müssen Sie in diesem Punkt um Geduld bitten. Wir sind mit den Ermittlungen an einem sehr heiklen Punkt angekommen. Es wäre verfrüht, hier und jetzt weitere Informationen preiszugeben.« Er warf einen warnenden Blick zu Truffer, der beleidigt den Mund hielt. Aber nur einen Augenblick lang, dann beugte er sich erneut zu seinem Mikrofon.

»Ich denke, es ist nicht zu früh für die Information, dass wir einen Verdächtigen in Untersuchungshaft genommen haben«, fügte er trotzig hinzu.

Arschloch, dachte Coray, posaune doch gleich dessen Namen in die Welt hinaus. Resigniert schüttelte er den Kopf. Kurtz' Augen blitzten gefährlich, sie sah aus, als wollte sie dem Staatsanwalt an die Gurgel. Nur Cathomas und Brunner saßen mit unerschütterlichem Gleichmut auf ihren Plätzen.

»Gibt es weitere Fragen?«, fragte Brunner in den Raum.

»Ist dieser Verdächtige im Umfeld eines der Mädchen zu suchen?«, fragte der Vertreter des Boulevardblattes.

»Dazu können wir keinen Kommentar abgeben«, sagte Brunner so rasch, dass Truffer keine Chance hatte, hierzu ein Statement zu setzen.

»Wer hat die jungen Frauen gefunden? Wir haben verschiedene Versionen gehört.«

Brunner blickte zu Coray und Kurtz.

»Das war eine Frau, die mit ihren Hunden unterwegs war«, antwortete Kurtz.

»Der Vater von Fanny war doch vor Jahren in einen Skandal mit einer jungen Frau, einer sehr jungen Frau, verwickelt. Das war noch während seiner Zeit in London. Könnte es sein, dass es sich um einen Racheakt handelt?«

»Wie gesagt, wir ermitteln in alle Richtungen.«

Diesem lapidaren Satz folgte enttäuschtes Gemurmel der

Journalisten. Das wäre in der Tat eine tolle Schlagzeile, dachte Coray grimmig: »Siebzehnjährige wurden aus Rache in den Tod gestürzt«.

»Wir haben eine Bitte an Sie«, wandte er sich an die Anwesenden. »Wir suchen Zeugen, die an diesem Abend vor zwei Tagen etwas gesehen haben, was mit dem Verbrechen zu tun haben könnte. Die vielleicht in der Nähe des Baumwipfelpfads etwas beobachtet oder gehört haben. Es herrschte ein Schneesturm, und es ist uns bewusst, dass die Chance klein ist. Aber für uns ist jeder Hinweis wichtig, mag er noch so unbedeutend erscheinen. Danke.«

Weitere Fragen wurden gestellt, und es dauerte beinahe eine Stunde, bis sie die Meute so weit zufriedengestellt hatten. Schließlich ergriff Sebastian Brunner das Wort, bedankte sich für das Interesse und versprach, die Medien selbstverständlich zu informieren, sobald sich neue Erkenntnisse ergäben. Danach erhob er sich geschmeidig, und die anderen auf dem Podium taten es ihm geschwind nach. Alle waren erleichtert, dass diese Pressekonferenz vorbei war. Alle außer dem Staatsanwalt, der noch immer eine beleidigte Miene zur Schau trug. Ohne ein Wort rauschte er davon.

»Dieser Typ gehört eingesperrt«, zischte Kurtz Coray zu, »weiß der eigentlich, was er anrichtet?«

Vor lauter Empörung waren ihre Wangen gerötet, und aus dem dicken Rossschwanz hatten sich Strähnen gelöst, die sie sich wütend hinter die Ohren strich. Coray hatte ihrem Statement nichts hinzuzufügen.

»Kommen Sie beide bitte noch mal in mein Büro«, sagte Annabelle Cathomas und eilte mit ausladenden Schritten an ihnen vorbei.

»Ich brauch jetzt erst mal einen Kaffee«, sagte Coray und ging in die kleine Küchenecke im Aufenthaltsraum. Kurtz war ihm gefolgt und holte sich ein Mineralwasser aus dem Kühlschrank. Bevor sie die Flasche öffnete, hielt sie sich das eiskalte Glas an ihre Stirn und atmete tief durch. Wortlos widmeten sie sich ihren Getränken und Gedanken.

Nach wenigen Minuten traten sie bei Cathomas ins Büro. Diese äußerte sich mit keinem Wort zu der Pressekonferenz. Das war für sie bereits ad acta gelegt.

»Was ist das für eine Geschichte mit dem Vater und London und Rache?«, fragte sie mit gerunzelter Stirn.

»Da ist nichts dran«, sagte Kurtz. »Wir haben das in London überprüfen lassen. So wie die englischen Kollegen das sehen, wollte sich eine Sechzehnjährige aus reichem Haus ihre fünfzehn Minuten Ruhm sichern. Dabei ist ihr nichts Gescheiteres in den Sinn gekommen, als einen Geschäftsfreund ihres Vaters – das war Oskar Candinas – wegen sexueller Übergriffe anzuzeigen. Es konnte ihm nichts nachgewiesen werden, aber sein Ruf war dahin. Vor allem als das Gerücht aufkam, er habe eine große Summe Schweigegeld bezahlt.«

»Ah ja, jetzt erinnere ich mich. Das Ganze war damals ja auch in unseren Medien präsent«, sagte Cathomas.

»Wie auch immer«, fuhr Kurtz fort, »die Sache war irgendwann wieder vergessen. Die Dame genießt heute ihr Glamourleben in London. Die englische Polizei sieht keinen Grund, warum jemand zu einem Rachefeldzug in die Schweiz aufgebrochen sein sollte.«

»Gut. Wie geht es jetzt weiter?«

»Wir fahren jetzt ins Kletterzentrum ›Gian e Giachen‹, die beiden Mädchen sollen oft dort trainiert haben«, sagte Coray.

»Halten Sie mich auf dem Laufenden. Und schauen Sie zu, dass Sie beide heute Abend nach Hause kommen. Es ist schon wieder Schnee angesagt.«

Damit waren sie entlassen. Cathomas hatte ihren Kopf schon wieder über irgendwelche Papiere gebeugt. Grüßend verließen sie den Raum.

»Sag mal«, flüsterte Kurtz, als sie durch den Gang gingen, »seit wann ist unsere Chefin so fürsorglich?«

»Ich glaube, sie ist sehr viel empathischer, als wir denken. Aber diese Gefühle zu zeigen, ist einfach nicht ihr Ding.«

»Ja, wir wundern uns ja nicht das erste Mal über sie. Ich habe es aufgegeben, sie verstehen zu wollen.«

Auf dem Weg Richtung Ausgang fiel Coray siedend heiß ein, dass sie noch bei Nick vorbeischauen sollten. Er packte Kurtz am Arm und drehte wieder um.

Fragend schaute sie ihn an, bis sie verstand. »Scheiße, fast hätten wir Nick vergessen, der hätte uns auf der Stelle seine Liebe gekündigt.«

Sie sprinteten die Treppe hoch, und diesmal ließ sich Coray von Kurtz nicht abhängen.

»Aha, da sind ja meine lieben Freunde Matti und Katja«, sagte Nick, als sie in sein Reich traten. »Ein Besuch, der sich lohnt. Ihr werdet schon sehen.«

Er holte ein Handy aus einem Stapel von Elektronik, der sich auf seinem Tisch auftürmte. Die beiden Polizisten schauten ihn fragend an.

»Es gehört Flora Zinsli«, erklärte Nick. »Ich habe das Unmögliche wahr gemacht und dieses Handy wieder zum Reden gebracht.« Er sah sie beifallheischend an.

Das Technikgenie der Bündner Polizei war bekannt für seine fast schon überirdischen Fähigkeiten im Umgang mit allem, was mit Elektronik zusammenhing. Es musste sich aber um eine spezielle Aktion handeln, wenn er sich so in Szene setzte. Normalerweise war er der Mann im Hintergrund, der es von sich selbst gewohnt war, unglaubliche Aufgaben zu erledigen.

»Wirklich? Hey, das ist großartig, Nick!«, lobte ihn Kurtz, und Coray klopfte ihm anerkennend auf die Schulter.

»Ja, das hätte ich nicht geglaubt, dass ich das Ding zum Leben erwecken kann. Es war total geschrottet.«

Er hatte richtig rote Backen bekommen, und Coray und

Kurtz sahen, dass er zu einem Vortrag über seinen Durchbruch anheben wollte. Bevor er sich in Details verlieren konnte, bat Coray ihn, ihnen die Telefonverbindungen zu zeigen. Nick war ein bisschen eingeschnappt, kam der Bitte aber nach – nicht ohne vorher einen erbosten Seufzer von sich gegeben zu haben.

Die meisten Nummern waren unter einem Namen gespeichert. Kurtz schaute ihm über die Schulter und überflog ebenfalls die Liste auf dem Display. Auf den ersten Blick sahen sie vor allem die Namen von Fanny, den Eltern und Geschwistern und einige Mädchennamen. Die Nummer jedoch, mit der Flora am meisten Kontakt gehabt hatte, die war lediglich unter dem Buchstaben T abgespeichert. Die Aufmerksamkeit der Polizisten war geweckt.

»Sonderbar«, meinte Kurtz, »findest du nicht? Es ist die Nummer, die sie in den letzten Tagen immer wieder angerufen hat.«

»Ja, sonst sind die Namen alle ausgeschrieben. T, das tönt doch ein bisschen geheimnisvoll.«

»Vielleicht ist T der ominöse Freund, der offiziell nicht existiert, der aber Sex hatte mit Flora. Also vielleicht ist er der Totengräber, und sie wollte das nicht so reinschreiben.«

»Meine Güte, deine Phantasie ist heute wieder sehr morbide. Totengräber, also wirklich.«

»Was kommt denn dir zum Buchstaben T zuerst in den Sinn?«

Coray musste keinen Moment nachdenken: »Tierärztin.« Dabei dachte er an seine Liebste, die hoffentlich unterdessen mit Juri zu Hause war. Er hatte ihr geschrieben, dass er zum Abendessen bei ihnen wäre. Sie hatte mit dem Emoji einer tanzenden Frau und einer Hundepfote geantwortet.

»Du bist so langweilig.«

Nick hatte dem Dialog zugehört, verschaffte sich jedoch energisch wieder Gehör. »Wollen die Herrschaften vielleicht auch die schriftlichen Botschaften, SMS und WhatsApp-Nachrichten, sehen?«

»Das hast du auch wieder hingekriegt, aber hallo!« Kurtz schaute bewundernd zu ihm.

Geschmeichelt nahm er das Gerät, tippte zwei-, dreimal und gab es ihnen zurück.

»In etwa die gleichen Namen«, meinte Kurtz, »und wieder dieser obskure T.«

»Lass uns die Nachrichten doch nachher im Auto anschauen. Ich will heute wirklich unbedingt noch nach Brigels hoch, bevor ich eine weitere Nacht auf deiner Couch verbringen muss.«

»Ha, das ist wirklich unzumutbar für einen Bergler wie dich. Einen Tag im Tal und du bekommst Heimweh. Oder eher Sehnsucht …« Sie klapperte mit den Augenlidern wie ein verliebter Teenager.

»Halt die Klappe, du böses Weib, oder ich verpasse dir draußen eine Abreibung im Schnee.«

Kopfschüttelnd schaute Nick den beiden zu, und für Coray war nicht schwer zu erraten, was er davon hielt. Er griff sich das Handy wieder und machte ihnen klar, dass er es nicht einfach so rausgeben könne. Das sei ein Beweismittel und als solches zu behandeln. Aber in weiser Voraussicht habe er ihnen einen Ausdruck aller Nachrichten gemacht.

»Oh Nick, du bist wirklich der Größte«, säuselte Kurtz und drückte ihm einen lauten Schmatzer auf die Wange, schnappte sich die Liste und tanzte aus dem Raum. Coray hob entschuldigend seine Hände, bedankte sich ebenfalls und schaute, dass er rauskam. Doch dann machte er abrupt auf dem Absatz kehrt und ging zurück.

»Sag mal, Nick, du kannst doch sicher die Nummer, die unter T gespeichert ist, einem Namen und einer Adresse zuordnen?«

»Das ist schon lange geschehen. Aber ihr konntet ja nicht

schnell genug aus meinem Büro abhauen. Habe mich bereits gefragt, wann ihr auf diese geniale Idee kommen werdet.«

»Entschuldige, mein Freund. Wir sind ein bisschen neben der Spur wegen diesem Fall. Zwei tote junge Frauen und jede Menge Stress.«

Nick sah ihn versöhnt an. »Alles klar, ich verstehe schon, mach dir keinen Kopf. Die Adresse, die zu der Nummer gehört, ist übrigens eine ziemlich illustre. Ich wünsche euch viel Erfolg an der Goldküste.«

Er gab Coray einen Zettel. Der schaute verständnislos zuerst seinen Kollegen und dann den Zettel an. Der Name sagte ihm nichts. Vielleicht fiel Kurtz etwas dazu ein. Sie war eher vertraut mit den Unterländer-Schickimickis.

Kurtz wartete bereits im Wagen, als sich Coray auf den Beifahrersitz schwang.

»Wer ist T?«, fragte sie.

Überrascht schaute Coray sie an.

»Jetzt schau nicht so. Ist ja klar, dass wir vergessen haben, diese entscheidende Frage zu stellen. Aber dir ist sie ja noch in den Sinn gekommen, bevor wir uns endgültig bei Nick blamiert haben. Also, wer ist es?«

Coray las Namen und Adresse von seinem Zettel ab. Es handelte sich um einen Thierry Casale, wohnhaft in Küsnacht am Zürichsee.

»Mannomann, wie kommt die brave Flora Zinsli zum Sohn eines dubiosen Diamantenhändlers von der Goldküste?«

Coray schaute sie verständnislos an.

»Kannst du mich bitte aufklären? Ich weiß nicht, wer das ist.«

»Okay, hör zu: Der Vater von Thierry Casale ist Moritz Casale, ein windiger Typ, von dem niemand so recht weiß, wie er zu dem vielen Geld gekommen ist. Er betreibt in Zürich ein Juweliergeschäft, soll aber Gerüchten zufolge mit Diamanten obskurer Herkunft handeln, und die Schickeria geht bei ihm ein und aus. Ist nicht so wichtig. Viel interessanter ist tatsächlich der Sohn. Der ist so was von dem Teufel ab dem Karren gefallen. Der machte bereits Ärger, als er noch in die Schule ging. Fuhr Mamas Porsche aus, mit dem er dann dem Nachbarn den Zaun umbretterte, klaute in Läden an der Zürcher Bahnhofstraße, belästigte Mädchen und so weiter. Schließlich verfrachteten ihn seine Eltern in ein Internat in England. Dort flog er nach kurzer Zeit wieder raus, weil er in seiner Freizeit mit seinen russischen Kumpels Hotelsuiten verwüstete. Dann war es lange Zeit still um ihn. Vielleicht haben ihn seine angepissten Oldies im Fitnesskeller an die Wand gekettet. Bei Champagner und Kaviar. Diese Adresse ist wahrscheinlich die seiner Eltern.«

»Und woher weißt du das alles?«

»Aus der Klatschpresse. Auch ich gehe ab und zu zum Coiffeur, und dort bietet sich jede Menge Gelegenheit zur Weiterbildung. Würde ich dir auch empfehlen.«

Während Kurtz Casales Lebenslauf wiedergegeben hatte, waren sie bereits vor dem Kletterzentrum angekommen. Das Gebäude war ein moderner Betonkasten mit einer riesigen gläsernen Wand beim Eingang. So konnte man schon von draußen an der imposanten Kletterwand hochschauen. Die farbigen Klettergriffe an der grauen Wand sahen fröhlich aus, und Coray schaute einen Moment lang einem jungen Mann in grasgrünen Schuhen zu, der behände die Wand hochkletterte.

»Bist du auch so schnell?«, fragte er Kurtz und zeigte dabei auf den Sportler, der konzentriert, aber ohne Kletterseil unterwegs war.

Kurtz sah zu diesem hoch, schüttelte dann den Kopf. »Nein, bei mir sieht es noch nicht so geschmeidig aus, aber ich werde jedes Mal besser. Bald werde ich dich am Berg einholen, wart's nur ab.«

»Das wird nie geschehen, versprochen!«

Im Gegensatz zu Kurtz ging Coray nicht in einer Halle zum Bouldern. Er hielt nicht viel von Indooraktivitäten; niemals wäre es ihm in den Sinn gekommen, in ein Fitnessstudio zu gehen oder zum Squashen. Er verstand, dass andere das taten, um fit zu bleiben oder vielleicht auch um soziale Kontakte zu pflegen, aber für ihn war das nichts. Wenn er klettern wollte, dann tat er das in den Bergen, meistens allein, aber gut ausgerüstet. Für ihn gehörten die Stille, die prickelnde Luft und die Aussicht auf einem Gipfel zu den schönsten Momenten in seinem Leben. Ab und zu zog er auch mit einem Kumpel los, aber der gehörte zur eher wortkargen Sorte, und so wechselten sie manchmal in bestem Einvernehmen stundenlang kaum ein Wort.

Noch schweigsamer war er mit Juri unterwegs, wenn er seine Maiensäß-Tour machte und dabei Freunde in der ganzen Surselva besuchen ging. Emilia verstand, dass er immer mal wieder ein paar Tage rausmusste aus der Zivilisation. Rauf auf seine Berge, die gar nicht hoch sein mussten, um ihm dieses Gefühl des Friedens, des Einklangs mit der Natur und mit sich selbst zu geben. In einer Sommernacht neben seinem Hund auf einem von der Sonne aufgeheizten Felsen zu sitzen, die unendliche Sternenpracht über sich zu bestaunen. Am Tag in eiskalte Bäche die Füße einzutauchen und Juri dabei zuzusehen, wie er ausgelassen im kristallklaren Wasser herumtobte. Und am Ende der Tour am Abend zusammen mit Emilia etwas Gutes zu essen und zu trinken. Und sich gegenseitig zu erzählen, was in den Tagen ohne den anderen so alles passiert war. Das waren die Dinge, die ihn glücklich machten.

Zusammen mit Kurtz betrat er die riesige Halle. Der Kontrast zwischen dem Grau der Wände und all diesen farbigen Dingern an den Wänden, ja selbst an der Decke, war augenfällig.

»Sieht ein bisschen aus wie in einem Kindergarten«, raunte Coray ihr zu, als sie auch schon ein Paar auf sich zukommen sahen.

»Halt die Klappe, da kommen die Geschäftsführer«, flüsterte sie zurück und ging mit einem strahlenden Lächeln auf die beiden zu. Bianca und Bruno Demarmels, rief sich Coray die Informationen seiner Kollegin ins Gedächtnis.

Das Erste, das Coray auffiel, war die Attraktivität der circa fünfunddreißigjährigen Kletterprofis. Sie war groß, schlank, mit langen, lockigen, blonden Haaren, die sie mit einem schwarzen Band zusammenhielt. Ihre Augen waren kornblumenblau und von tiefschwarzen Wimpern eingerahmt. Die vollen, ungeschminkten Lippen sahen warm und einladend aus. Coray ertappte sich bei dem Gedanken, wie sie sich wohl beim Küssen anfühlen würden. Entschieden verbannte er diese Vision aus seinem Hirn, bevor er ihr verlegen die Hand schüttelte. Dann wandte er sich ihrem Mann zu. Dieser hatte eine Figur, von der wohl die meisten Männer träumten. Nicht aufgepumpt wie so manche Bodybuilder, sondern mit langen, geschmeidigen Muskeln, kräftigen, sehnigen Händen, und er hatte einen Blick aus strahlend grünen Augen. Seine haselnussbraunen Haare fielen ihm in natürlichen Locken bis fast auf die Schultern. Beide trugen Sportkleidung. Und trotz der legeren Klamotten sehen diese beiden besser aus als so manches Paar auf irgendeinem roten Teppich, dachte Coray.

»Katja hat uns euren Besuch ja angekündigt«, sagte Bianca Demarmels in seine Gedanken hinein. »Es geht um eine unserer Kletterschülerinnen, Fanny Candinas, nicht wahr? Aber besprechen wir das doch im Büro.« Geschmeidig ging sie voraus.

Der Raum entpuppte sich als ein Ort, wo nicht nur Arbeiten am Schreibtisch erledigt wurden. Hier stapelten sich Kletterutensilien, Trinkflaschen, Kartonkisten und Pokale, die auf einem Wandregal verstaubten.

»Es geht um Fanny Candinas und Flora Zinsli«, sagte Coray in schärferem Ton als beabsichtigt. Dass sie nur Fanny erwähnt hatte, fand er mehr als irritierend.

»Ja, natürlich, bitte entschuldigen Sie«, sagte Bianca Demarmels rasch. »Aber wissen Sie, die beiden waren so verbunden, dass ich sie beinahe als eine Einheit wahrnahm, also ich meine –«

»Wir wissen, was du meinst«, unterbrach Bruno Demarmels sie, und Coray glaubte, einen kalten, ja schon beinahe verächtlichen Unterton herauszuhören. Ein Blick zu Kurtz zeigte ihm, dass sie irritiert die Stirn runzelte. Also fand auch sie das Verhalten der beiden befremdlich.

»Ähm, könnt ihr uns ein bisschen über die beiden jungen Frauen erzählen?«, fragte Kurtz. »Wie sie so waren, wen sie getroffen haben, einfach alles, was euch dazu einfällt.«

»Sie waren meist alleine hier zum Trainieren«, sagte Bruno Demarmels. »Ich habe selten solche Jugendlichen gesehen, die diesen Sport so ernst nahmen. Die wollten nicht einfach mal schauen, ob das cool ist oder ob man hier coole Typen kennenlernen kann. Fanny und Flo hatten Ehrgeiz, die wollten Ziele erreichen.«

»So kann man es auch sagen«, murmelte Bianca Demarmels in zynischem Ton und warf ihrem Mann einen wütenden Blick zu.

Coray und Kurtz schauten sich verwundert an, beide hatten den eisigen Unterton wahrgenommen.

»Wie meinen Sie das?«, fragte Coray. Er sah, wie es in ihr brodelte und sie verzweifelt versuchte, sich zu beherrschen; dass sie aber dermaßen verbittert war über etwas, das mit diesen zwei jungen Frauen zu tun hatte, dass sie ihre zu Fäusten geballten Hände kaum unter Kontrolle halten konnte.

Sie würde diese Fäuste am liebsten in das Gesicht ihres Mannes schlagen, begriff Coray. Aber warum? Was hatte der verbrochen, was sie dermaßen in Rage brachte? Und dann fiel es ihm wie Schuppen von den Augen. Natürlich! Er brauchte nur zwei und zwei zusammenzuzählen. Auf der einen Seite die wilde Fanny, die es sich zum Sport gemacht zu haben schien, den Kerlen in ihrer Umgebung die Köpfe zu verdrehen, und auf der anderen Seite dieser attraktive Kletterlehrer, der ganz ihrem Beuteschema entsprach: älter, gut aussehend, sportlich – und ganz leicht in Schwierigkeiten zu bringen. Ein Blick zu Kurtz zeigte ihm, dass sie in etwa den gleichen Gedankengang verfolgt hatte.

Unterdessen hatte sich Bianca Demarmels wieder einigermaßen unter Kontrolle gebracht. Mit verschränkten Armen stand sie da, atmete tief durch und versicherte dann, es sei nichts Bestimmtes. Sie wolle damit nur sagen, dass diese Fanny eine verwöhnte Göre gewesen sei und bei den Trainings zu viel Aufmerksamkeit gefordert habe. Für jeden Griff habe sie Lob erwartet, sie habe einfach ein Riesenaufheben um ihre Person gemacht.

»Das stimmt doch gar nicht, warum sagst du so was?«, sagte Bruno Demarmels – und er sagte es nicht gerade in nettem Ton. Aus den grünen Augen, mit denen er seine Frau erbost anblickte, schienen Funken zu sprühen, und seine Haltung widerspiegelte die große Anspannung, unter der sie beide zu stehen schienen.

»Ach, lass mich doch in Ruhe, du warst ja so blöd, auf das ganze Getue reinzufallen, du dumme Siech!«

Vorbei war es mit der Beherrschung. Während des letzten Satzes hatte sie sich auf die Zehenspitzen erhoben und ihm die Worte entgegengeschleudert. Bebend vor Wut schrie sie ihn an, sah dabei aus, als wollte sie auf der Stelle mit bloßen Händen auf ihn losgehen, und marschierte dann schnaubend davon. Ihre Bewegungen wirkten gestelzt, die Harmonie ihres sportlichen Körpers war dahin. Es sah aus, als würde eine schöne Holzpuppe von Drähten gesteuert vor ihnen fliehen.

Mit einem Blick signalisierte Kurtz ihrem Kollegen, dass sie ihr folgen werde. Coray nickte unmerklich und wandte sich Bruno Demarmels zu. Diesem war die ganze Szene mehr als unangenehm. Er hob die Schultern und schaute Coray verständnisheischend an.

»Das ist mir jetzt peinlich …«, murmelte er.

»Es braucht Ihnen nicht peinlich zu sein, aber das Ganze bedarf schon einer Erklärung, meinen Sie nicht?«

Demarmels ließ resigniert die Schultern fallen und schien sich zu überlegen, was er preisgeben wollte und ob sich das alles wohl wieder irgendwie hinbiegen lassen würde.

»Also, ich glaube, dass meine Frau da etwas falsch interpretiert hat«, begann er dann unbeholfen. Es war offensichtlich, dass er log.

Als er verstummte, schaute Coray ihn ausdruckslos an. Sagte nichts, wartete einfach darauf, dass sein Gegenüber weiterredete. Er wusste aus Erfahrung, dass die meisten Menschen Stille schlecht aushalten können. Es macht sie nervös, und oft plappern sie einfach drauflos, um diesem Schweigen zu entkommen. So war es auch in diesem Fall. Demarmels wurde zusehends unruhig, schaute auf seine Füße, verschränkte die Finger ineinander und blickte dann wieder zu Coray. Als dieser weiterhin stoisch vor ihm stand, gab Demarmels sich einen Ruck.

»Okay, es stimmt schon, dass ich Fanny mehr Zeit gewidmet habe als ihrer Freundin. Oder sonst einem Kletterschüler. Aber sie war ja auch sehr fordernd, und ich wollte einen guten Job machen. Ihr Vater hat mir jeweils einen kleinen Bonus überwiesen, also mehr, als das Training gekostet hat. Und da fand ich, dass ich auch ein bisschen mehr bieten sollte als bei anderen.«

»Herr Demarmels, sparen wir uns doch die Zeit und reden Tacheles: Sie hatten eine Affäre mit Fanny Candinas, und Ihre Frau hat das herausgefunden.«

Sprachlos starrte Demarmels ihn an. In seinem Gesicht arbeitete es, und Coray ahnte, dass er gerade fieberhaft darüber nachdachte, wie er sich diesen Strick, der sich immer mehr zusammenzog, noch über den Kopf ziehen könnte. Ungerührt schaute Coray ihm bei diesem Kampf zu. Er empfand keinerlei Empörung über dessen Untreue. Er kannte die Abgründe der menschlichen Seele zu gut, um sich noch über solche Sachen zu wundern. Und überhaupt, wer war er denn, sich zum moralischen Richter über jemanden zu machen? Hatte er sich nicht vor ein paar Augenblicken vorgestellt, wie es wohl wäre, die Frau dieses Mannes zu küssen? Und was war mit Jacqueline Winterfeld, der Journalistin aus Zürich, die er vor bald einem Jahr kennengelernt hatte? War es nicht so, dass er noch immer einen leichten Stich spürte, wenn er an sie dachte? Nein, es lag ihm fern, die Handlungen seiner Mitmenschen zu werten.

Unterdessen schien der Mann, der verzweifelt vor ihm stand, sich zu einem Entschluss durchgerungen zu haben. Er blickte hoch, direkt in Corays Augen.

»Es stimmt, ich hatte was mit Fanny. Ich wollte das nicht. Ich liebe meine Frau, aber irgendwie ist es einfach passiert.«

»Ich glaube, diese junge Frau konnte sehr überzeugend sein, wenn sie etwas – oder in Ihrem Fall jemanden – wollte. War es nicht so?«

»Oh ja, das konnte sie allerdings. Aber ich will mich nicht rausreden. Es ist ja nicht so, dass sie mich hätte vergewaltigen müssen.«

»Erzählen Sie mir die Geschichte. Wann fing das an?«

»Also zum Klettertraining sind die Mädchen ja schon länger gekommen. Und es ist die ganze Zeit nichts Komisches passiert. Ich habe sie instruiert, und das war's. Gut, wie schon gesagt habe ich mir für Fanny mehr Zeit genommen, habe mich wirklich reingehängt in das Training. Aber ich habe mir nie etwas dabei gedacht. Alles war okay.«

»Und wie haben sich die beiden verhalten?«

»Flora war begierig zu lernen. Sie hat jeden Handgriff beobachtet, alle Erklärungen in sich aufgesogen. Sie war eine Musterschülerin.«

»Und Fanny?«

»Fanny ist alles leichtgefallen. Wenn sie die Wand hoch ist, war es eine Freude, ihr dabei zuzusehen. Diese Leichtigkeit, dieser Wagemut, dieser Spaß an der Bewegung. Sie war sich ihrer selbst so sicher, hat nie an sich gezweifelt. Sie hat so eine Art Unbesiegbarkeit oder Unverletzbarkeit ausgestrahlt. Wenn sie an der Wand war, dann war sie der Mittelpunkt in dieser Halle.«

Demarmels schien sich diese Augenblicke noch einmal in Erinnerung gerufen zu haben, denn er war verstummt und schaute mit einem wehmütigen Blick hinauf an die Kletterwand.

»Fanny hat diese Momente sicher genossen«, machte sich Coray wieder bemerkbar.

»Absolut hat sie das. Aber es hat auch so gewirkt, als sei sie der Überzeugung, dass ihr diese Bewunderung zustehe.«

»Und dieser Hochmut hat Sie fasziniert?«

»Ich würde es nicht als Hochmut bezeichnen. So wirkte sie nicht. Es war mehr eine Freude an sich selber. Die Gewissheit, dass für sie kein Hindernis zu hoch war, dass sie alles erreichen konnte. Und wenn es auch meist spielerisch wirkte, so war sie doch auch bereit, für ihre Ziele zu kämpfen.«

»Hat sie auch um Sie gekämpft?«

Diese Frage schien Demarmels zu verwirren oder vielleicht eher verlegen zu machen.

»Nun, also, so würde ich das nicht sagen.«

»Wie würden Sie es denn sagen? Wie hat Fanny es geschafft, einen verheirateten Mann, der – wie Sie betonen – seine Frau liebt, rumzukriegen?«

Es war Bruno Demarmels sichtlich unangenehm, solche

Fragen gestellt zu bekommen. Schließlich rang er sich durch und erzählte ihm die Geschichte.

Fanny hatte ihn bestürmt, mit ihr endlich einmal zum Eisklettern zu gehen. Die Bedingungen im Januar waren perfekt gewesen. Er hatte zuerst abgelehnt, ihr gesagt, sie sei noch nicht so weit, er wolle die Verantwortung nicht übernehmen. Sie hatte nicht aufgehört, ihn zu bearbeiten, und so hatte er schließlich eingewilligt und war mit ihr ins Rheinwald im Gebiet Viamala gefahren. Dort kannte er hinten im Tal, etwas weiter als das Dorf Hinterrhein, einen kleinen, aber für Anfänger perfekten Eisfall. Es war ein etwas verhangener Tag gewesen, kein blauer Himmel, keine Sonne. Und doch hatte er das Gefühl gehabt, dass eine Art Magie in der Düsternis mitschwang. Außer ihnen war kein Mensch unterwegs, und einen Herzschlag lang glaubte er, unversehens in einem Mysteryfilm gelandet zu sein. Er hatte sich der Realität seltsam entrückt gefühlt, weit weg von seinem wirklichen Leben.

Seiner Begleiterin schien es ähnlich zu gehen, wortlos hatte sie seine Hand genommen. Und obwohl er Handschuhe trug, hatte er die Hitze ihrer Haut durch das Gewebe hindurch gespürt. Der Marsch bis zum Eisfall dauerte mit den Schneeschuhen vielleicht eine halbe Stunde. Doch diese halbe Stunde veränderte alles. Zwischen ihnen war etwas entstanden, das er sich nicht erklären konnte. Sie redeten kein Wort miteinander. Und doch war alles anders.

An diesem Punkt der Erzählung angekommen, verstummte Bruno Demarmels. Er schien zu überlegen, wie er das, was er an diesem unwirklichen Tag erlebt hatte, Coray klarmachen konnte.

»Es war eine Art Zauber, anders kann ich Ihnen das nicht beschreiben.«

»Ich verstehe schon. Und wie lange hat der Zauber angehalten?«

Demarmels seufzte vernehmlich auf. »Wir sind zum Eisfall gegangen und haben ein paar Kletterversuche gemacht. Aber wir waren nicht bei der Sache, wir hatten anderes im Kopf.«

Coray verzichtete darauf, Details über den Rest dieses Tages zu erfahren. Ihn interessierte anderes.

»Wann hat Ihre Frau von der Affäre erfahren?«

»Das weiß ich nicht genau. Wir waren sehr vorsichtig. Dachten wir zumindest. Aber Bianca scheint schon bald etwas geahnt zu haben, sie hat mir seltsame Fragen gestellt. Da ist mir klar geworden, was ich da im Begriff war zu tun. Ich riskierte nichts weniger als mein Leben.«

Coray fand das zwar etwas gar melodramatisch, konnte sich jedoch vorstellen, dass sich der Mann tatsächlich am Rande eines Abgrundes gefühlt hatte.

»Ich erwachte aus einem Rausch, der zwar nur kurz gewesen war, der mich jedoch so weit gebracht hatte, dass ich es in Kauf nahm, meine Frau zu verlieren. Wahrscheinlich auch meinen Job. Meine Freunde, die mein Handeln nicht verstehen würden. Und ich wusste plötzlich, dass es vorbei war. Dass ich meine Frau liebe, dass ich sie um keinen Preis verlieren möchte.«

»Und das haben Sie ihr gesagt? Ich meine, haben Sie das beiden Frauen so gesagt, oder wie muss ich mir dieses Aufwachen vorstellen?«

»Zuerst habe ich mit Fanny geredet, ihr erklärt, dass es vorbei ist.«

»Ich nehme an, sie war nicht gerade begeistert.«

»Sie hat mir nicht geglaubt. Hat es einfach nicht akzeptiert. Wollte einfach so weitermachen.«

Jetzt schwang in Demarmels Stimme Verzweiflung mit. Coray versuchte, sich die Situation vorzustellen. Er glaubte, dass sich Fanny diesmal tatsächlich verliebt hatte. Dass aus dem Spiel etwas hervorgegangen war, mit dem sie nicht gerechnet hatte. Mit dem sie nicht umgehen konnte, als er sich zurückziehen wollte.

»Und Ihre Frau? Was war mit ihr?«

»Ich habe ihr alles gebeichtet, habe versucht, ihr alles zu erklären.«

Sie wird nicht begeistert gewesen sein, überlegte Coray, und dann dachte er kurz an Emilia. Was würde sie in einer solchen Situation tun? Ihn packte das nackte Grauen, er wagte nicht, eine solche Geschichte bis zum Ende durchzudenken.

»Hat sie es verstanden?«

»Nein, natürlich nicht! Wie sollte sie verstehen, dass ich sie betrogen hatte? Bianca ist eine stolze Frau. Und diesen Stolz habe ich zutiefst verletzt. Sie hat mich so was von zusammengeschissen. Ich hatte wirklich Angst, sie könnte mir die Zähne raushauen. Und es ist noch nicht vorbei. Sie haben ja gesehen, wie wütend sie noch immer ist. Ich weiß nicht, ob wir das überhaupt wieder hinkriegen.«

Jetzt wirkte Bruno Demarmels ganz verzweifelt. Fast tat er Coray ein bisschen leid.

»Und wie ging es mit Fanny weiter?«

»Die hat es einfach nicht kapieren wollen. Ist weiterhin hierhergekommen, hat mich einfach nicht losgelassen. Noch vor ein paar Tagen ist sie hier reingeschneit und hat mich gefragt, ob wir mal wieder zum Eisklettern könnten. Einfach so, als wäre das die normalste Sache der Welt. Bianca ist dazugekommen, und ich habe Fanny vor meiner Frau gesagt, dass sie mich in Ruhe lassen solle, dass es vorbei sei.«

»Und wie hat Fanny reagiert?«

»Sie hat nichts gesagt, hat mich nur angeschaut und dann meine Frau. Und dieser Blick hat Bianca so in Rage gebracht, dass sie Fanny zum Teufel geschickt hat. Sie hat ihr gesagt, sie solle sich nie mehr blicken lassen. Fanny ist gegangen, aber auf eine so provozierende Art. Wie sie da so siegessicher die Hüften geschwenkt hat ...«

Coray musste sich nicht groß bemühen, Bianca Demarmels' Wut nachzuempfinden. Er konnte verstehen, dass sie ihrem Mann am liebsten die Zähne ausgeschlagen hätte. Es war nicht nur der Betrug, der ihr angetan wurde, sondern die Demütigung, die sie von »dieser verwöhnten Göre«, wie sie sie genannt hatte, erfahren hatte. Sie musste rasend vor Zorn gewesen sein. Immer noch sein. War dieser Zorn groß genug gewesen, ihre Rivalin zu töten? Und wie hatte sie die beiden jungen Frauen auf den Baumwipfelpfad gelockt? Hatte sie Fanny zu einer Aussprache gebeten? War Flora überraschend aufgetaucht? In seinem Kopf setzte sich ein Film zusammen. Es könnte passen.

»Wo waren Sie und Ihre Frau vorgestern Abend, so ab sechs Uhr?«

»Ich habe hier einen Kurs gegeben. Wo Bianca war, weiß ich nicht genau, sie hat gesagt, sie ertrage mich im Moment nicht, und ist davonmarschiert. Ich dachte, sie würde vielleicht nach Hause gehen.«

»Wann haben Sie hier Feierabend gemacht, und sind Sie dann direkt nach Hause gegangen?«

»Ich bin nach dem Kurs noch eine Weile hiergeblieben, um Papierkram zu erledigen. Ehrlich gesagt war ich nicht gerade scharf darauf, nach Hause zu gehen.«

»Können Sie sich erinnern, wann Sie dort eingetroffen sind?«

»Ich denke, es muss kurz nach zehn Uhr gewesen sein.«

»War Ihre Frau zu Hause?«

»Ja, sie hat im Fernseher einen Sportbeitrag geguckt.«

»Ist Ihnen etwas an ihr aufgefallen? War sie nervös oder hektisch oder anders als sonst?«

Demarmels blickte Coray nachdenklich an. Dann schüttelte er resigniert den Kopf.

»Wissen Sie, seit dieser Geschichte ist meine Frau nicht mehr sie selbst. Sie bewegt sich sozusagen in einer Wutwolke. Aber wenn Sie glauben, dass sie Fanny getötet haben könnte, dann verrennen Sie sich total. Niemals könnte sie so was tun.«

Da war sich Coray keineswegs so sicher. Es wäre nicht das erste Mal, dass eine Frau sich zu einer solchen Tat hätte hinreißen lassen. Wut und vor allem gekränkter Stolz, Demütigung und Erbitterung ergaben eine gewaltige Ladung an seelischer Überforderung. Irgendwie musste sich ein solch brodelnder Ansturm von Gefühlen Luft verschaffen. Coray hatte das Bild eines Vulkans vor sich, der unerwartet ausbricht. Bianca Demarmels hatte durchaus das Potenzial eines Vulkans, daran zweifelte er nicht.

Durch die Glastür sah er, dass Kurtz wieder die Halle betrat und auf sie zukam. Er beschloss, dass er genug erfahren hatte, und verabschiedete sich von Bruno Demarmels. Dieser schien geradezu befreit, als er registrierte, dass die Befragung vorbei war. Erleichtert schüttelte er Coray die Hand und schaute den beiden nach, als sie das Gebäude verließen.

Schweigend marschierten Coray und Kurtz zum Auto. Es hatte wieder zu schneien begonnen, und Coray blickte besorgt in den bereits dunklen Himmel. Heute wollte er unbedingt nach Hause gehen. Er brauchte einen Abend mit Emilia und seinem Hund. Ein paar Stunden, in denen er nicht über tote Mädchen, untreue Männer und wütende Frauen nachdenken wollte. Einfach am Tisch sitzen, etwas essen, seine Liebste anschauen und ihren Geschichten zuhören. Dem Prasseln des Feuers im Cheminée lauschen und über Juris Schnarchen schmunzeln. Bei der Vorstellung seiner Häuschenidylle musste er grinsen. Was war bloß aus ihm geworden? Früher war er gern mit seinen Kumpels am Stammtisch gehockt, hatte von Salsiz, Käse und Brot gelebt oder war ins Restaurant zum Essen gegangen. Heute empfand er großen

Frieden und Vorfreude, wenn er zu seinem Haus fuhr und sah, dass die Lichter brannten. Dass jemand zu Hause war. Dass jemand auf ihn wartete.

»Wo bist du wieder mit deinen Gedanken? Hast du Angst, dass du es nicht mehr bis in dein ›Krähennest‹ hinaufschaffst?«

Coray musste lachen, als er Katja Kurtz den Ausdruck benutzen hörte, den sonst seine Mutter verwendete.

»Ja, diese Befürchtung hege ich tatsächlich. Aber nichts wird mich heute daran hindern, nach Hause zu fahren.«

»Sag mal, Matti«, sagte sie, wieder ernst geworden, »bist du auch der Meinung, dass wir eine neue Tatverdächtige haben?«

»Eine dringend Tatverdächtige, würde ich sogar sagen.«

Er erzählte seiner Kollegin den Verlauf des Gesprächs mit Bruno Demarmels. Sie hörte zu, ohne ihn zu unterbrechen, und nickte dann.

»Das deckt sich ganz mit meinen Überlegungen. Die Frau hat so was von einem Motiv. Sie hat mir gegenüber zwar versucht, die Geschichte runterzuspielen, aber ihre Körpersprache hat sie verraten. Sie hat Fanny gehasst. Sie war das personifizierte Unglück, das über ihre Ehe hereingebrochen ist. Sie hat ganz sicher die körperliche Voraussetzung, und ihr Alibi ist unbrauchbar. Sie hat gesagt, sie sei zu Hause gewesen. Allein. Sie hat nicht telefoniert und keinen Computer benutzt.«

»Sieht nicht gut aus für sie. Wir werden sie für morgen Nachmittag auf den Posten zur Vernehmung vorladen.«

»Das heißt, wir fahren am Morgen an den Zürichsee, um diesen Goldjungen unter die Lupe zu nehmen?«

»Genau. Die Wetterprognose für den Morgen ist nicht schlecht, und Bianca Demarmels rennt uns nicht davon.«

»Sehr gut. Ich bin froh, mal ein bisschen rauszukommen. Ich hoffe, im Unterland ist es nicht so eisig wie hier in der Surselva.«

»Ach komm, du bist doch sonst nicht so eine Susi, dieses bisschen Kälte und Schnee steckst du doch locker weg.«

»Ich bin nun mal ein Sommerkind, und langsam geht mir dieser Winter auf den Wecker. Er scheint mir endlos.«

»Komm, jetzt fahr ich dich nach Hause, erstatte Bericht an die Chefin, und morgen früh um acht Uhr hole ich dich wieder ab. Lass dich von Emil verwöhnen, zünde ein paar Kerzen an, und dann ist die Welt wieder in Ordnung.«

»Okay, so machen wir das.«

Auf dem Weg ins Rheinquartier überflog Kurtz die Telefon-und-SMS-Liste von Flora.

»Sie hat gar nicht viel per SMS und WhatsApp kommuniziert, dafür hat sie jede Menge telefoniert. Was mich eigentlich erstaunt, denn heute schieben die Jungen ja Panik, wenn plötzlich das Handy klingelt. Die erinnern sich gar nicht, dass das Telefon mal zum Telefonieren da war.«

»Nichts Besonderes bei den Nachrichten?«

»Nein, nur das übliche Gequatsche mit Freundinnen, vor allem natürlich Fanny. Und ein bisschen Liebesgeflüster mit diesem Thierry.«

»Okay, das schauen wir uns morgen auf der Fahrt ins Unterland näher an.«

Nachdem Coray seine Kollegin zu Hause abgesetzt hatte, rief er Cathomas an und unterrichtete sie über die neuesten Entwicklungen.

»Matti, wissen Sie noch, beim letzten Fall sind uns die Verdächtigen ausgegangen – und jetzt haben wir alle paar Stunden einen neuen.«

»Ja, ich weiß auch nicht, was mir lieber ist.«

Er hörte Cathomas leise lachen. Was er geradezu unglaublich fand – seine Chefin lachte nie!

Einigermaßen verunsichert fragte er sich, ob er just einer Halluzination zum Opfer gefallen war. Der Moment war nur kurz gewesen, als er konzentriert hinhörte, war kein Laut mehr zu vernehmen.

»Frau Major, sind Sie noch da?«

»Aber sicher doch. Gibt es sonst noch etwas?« Die Stimme tönte wieder kühl und distanziert.

»Ähm, nein, Sie sind auf dem neuesten Stand. Wir melden uns morgen nach unserem Besuch bei Thierry Casale.«

»Kommen Sie gut nach Hause.« Und weg war sie.

NEUN

Die Fahrt nach Brigels verlief ohne Probleme. Kein Schneesturm, kein Hirsch auf der Fahrbahn und auch kein Anruf
von den Kollegen. Coray genoss die gemächliche Reise durch
die Dunkelheit mit den sacht fallenden glitzernden Schnee-
sternen. Eine warme Ruhe machte sich in seinem Körper
breit. Er dachte über nichts nach, ließ die Gedanken einfach
an sich vorbeifließen wie ein oberflächliches Gespräch über
eine unwichtige Sache. Als er in seine Straße einbog, sah er
das Licht über dem Eingang brennen. Er wurde erwartet.
Sie waren zu Hause.

Er schaffte es nicht ganz zum Auto raus, als ein schwarzer
Panther über ihn herfiel. Emilia hatte Juri rausgelassen, als
er den Wagen hatte kommen hören und schwanzwedelnd
den Kopf gehoben hatte. Coray wurde es warm ums Herz,
als er die leuchtenden Augen seines Hundes sah, der ihn mit
der üblichen Begeisterung begrüßte. Als hätte er sein Herr-
chen seit Wochen nicht gesehen. So war Juri schon immer
gewesen, seine Liebe war bedingungslos und unerschöpflich.
Als er Coray gebührend willkommen geheißen hatte, sauste
er wieder davon zu Emilia, die unter der Haustür stand. Ihr
Empfang war nicht gar so stürmisch, aber sehr, sehr liebevoll.
Coray schloss bei ihrer Umarmung die Augen. Alles war gut.
Er konnte loslassen.

Nicht nur die Scheite im Cheminée knisterten, Emilia
hatte ein Raclette vorbereitet, die Kerzen angezündet und
für ihn einen guten Roten entkorkt. Einen aus der Bündner
Herrschaft. Er hielt nichts davon, zu Raclette Weißwein zu
trinken, wie das allgemein empfohlen wurde. Er wollte die
Lichter der Kerzen sich im rubinrot funkelnden Rebensaft
spiegeln sehen, dann einen Schluck nehmen und die entspan-

nende Wirkung spüren. Hungrig begutachtete er die Zutaten, die Emilia bereitgestellt hatte. Geschnittene Birnen und Champignons, kleine eingelegte Gemüsestücke, roter Peperoncino und winzige Knoblauchstücke mit gehacktem Salbei. Dazu kleine Kartoffeln, die aus einem Körbchen dampften. Ihm lief das Wasser im Mund zusammen. Beherzt griff er zu.

Beim Essen berichtete Emilia von ihrem Tag. Im Gegensatz zu Matti war sie energiegeladen und gesprächig. An ihrem zweiten freien Tag hatte sie eine Tour mit einem Tierarztkollegen aus dem Unterland abgemacht. Sie kannte ihn vom Studium her und hatte erfahren, dass er ein paar Tage Urlaub in der Gegend machte. So waren sie zusammen unterwegs gewesen. Ganz beiläufig hatte er ihr beim Abstieg erzählt, dass er letzte Woche den verstorbenen Hamster seiner Tochter hatte rösten müssen. Im Cheminée.

»WAS? Einen Hamster rösten? Was erzählst du denn da für Räubergeschichten?«

»Nein, kein Witz. Ich weiß auch nicht, was ich für ein anderes Wort als rösten für den Vorgang gebrauchen soll. Die Kleine hat darauf bestanden, ihr Haustier selber zu kremieren. Also hat der Kollege ein Backblech aus der Küche geholt, ein Feuer angezündet und den Hamster sozusagen grilliert.«

Emilia begann hemmungslos zu lachen. Die Vorstellung war einfach zu komisch.

»Hat sicher endlos gedauert, den kleinen Kerl in Asche zu verwandeln«, sagte Coray, der es irgendwie rührend fand, dass das Mädchen seinen tierischen Freund eigenhändig kremieren wollte.

»Genau. Und irgendwann hat dann mein Kollege mit einem Feuerhaken ein bisschen nachgeholfen, sonst wäre das nie was geworden.«

Sie mussten sich die Lachtränen abwischen. Ach, was tat es gut, wieder einmal so richtig zu grölen vor Vergnügen. Und wie immer, wenn man mal anfängt mit Kuriosem, tauchen im Unterbewusstsein Geschichten auf, die man einmal gehört, darüber gelacht und dann wieder vergessen hat. Wie die Story, die Stella, Corays Kollegin, die immer mal wieder Juri hütete, ihm erzählt hatte und die er Emilia nicht vorenthalten wollte. Stella war noch in der Polizeischule gewesen, als sie zu schnell unterwegs gewesen und geblitzt worden war. Damals wurden solche Bußen noch nicht per Handy erledigt, sondern auf der Post persönlich einbezahlt.

»Also ist sie zur Post gefahren, mit dem Einzahlungsschein und hundertzwanzig Franken im Sack. Als sie vor dem Gebäude parkiert hat, hatte sie kein Kleingeld. Darum ist sie eilig an den Schalter gegangen, hat die Buße bezahlt und ist wieder raus. Das Ganze hat keine fünf Minuten gedauert. Als sie bei ihrem Auto ankam, steckte unter dem Scheibenwischer eine Parkbuße von vierzig Stutz.«

»Das heißt, sie hat eine Buße kassiert, während sie eine andere bezahlte?«

Jetzt konnten sie sich nicht mehr halten vor Lachen. Juri hob verwundert seinen Kopf vom Teppich. Was ist denn mit denen los?, schien er sich zu fragen. Matti hielt sich den Bauch, der sich wunderbar anfühlte: gefüllt mit gutem Essen und gestärkt mit jeder Menge Glückshormonen. Schon lange hatte er sich nicht mehr so zufrieden gefühlt. Er blickte Emilia in die Augen und sah darin winzige glühende Funken tanzen.

»Geht es dir gut, Liebste?«

»Wunderbar, ich fühle mich einfach großartig. Als wäre heute die Bergluft hier oben voller Magie. Spürst du sie auch?«

»Unbedingt. Wollen wir noch ein bisschen am See spazieren gehen?«

»Oh ja. Juri wird begeistert sein. Ich glaube, langsam wird ihm langweilig mit uns zwei alten Romantikern.«

Als sie aus dem Haus traten, hatte der Schneefall aufgehört, und man konnte den Mond sehen. Es war bitterkalt, der Atem bildete weiße Wolken vor ihren Gesichtern, und der Schnee knirschte unter ihren Schuhen. Im Dorf waren noch einige Leute unterwegs. Sie kannten niemanden, die Einheimischen waren bereits in ihren warmen Stuben. Es waren Feriengäste, die gut gelaunt aus den Restaurants kamen und sich laut überlegten, ob sie noch für einen Absacker in die Famusa Bar gehen sollten. Dort herrschte laute Fröhlichkeit, als die beiden mit Juri auf ihrem Weg an den kleinen Stausee am Lokal vorbeikamen.

Bald ließen sie die Betriebsamkeit hinter sich. Sie waren allein mit der Nacht, den Sternen und der Kälte. Emilia hatte sich bei Matti untergehakt und schritt mit weit ausgreifenden Schritten neben ihm her. Er musste lächeln, als er einmal mehr feststellte, dass sie fast größere Schritte machte als er.

Als sie die Stelle passierten, an der er im letzten Sommer angegriffen worden und nur dank Juri glimpflich davongekommen war, sah er zu seinem Hund. Ob er sich auch daran erinnerte? Doch der Vierbeiner hatte Interessanteres zu tun, als sich auf Vergangenes zu besinnen. Aufgeregt schnüffelte er einer Spur nach. Ein Wolf vielleicht? Von denen gab es unterdessen zu viele in der Surselva. Selbst Wolfsfreunde mussten eingestehen, dass die Anzahl der Tiere besorgniserregende Ausmaße annahm. Sie zeigten kaum mehr Scheu und streiften selbst am Tag in der Nähe von Siedlungen umher. Coray und Emilia hatten die Ankunft des Wildtieres in den Schweizer Bergen begrüßt. Und er hatte auch nie Angst auf seinen Touren, im Gegenteil, er wünschte sich schon lange, dass er eines Tages einem dieser schönen Tiere gegenüberstehen würde. Aber seit Emilia einer Kuh den Schwanz hatte amputieren müssen, weil ein Wolf sie von hinten angefallen hatte – auf einer Weide ganz nahe am Dorf –, fanden auch sie, dass der Wolf zu einem Problem wurde. Würde er sich an die Regeln halten, außerhalb der Siedlungen bleiben und sich von Wild ernähren statt von Nutztieren, wäre er eine Bereicherung. Aber warum sollte er sich an Regeln halten, die der Mensch aufstellte? Der Wolf folgte ganz einfach seinen Instinkten. Es war ein schwieriges Thema und hatte zu so manch heißer Diskussion am Stammtisch geführt.

Schweigend umrundeten sie den See, sie mussten einander nicht auf die kleinen Wunder aufmerksam machen: die spiegelglatte schwarze Wasseroberfläche, in der sich der Mond betrachtete, geradeso, als benützte er den Lag da Breil als Taschenspiegel; die funkelnden Sterne über den matt schimmernden, schneebedeckten Bergen. Obwohl sie eng aneinandergeschmiegt ihre Seerunde drehten, kroch ihnen die Kälte zusehends in die Glieder. Sie beschlossen, ein bisschen Tempo zuzulegen. Emilia wickelte sich den Schal eng um das Gesicht, warf Juri noch ein paar weiche Schneebälle ins Gesicht und rannte los. Warum muss ich ständig hinter Frauen herlaufen, fragte sich Coray seufzend und joggte den zweien nach.

Als sie wieder im Haus ankamen, waren sie durchgefroren bis auf die Knochen. Selbst Juri verzog sich gern in seinen mit kuschligen Decken ausgestatteten Korb. Zufrieden seufzend schaute er noch einmal zu seinen Lieblingsmenschen und schloss dann die Augen. Für ihn war die Welt in Ordnung, der Tag vorbei und der nächste noch kein Thema. Manchmal beneidete Coray seinen Hund. Dafür, dass seine Natur ihn ganz im Jetzt leben ließ. Dass er sich null Sorgen um die Probleme von morgen oder überhaupt um irgendwelche Probleme machte. Die Weltlage kümmerte ihn genauso wenig wie eisige Straßen oder Liebeskummer. Gedankenverloren strich er über den riesigen schwarzen Pelzkopf und nahm den dampfenden Tee entgegen, den Emilia ihm hinstreckte.

»Ich glaube, wir sollten den Tee stehen lassen«, meinte er

plötzlich und zwinkerte ihr zu. Bei seinem bedeutungsvollen Seitenblick auf den schnarchenden Vierbeiner verstand sie. Kichernd stellte sie die Tasse auf den Tisch und folgte ihm auf Zehenspitzen ins Schlafzimmer.

»Du hast recht, wir sollten die Gunst der Stunde nutzen, wenn wir das Bett schon mal ganz für uns alleine haben.«

Ausgeschlafen und glücklich stand Coray am nächsten Morgen auf und machte Frühstück. Heute mussten sie beide arbeiten, aber keiner musste davonrennen wegen einer Kolik bei einem Pferd oder Mord und Totschlag. In aller Ruhe konnten sie frühstücken und den Tag angehen. Auch draußen herrschte Frieden. Noch. Denn die frisch präparierten Pisten glänzten im Sonnenschein und würden bald die Wintersportler auf die Berge locken. Dann wäre es vorbei mit der Ruhe, eine Blechlawine würde sich durch das kleine Dorf walzen, und an der Talstation würden sich die Sportler gegenseitig auf den Skiern rumstehen.

Das alles kümmerte Coray heute nicht. Er wäre sowieso im Unterland. Emilia würde Juri mit in die Praxis in Ilanz nehmen und über Mittag mit ihm den Glenner entlangspazieren. Zusammen verließen sie das Haus und küssten sich zum Abschied vor dem Auto, in dessen Fond Juri bereits hockte.

»Passt auf euch auf«, verabschiedete er sich wie schon so oft und schaute ihnen nach, bis das Auto aus seinem Blickfeld verschwunden war. Dann stieg er selbst ein und stellte als Erstes das Radio ein. Langsam holperte er über die Zufahrtsstraße hinaus auf die Via Principala und hinunter Richtung Tal. Von Emilias Auto war nichts mehr zu sehen. Hätte ihn auch gewundert, sie war es gewohnt, zügig zu fahren, denn oft wurde sie zu Notfällen gerufen. Mit einem Ohr lauschte er den Nachrichten. Auf dem Planeten war nichts Ungewöhnliches passiert seit gestern. Die Kriege waren dieselben, die

Dramen ebenfalls, und auch die Politik hatte dem Tag nichts Überraschendes zu bieten. Einzig bei den Wettermeldungen horchte Coray auf. Es waren wieder heftige Schneestürme angekündigt. Nicht nur in den Bündner Bergen, sogar im Unterland sollte es schneien. Er runzelte die Stirn, etwas Sorgen machten ihm diese Prognosen schon. Weniger wegen der Fahrerei, er und der gut ausgerüstete Dienstwagen waren solches Wetter gewohnt, sondern eher wegen Emilia, die sich auch von einem Blizzard kaum würde davon abhalten lassen, zu einem entlegenen Hof zu fahren, wenn dort ein Tier ihre Hilfe benötigte.

Zügig fuhr er über die Oberalpstraße, durchquerte Ilanz, Laax und fuhr in die künstliche Helligkeit des Tunnels Flimserstein ein. Eine gute Viertelstunde später brachte er den Wagen vor dem Wohnblock seiner Kollegin zum Stehen. Noch bevor er sie anrufen konnte, trat sie zusammen mit Emil aus der Tür.

»Hast du jetzt auch noch hellseherische Fähigkeiten?«, fragte Coray sie gut gelaunt durch das geöffnete Fenster. »Oder warum hast du gewusst, dass ich komme?«

»Eigentlich wollte ich noch eine Runde mit Emil rumknutschen, aber jetzt hast du mir mit deinem Auftauchen wieder alles versaut«, antwortete sie mit gespielt grimmiger Miene.

Emil nahm sie lachend in die Arme, hob sie hoch und stellte sie nach einem lauten Schmatzer wieder auf den Boden.

»Hier hast du sie, sie gehört ganz dir«, rief er Coray zu. »Aber am Abend hätte ich sie gerne unversehrt zurück.«

»Keine Angst, mein Freund, ich bin froh, wenn ich sie wieder abgeben kann.«

Winkend verabschiedeten sie sich voneinander, und Kurtz stieg zu ihm ins Auto.

»Emil scheint wieder ganz der Alte«, sagte Coray und

war erleichtert, dass er das traumatische Erlebnis und die lebensbedrohlichen Verletzungen des vergangenen Sommers offensichtlich überwunden hatte.

»Ja, er ist vielleicht manchmal ein bisschen nachdenklicher, aber ansonsten geht es ihm gut.«

Kurtz hatte einen Beutel dabei, aus dem es verführerisch duftete. Sie machte jedoch keine Anstalten, ihn zu öffnen.

»Sag mal, was hast du da in der Tasche? Ich glaube, es riecht nach Gipfeli.«

»Könnte sein. Und Schokocroissants hat's im Fall auch.«

»Und warum nimmst du dann diese feinen Dinger nicht endlich aus dem Sack und gibst mir eins?«

»Hast du denn kein Frühstück gehabt? So schön im trauten Heim mit deiner Liebsten und Juri zusammen?«

»Schon, aber eigentlich habe ich bereits wieder Hunger, wenn ich diesen himmlischen Duft rieche.«

»Wir werden die ganze Karre voller Brösmeli machen, wenn wir das hier drinnen essen. Die Kollegen werden ausflippen.«

»Egal, ich werde einen der Polizeischüler bestechen, dass er heute Abend die Fußräume aussaugt.«

»Gut, du hast mich überzeugt.«

Mit übertrieben ausholenden Armbewegungen griff Kurtz in die Tüte und brachte ein goldbraunes, vor Frische fast noch dampfendes Gipfeli heraus, das sie Coray hinstreckte. Vorsichtig griff er danach und versenkte die Zähne tief in das Gebäck. Auch Kurtz langte zu, und eine Weile lang war nichts zu hören außer den Kaugeräuschen, lediglich unterbrochen von wohligen Seufzern. Und dem Singen der Reifen auf der Autobahn, die tipptopp unterhalten und völlig aper war. Wie immer schaute Coray auf der Höhe Haldenstein hoch zum Windrad, das mit einem Rotordurchmesser von hundertzwölf Metern ein durchaus stattliches Bauwerk darstellte. Ihn erinnerten die Rotorblätter an ein Flugzeug, das seit Jahr und Tag versuchte, sich in die Lüfte zu schwingen, aber dazu verdammt war, an derselben Stelle seine Kreise zu drehen.

Was ihn zu der Überlegung brachte, wie sein Leben verlaufen würde. Säße er in zehn Jahren auch noch in seinem »Krähennest«? Würde er noch Verbrechern nachjagen? Würde er mit einer kleinen Tochter oder einem Sohn unterwegs sein? Würde alles gut kommen? Würde er oder jemand seiner Liebsten böse erkranken? Wieso sollte ausgerechnet in seinem Leben alles im Lot bleiben? Wenn er an all die Geschehnisse in dieser Welt dachte, wäre es vermessen zu glauben, dass er ohne Katastrophen durchs Leben schreiten könnte.

Da waren sie wieder, diese diffusen Ängste. Eben hatte er einen vollkommen glücklichen Abend zu Hause verbracht, alles war gut, und jetzt wälzte er wieder solch unwillkommene Monstergedanken, von denen er nicht wusste, woher sie sich so hinterhältig in seinen Kopf schlichen. Einen schrecklichen Moment lang fühlte er sich verzweifelt und ohnmächtig. Aus heiterem Himmel.

»Matti, du siehst aus, als wäre in deinem Croissant Chilisauce statt Schokolade. Was zum Teufel geht dir durch dein Hirn?«

Er schüttelte den Kopf, versuchte, all diese negativen Gedanken loszuwerden, und wusste grad nicht, was antworten. So schaute er stumm auf die Straße und konzentrierte sich aufs Fahren.

»Aha, deine Dämonen haben mal wieder dein Gehirn geentert und randalieren nun in bösartiger Manier in den Synapsen herum.«

Sorgfältig legte sie den Rest ihres Croissants zurück in die Tüte und wandte sich ihm zu. »Ist etwas passiert, von dem ich nichts weiß?«

Coray dachte an das Baby, von dem sie noch nichts wusste,

und war versucht, es ihr zu erzählen. Aber er und Emilia hatten abgemacht, es noch ein wenig für sich zu behalten.

»Nein, nein, es ist alles okay. Es ist mir einfach durch den Kopf gegangen, wie verdammt zerbrechlich unser aller Dasein ist. Es kann jeden Moment jedem alles passieren. Du kannst plötzlich alles verlieren. Und du kannst nicht das Geringste dagegen tun.«

»Ja, ich weiß. Wir haben es vor nicht langer Zeit ja selber erlebt. Als ich fürchten musste, Emil würde seine Verletzungen nicht überleben, blieb für mich die Zeit stehen. Ich hatte so viel Angst um ihn, dass ich nichts anderes mehr fühlte. Nur diese grauenhafte Panik und die Gewissheit, dass mein Leben dann auch keinen Sinn mehr ergeben würde. Aber ich war nicht alleine. Ihr wart da, habt mir jeden Tag Hoffnung gegeben, Kraft zum Weitermachen. Weißt du noch, sogar die Chefin ist ständig im Spital aufgetaucht.«

Bei dieser Erinnerung musste Coray lächeln. Es war für Annabelle Cathomas bestimmt nicht einfach gewesen, sich hinter ihre unergründliche Maske blicken zu lassen. Aber sie hatte ihre große Sorge um ihre Leute nicht verbergen können. Was war das für ein unglaublich schöner Tag gewesen, als die befreiende Nachricht kam, dass Emil es schaffen würde.

»Was ich sagen will: Wir alle haben immer wieder Angst um alles Mögliche und vor allem Möglichen. Das ist nun mal der Preis dafür, dass wir denken können. Die einen verdrängen solche Gedanken, weil sie überhaupt nicht damit klarkommen. Weil es sie schlicht überfordert. Die sind dann furchtbar und pausenlos damit beschäftigt, sich ebendiese Gedanken vom Leibe zu halten. Mit permanenten Aktivitäten wie Arbeit oder Spaßhaben oder Sport oder Unterwegssein oder was auch immer. Und dann gibt es solche wie du, die sich vielleicht ein bisschen zu wenig abschotten können.«

Coray lauschte interessiert. Er war weder verlegen noch ungehalten – er hörte ihr einfach zu.

»Aber ich weiß auch, dass du im Grunde genommen über dieses tief in dir verankerte Vertrauen verfügst. Vertrauen in die Zukunft, Vertrauen in das Schicksal und Vertrauen in das Leben. Denn wir können gar nicht anders, als zu glauben, dass alles gut wird. Und meistens wird es das ja auch. Also lass die hinterhältige kreischende Brut in deinem Kopf nicht die Oberhand über deine Gedanken gewinnen. Du weißt, es ist nur ein kurzer Moment, und dann jagst du die Bande wieder raus und wirfst das Tor hinter ihnen zu.«

Als sich Coray das Ganze bildlich vorstellte, konnte er ein Grinsen nicht unterdrücken. Er blickte Kurtz an und legte ihr seine Hand auf den Arm. »Was habe ich doch für eine kluge, einfühlsame Kollegin. Die kann nicht nur schießen und kämpfen, die kann auch noch einen dummen alten Mann wieder in die Spur bringen. Danke, Katja.«

»Na, dann kann ich ja jetzt zum Glück endlich mein Croissant aufessen.« Und sie biss ungerührt hinein.

Die nächsten Minuten vergingen in einträchtigem Schweigen. Nachdem Kurtz mit allem Gebäck durch war, griff sie sich die Liste von Floras Handy, die Nick ausgedruckt hatte. Sie sah sich jede Message an, konnte jedoch nichts von Bedeutung erkennen.

»Kommst du zu neuen Erkenntnissen?«, fragte Coray.

»Nein, außer dass sie wirklich sehr oft mit diesem Thierry telefoniert hat. Schade, dass es noch keine Möglichkeit gibt, diese Gespräche im Nachhinein abzuhorchen. Aber wahrscheinlich nur jede Menge verliebtes Teenagergebrabbel.«

»Jetzt bist du wieder gemein. Du warst doch auch mal siebzehn Jahre alt und in einen Typen verknallt.«

»Schon möglich, aber ich habe dem nicht ständig hinterhertelefoniert. Ich habe gewartet, bis er mich angerufen hat.«

Coray musste schmunzeln, als er sich vorstellte, wie seine Kollegin als freche Göre die Jungs zur Schnecke gemacht hatte. Wie sie sie provoziert und ausgespottet hatte. Oh ja, er konnte das Bild deutlich sehen. Niemals wäre sie einem Typ hinterhergelaufen, dafür war sie viel zu stolz.

»Was grinst du?«

»Ich stelle mir gerade vor, wie du die Burschen reihenweise zur Verzweiflung getrieben hast.«

»Glaub mir, das waren nicht sehr viele. In diesem Alter haben mich andere Dinge mehr interessiert als doofe Mitschüler.«

»Was für Dinge?«

Einen Moment lang schwieg Kurtz, dann seufzte sie theatralisch und boxte spielerisch in die Luft. »Kämpfe.«

»Kämpfe? Was für Kämpfe?«

»Angefangen hat es mit dem Aufstand gegen die Eltern, gegen die Lehrer, gegen Massentierhaltung – egal wogegen. Hauptsache, ich konnte mich ins Getümmel stürzen, eine laute Klappe haben und meinen hormonell bedingten Frust loswerden.«

»Dann bin ich froh, dass du heutzutage Kampfsport betreibst und nicht mich als Boxsack benutzt.«

»Hast du gewusst, dass während dieser pubertären Phase sich Strukturen im Gehirn eines Teenagers tatsächlich verändern? Da kann man gar nichts dafür, dass man nicht mehr geradeaus denken kann.«

Coray stellte sich vor, wie sein pubertierendes Kind ihn vor derartige Probleme stellen würde.

»Ist es bei Buben und Mädchen das gleiche Muster, oder gibt es da Unterschiede?«

»Nein, ich denke, es ist egal, welches Geschlecht – das Oberstübchen bleibt ein paar Jahre wegen Umbau geschlossen.«

»Ein paar Jahre?« Das kam entsetzt aus Corays Mund. Und er wusste sofort, dass er einen Fehler gemacht hatte.

Kurtz hatte sich ihm interessiert zugewendet. »Sag mal,

Matti, seit wann interessiert dich das Seelenleben von Teenagern? Gibt es da etwas, das ich wissen sollte?«

»Äh, nein, nein.« Ihm wurde heiß. »Ich kann mich nur überhaupt nicht daran erinnern, dass ich so schlimm war während meiner Pubertät.«

Kurtz schaute ihn längere Zeit prüfend an. Coray setzte sein bestes Pokerface auf und blickte stur geradeaus auf die Straße. Er konnte geradezu fühlen, wie sie sein Gehirn scannte. Sie kannte ihn einfach zu gut. Er holte Luft, um ihr die Sache mit dem Baby doch zu erzählen, als sie offenbar beschloss, ihn von der Leine zu lassen.

»Oh, ich bin sicher, dass du ein Musterteenager warst. Ich muss bei Gelegenheit mal deine Mutter ausquetschen.«

Heilfroh, dass der Kelch noch mal an ihm vorbeigegangen war, atmete er leise aus und suchte fieberhaft nach einem unverfänglicheren Thema.

»Hat unser Backoffice uns bei den Zürcher Kollegen angemeldet?«

»Alles geregelt. Wir können jederzeit mit deren Unterstützung rechnen. Das Bürschchen ist ja kein Unbekannter bei den Behörden.«

»Na, dann können wir nur noch hoffen, dass er zu Hause ist.«

»Sein Handy sagt, dass er das tatsächlich ist.«

Als sie in Pfäffikon Richtung Damm einbogen, setzte sich Kurtz gerade hin und schaute eifrig aus dem Fenster. Sie erzählte Coray, wie sehr sie diesen Blick mochte, diese Aussicht über den Zürichsee mit den idyllischen Inseln Lützelau und Ufenau. Und dass sie früher mehr als einmal mit Freunden aus dem Aargau an den Zürichsee gefahren war. Einfach so.

»Wir haben in Horgen die Fähre über den See genommen, sind dann ab Meilen der Seestraße gefolgt, hier über den

Damm und am anderen Ufer wieder Richtung Stadt gefahren. Auf der Fähre habe ich mich immer ein bisschen in den Ferien gefühlt.«

Nach Ferien sah die Gegend an diesem grauen Tag nicht aus. Der Steg, der von Rapperswil nach Hurden führt, lag verlassen im milchigen Licht. Kein Mensch war auf ihm zu sehen. Selbst das Schloss, das herrschaftlich über der Stadt wachend üblicherweise einen eindrucksvollen Anblick bot, schien abweisend auf die Ankömmlinge zu blicken. In Rapperswil hasteten die Leute über Plätze und Straßen, versteckten ihre Gesichter in den Krägen und Schals, um sie vor der Kälte zu schützen. Eine Mutter zog ihrer kleinen Tochter etwas unsanft eine Kappe über den Kopf, nur um zu erleben, dass sich die Kleine das Ding schreiend wieder auszog und zu Boden warf. Dagegen schienen drei junge Frauen, die zusammen in Richtung eines Kaufhauses unterwegs waren, immun gegen die garstige Witterung. Sie trugen zwar dicke Jacken, dazu jedoch Jeans, die oberhalb der Knöchel endeten. Dann kam nackte Haut, bis zu den klobigen Sneakers, die sie an den Füßen trugen.

»Die müssen sich doch einen abfrieren, wieso tun sie das?«, fragte Coray und schüttelte ungläubig den Kopf.

»Sie tun es, weil es gerade hip ist, seine Knöchel zu zeigen; weil alle es tun und weil es cool ist, sich die Kälte nicht anmerken zu lassen.«

»Wenn du es sagst. Aber ich würde mir niemals aus modischen Gründen den Hintern abfrieren lassen.«

Kurtz lachte lauthals.

»Lieber Matti, glaube mir, niemand käme auf die Idee, etwas derart Absurdes von dir zu erwarten.« Sie kicherte mit einer Hand vor dem Mund weiter, während Coray ihr einen irritierten Seitenblick zuwarf.

Sie ließen das Städtchen hinter sich und folgten der Seestraße entlang des rechten Ufers vom Zürichsee.

»Warum nennt man das hier eigentlich Goldküste?«, fragte Coray.

»Weil in dieser Gegend ein Haufen reicher Angeber wohnen, die glauben, es ihrem Ruf schuldig zu sein, an der Goldküste zu wohnen.«

»Es gibt sicher auch normale Leute hier. Familien, die von hier stammen und ein unaufgeregtes Leben führen.«

»Bestimmt, aber über die liest man nichts. Es steht bloß in den Zeitungen, wenn ein Promi eine neue Protzvilla bauen lässt oder wenn ein Banker seinen Nachbarn in einen kleinen Krieg verwickelt, weil ihm die Höhe eines Baumes nicht passt, oder wenn ein Star aus dem Showbusiness stirbt. Das sind die Themen, die diese Welt bewegen.«

Coray antwortete nicht, sondern schaute immer wieder auf den See hinaus. Fast schwarze Wolken trieben von Westen über ihn hinweg. Sie waren so tief, dass sie die Wellen zu streifen schienen. Die Sonne war vollständig verschwunden, das noch vor Kurzem milchige Licht war nun grau.

»Das gibt Schnee, und zwar nicht zu knapp«, kommentierte Coray und zeigte in die dunkle Wand, die rasch über den See herangetrieben wurde.

Tatsächlich begann es leicht zu schneien, und die Temperaturanzeige im Auto fiel rasch unter null. Noch machten die Flocken nicht ernst. Als wollten sie die Menschen narren, führten sie ein federleichtes Ballett auf, tanzten in fröhlichen Wirbeln durch die Luft und glitten dann sanft auf den Boden.

»Wie weit ist es noch bis zur Adresse der Casales?«, fragte er.

»Ein paar Minuten. Schau, hier ist schon das Ortsschild von Küsnacht. Jetzt sollte es dann rechts hinaufgehen.«

Kommentarlos folgten sie den Anweisungen des Navigationssystems, das sie in eine Straße hoch über dem Dorf führte. Sie sahen nur Dächer, verborgen hinter Bäumen und herrschaftlichen Eingangstoren, die wahrscheinlich von

Hightech überwacht wurden. Aber der Panoramablick aus den Fenstern an der Südseite musste umwerfend sein. Als das Navi vermeldete, dass sie das Ziel erreicht hatten, standen sie vor den Pforten eines Gebäudes, das von dicht an dicht stehenden Tannen fast vollständig versteckt wurde. Kurtz stieg aus und fand nach kurzer Suche die Klingel. Sie drückte entschlossen darauf und hielt gleichzeitig ihren Polizeiausweis in die Kamera der Sicherheitsanlage. Coray sah ihre energische Miene, ihre ganze Haltung drückte klar aus, dass sie nicht gedachte, sich abwimmeln zu lassen. Nach einem kurzen Moment schwang das Tor geräuschlos auf, und sie setzte sich wieder in den Wagen. Als das Haus in Sicht kam, entfuhr ihr ein entgeisterter Fluch.

»Fuck, was ist denn das? Wohnt hier ein Präsident? Oder ein durchgeknallter Rapper?«

Das Gebäude erfüllte jedes Klischee, das man über eine Protzvilla haben konnte: Es war absolut stillos, mit Säulen und Türmchen und Zinnen und Balkonen. Und im kahlen Garten standen jede Menge hässlicher – aber zweifelsohne teurer – Skulpturen und ähnlich schmückendes Beiwerk. Nichts schien zueinander zu passen, es war keine bestimmte Architektur ersichtlich. Geradeso, als hätten verschiedene Besitzer sich mit ihrer Geschmacklosigkeit an dem armen Haus ausgetobt. Aber es war unbestreitbar riesengroß, und auf dem Gelände hätte man eine ganze Siedlung bauen können.

Langsam fuhren sie auf das Anwesen zu. Selbst Kurtz hatte es bei diesem so offensichtlich zur Schau gestellten Reichtum die Stimme verschlagen. Stumm betrachtete sie das Monstrum.

»Nimmt mich wunder, wie dieser Kasten je zu einer Baubewilligung gekommen ist. Aber was frage ich mich? Sicherlich löst man in solchen Fällen Probleme mit einer kleinen Spende an die Gemeinde. Einem Schwimmbad oder Ähnlichem.«

»Freut mich, dass du deine Sprache wiedergefunden hast und damit deine wilden Spekulationen zum Besten gibst.«

»Ha, du musst zugeben, dass wir eine solche Hütte noch nie gesehen haben. Ich bin ja gespannt, wie es drinnen aussieht. Wahrscheinlich kommt gleich ein Butler, der uns abcheckt, ob man uns wohl reinlassen kann oder ob wir eine Gefahr für das Familiensilber bilden könnten.«

Wie in einem englischen Film fuhren sie in gesetztem Tempo um einen hohen Brunnen, der allerdings nicht lief, und hielten direkt vor einer breiten Treppe. Niemand war zu sehen. Sie stiegen aus und die Stufen hoch.

»Matti, ich glaub, wir sind im falschen Film. Gleich stürmen hier Ganoven mit weißen Galoschen, Hüten und Knarren heraus, und wir sind tot.«

Gangster kamen zwar keine, aber als sie kurz vor der Eingangstür ankamen, öffnete sich diese, und eine ältere Dame stand mit fragendem Ausdruck vor ihnen.

»Ich werd verrückt«, murmelte Kurtz, als sie das Outfit der Frau betrachtete.

Die grauhaarige Dame trug ein schwarzes Kleid mit weißem Kragen, das ihr bis über die Knie reichte, glänzende schwarze Schuhe und – ein weißes Häubchen auf den perfekt frisierten Haaren. Coray schätzte sie auf Mitte fünfzig. Mit strengem Ausdruck blickte sie Coray und Kurtz an.

»Sie wünschen bitte?«

»Wir möchten mit Thierry Casale reden. Wir sind von der Bündner Kriminalpolizei.« Damit hoben sie erneut ihre Ausweise, welche die Hausdame oder was immer sie sein mochte genau studierte.

»Ich weiß nicht –«

Ein junger Mann trat zur Tür und bat sie mit einer einladenden Handbewegung in die Halle. An seiner Seite tollte ein weißer Schäferhund und versuchte ausgelassen, ihn zum Spielen zu animieren. Coray sah sofort, dass zwischen den beiden eine tiefe Beziehung bestand. Instinktiv fand er den Mann sympathisch. Wohl wissend, dass Tierliebe keine Garantie für einen netten Menschen war. Abgesehen von der spontan positiven Regung, hatte er das vage Gefühl, ihm schon einmal begegnet zu sein. Bevor er darüber nachdenken konnte, woher er ihn kennen könnte, übernahm Thierry Casale die Rolle als Sohn des Hauses.

»Schon gut, Karoline, ich kümmere mich um die Herrschaften. Bitte bringen Sie uns Kaffee in die Orangerie.«

Ganz schön selbstbewusst, dachte Coray. Die Miene von Kurtz war undurchdringlich, er konnte nicht sehen, was sie von ihm hielt. Er wusste nur, dass sie bei dem Wort Orangerie bestimmt die Augen verdreht hatte. Ihm hingegen gefiel dieser Ausdruck. Er erinnerte ihn an alte Filme in glamourösen Grandhotels, wo die Herrschaften unter Palmen und Zitronenbäumen ihren Champagner zu schlürfen und ihre Gurken-Canapés zu speisen pflegten. Nicht nur Emilia, auch er selbst liebte diese alten Streifen.

»Ich darf vorausgehen«, sagte Casale und schritt Richtung Wintergarten. Sie durchquerten einen riesigen, mit schwarz-weißen Platten ausgelegten Raum, der aussah, als wäre er in einem italienischen Palazzo besser aufgehoben. Eine ausladende Treppe, die nach oben führte, sich dort teilte und in die Korridore abbog, erinnerte Coray an seinen einzigen Besuch in einem Opernhaus in Paris vor Jahren. Mit dem roten Teppich darauf, den goldenen Teppichläuferstangen und dem opulent verzierten Treppengeländer wirkte alles sehr schwülstig. Coray sah, wie Kurtz einen vernichtenden Blick über das Ganze gleiten ließ. Ihre Miene konnte ihre Verachtung nicht verhehlen.

Der Blick durch die hohen Scheiben in der Orangerie war überwältigend. Sogar bei diesem Wetter. Man sah, wie der Wind Schaumkronen über das Wasser stieß und die dunklen Wolken noch einen Hauch bedrohlicher wirkten. Direkt vor dem Fenster trieben die Flocken noch immer ein lustiges Spiel, tanzten selbstverliebt durch die Zweige der Bäume im Park und gaukelten dem Betrachter vor, dass alles nur Spaß sei. Aber Coray wusste – nein, er spürte es in seinen Knochen –, dass dieses Szenario sich bald ändern würde. Ein schwerer Schneesturm war im Anzug. Einer, den die Wetterfrösche in ihren Prognosen unterschätzt hatten. Er fühlte eine Unruhe in sich aufsteigen, eine diffuse Bedrohung.

Ein Blick zu Kurtz zeigte ihm, dass sie völlig unbeeindruckt den Typ studierte. Sie hatte ihr rotes Notizbüchlein gezückt, es sich in einem der Korbstühle gemütlich gemacht und betrachtete den jungen Mann nun von unten bis oben. Er entsprach sicher nicht dem gängigen Schönheitsideal. Sein Gesicht wies weder klare Linien noch ein markantes Kinn oder einen schönen, leicht gebräunten Teint auf. Seine Haut war vielmehr so bleich, dass sie ein bisschen käsig wirkte. Er hatte unter dem teuren Pulli wohl auch kein Sixpack vorzuweisen, alles an ihm wirkte etwas schwammig und ungelenk. Trotzdem war er nicht unattraktiv, besonders sein flammend rotes Haar und der gepflegte Bart verliehen ihm etwas Spezielles. Auch die blaue Farbe seiner Augen mit dem durchdringenden Blick hatte zweifelsohne etwas Anziehendes. Coray konnte Flora verstehen, dass sie sich Hals über Kopf in diesen Typ verknallt hatte. Er war anders. Anders als ihre Schulkameraden und bestimmt auch anders als ihre Gspändli aus dem Dorf. Wahrscheinlich fuhr er ein tolles Auto, verkehrte in hippen Lokalen und schmiss mit dem Geld um sich. Allein schon seine Uhr musste ein Vermögen wert sein, dachte Coray mit Blick auf das klobige Ding an dessen Handgelenk.

Eines musste er Thierry Casale lassen: Er schien in keiner Weise beunruhigt oder nervös. Ruhig saß er auf seinem Rattanstuhl, streichelte seinen Hund und wartete, dass die Polizisten anfingen. Er war diesem Typ schon einmal begegnet, da war sich Coray sicher.

»Wie heißt er?«, fragte Coray unvermittelt und zeigte auf den Hund.

»Es ist eine Sie, und sie heißt Lucy.«

Coray fiel auf, dass der junge Mann ihn ebenso intensiv musterte wie umgekehrt.

»Ich kenne Sie«, sagte Casale plötzlich und setzte sich gerade auf.

»Sie kommen mir tatsächlich auch bekannt vor. Aber wo sind wir uns denn über den Weg gelaufen?«

Bevor Casale antworten konnte, kam die Hausdame mit Kaffee und Gebäck, das aussah, als hätte man aus Teig kleine Seifenblasen gefertigt. Routiniert verteilte sie Tassen und Teller, die mit einem Goldrand veredelt waren. Die Geruchsmischung aus Mokka und Backwerk verbreitete einen unwiderstehlichen Duft. Den Süßigkeiten schien auch der Hund nicht abgeneigt. Unauffällig trat er zum Tisch und schob die Schnauze langsam in Richtung der Guetzlis. Aber Karoline war auf der Hut und vereitelte den Anschlag.

»Lucy, du kommst jetzt mit mir in die Küche«, sagte sie und packte die Hundedame routiniert am Halsband. »Dort bekommst du etwas Leckeres. Dieses Zuckerzeugs ist nichts für dich.«

Auch Kurtz zierte sich nicht lange. Zielgerichtet griff sie zur Porzellan-Etagere, auf der die Dinger kunstvoll aufgebaut waren, und steckte sich eines in den Mund. Genüsslich verdrehte sie die Augen, und Coray erwartete, dass sie einen Seufzer ausstoßen würde. Doch sie beherrschte sich und schaute zu Casale.

»Also, wo sind Sie zwei sich nun begegnet?«

Casale schaute wieder zu Coray.

»Sie sind der Mann der Tierärztin in Ilanz. Von Frau Mazzoni.«

Coray verbesserte ihn nicht, als er ihn den Mann seiner Lebensgefährtin nannte. Er fragte sich vielmehr, woher dieser

Typ Emilia kannte. Und da ging ihm ein Licht auf: natürlich! Er hatte Casale gesehen, als er Emilia eines Abends in der Praxis abgeholt hatte. Sie war noch nicht fertig gewesen mit der Arbeit, also hatte er sich in den Warteraum gesetzt, sich eine Fachzeitschrift genommen und einen Artikel über Chiropraktik beim Hund gelesen. Komischerweise erinnerte er sich genau an diesen Bericht. Schließlich war die Tür aufgegangen, und Thierry Casale war mit diesem weißen Schäferhund aus dem Behandlungsraum gekommen. Er hatte nur einen kurzen Blick auf die beiden geworfen, weil Emilia ihm aus dem Sprechzimmer zuwinkte. Er hatte den Mann gegrüßt und war dann an ihm vorbeigegangen. Er erinnerte sich, dass ihm der Hund einen ziemlich matten Eindruck gemacht hatte.

»Lucy hatte schlimmen Durchfall, und Frau Mazzoni hat sie untersucht und ihr etwas verschrieben«, sagte Casale, als hätte er seine Gedanken lesen können.

»Und, hat es geholfen?«, warf Kurtz ungeduldig ein.

»Oh ja, es war nicht das erste Mal, dass wir bei ihr waren. Sie ist eine gute Tierärztin.«

»Das heißt, Sie sind öfter in der Surselva?«, fragte Coray.

»Meine Eltern haben ein Haus in Laax. So bin ich eigentlich den ganzen Winter dort oben und fahre Snowboard.«

»Müssen Sie nicht arbeiten?«, fragte Kurtz.

»Ähm, ich bin freiberuflich tätig.«

»Ah ja, verstehe.« Das kam ziemlich abfällig aus Kurtz' Mund.

Coray wartete, dass sie weiterfragte, aber seine Kollegin schien am Thema Arbeit nicht weiter interessiert. Sie ging bestimmt davon aus, dass der junge Casale sich nicht mit solch nebensächlichen Unterfangen befasste.

»Und abends, nach den anstrengenden Tagen auf dem Snowboard, gehen Sie dann mit Ihren Freunden feiern?«, nahm Coray die Befragung wieder auf.

»Was wollen Sie eigentlich von mir?«

Nachdem Casale bis anhin höflich geblieben und Haltung bewahrt hatte, kam diese Frage aggressiv und hörbar genervt aus dem Mund des jungen Mannes. Auch wirkte seine Haltung keineswegs mehr locker. Im Gegenteil, er wirkte, als würde er am liebsten so schnell wie möglich aus diesem Raum verschwinden.

»Ich denke, das wissen Sie ganz genau.«

Coray saß nach außen hin entspannt im Sessel und blickte seinem Gegenüber regungslos ins Gesicht. Er sah, wie es arbeitete hinter dessen Stirn, und wartete nur darauf, dass er auf seinen Anwalt verweisen würde. Dass er kein Wort mehr ohne ihn sagen würde. Umso erstaunter war er, als Casale entschlossen den Kopf hob und ihn direkt anschaute.

»Es ist wegen Flo.«

»Ja, es ist wegen Flora Zinsli, mit der Sie offensichtlich eine Liebesbeziehung hatten und die nun tot in der Rechtsmedizin liegt. Ermordet.«

Thierry Casale sah ihm weiterhin ins Gesicht.

»Ja, wir hatten eine gute Zeit zusammen. Ich bin sehr betroffen über ihren Tod.«

»Das ist alles?«, schaltete sich Kurtz in ungläubigem Ton ein. »Sie hatten eine gute Zeit zusammen?«

»Nein, Sie verstehen das falsch«, beeilte sich Casale zu sagen, »was ich meine, ich habe sie wirklich geliebt, und ihr Tod schmerzt mich ungemein.«

»Erzählen Sie uns doch, wie Sie sich kennengelernt haben«, ging Coray dazwischen. Es war klar, dass er etwas Ruhe in die Befragung bringen, dass er Kurtz ein bisschen bremsen wollte, die aussah, als wollte sie Casale attackieren. Coray kannte diesen Blick und das angriffig nach vorn geschobene Kinn. Sie warf ihm einen ungehaltenen Blick zu und lehnte sich dann mit verschränkten Armen im Stuhl zurück.

Aufmerksam folgten Coray und Kurtz den Worten von Thierry Casale.

Es war gleich Anfang der Saison, noch vor Weihnachten, gewesen, als sie sich auf dem Weg zur Talstation mit ihren Brettern unter dem Arm zum ersten Mal begegnet waren. Flora war nicht allein gewesen, ihre Freundin Fanny war dabei. Casale fielen die beiden Mädchen auf, weil sie so gut drauf waren und laut miteinander sangen – und attraktiv aussahen. Der Unterländer wusste sofort, dass es sich hier um Einheimische handeln musste, so vertraut, wie sie mit allen umgingen. Beim Anstehen an der Gondel, die sie auf den Crap Sogn Gion bringen würde, hatte er sich so positioniert, dass er in der Kabine in ihrer Nähe zu stehen kam. Die beiden in ein Gespräch zu verwickeln, war nicht schwierig gewesen, und so war es gekommen, dass man den Tag gemeinsam mit Snowboarden verbrachte. Heiße Schokolade mit Rum, Aperol Spritz und Jägertee trank und sich näher kennenlernte.

Es war eine Geschichte, die sich so oder ähnlich schon tausendmal abgespielt hatte, dachte sich Coray: Junger Mann trifft junge Frau, sie ist hingerissen von seinem Charme, seinem Selbstbewusstsein und seiner Großzügigkeit. Er ist geschmeichelt von ihrer Bewunderung und gefällt sich in der Rolle des Mannes von Welt, der das unerfahrene Mädchen aus einem Bergdorf in sein Universum einführt.

Obwohl die extrovertierte Fanny viel eher zu Casale gepasst hätte, verguckte er sich in die zurückhaltendere Flo. Er hatte es als Herausforderung empfunden, sie für sich zu gewinnen.

»Sie meinen wohl, sie ins Bett zu kriegen«, warf Kurtz ein.

Casale ließ sich von der Bemerkung nicht aus der Ruhe bringen.

»Ich rede von Verliebtsein«, antwortete er, und Coray hörte zum ersten Mal diesen salbungsvollen Ton in Casales Stimme. Der Ton brachte etwas in ihm zum Schwingen, und plötzlich wusste er, dass das eine Show war, die ihnen da geboten wurde. Casale war vorbereitet gewesen.

»Erzählen Sie weiter«, ermunterte Coray ihn freundlich.

»Wir waren wirklich total verliebt«, beteuerte Casale, »aber natürlich war ich zuerst nicht glücklich darüber, dass sie schwanger wurde.«

Coray und Kurtz erstarrten. Es schien, als sei der Sauerstoff auf einen Schlag aus dem Raum abgesogen worden. Schwanger? Was zum Teufel erzählte der da?

Casale bemerkte die plötzliche Angespanntheit nicht, sondern erzählte eifrig weiter. Wie er sich Gedanken gemacht habe, wie man mit der neuen Situation umgehen könne, und dass er absolut zu diesem Kind gestanden hätte.

Fieberhaft versuchte Coray, in seinem Kopf diese neue Information einzuordnen. Flora war nicht schwanger gewesen, da war er sicher. Isidor von Planta hätte so etwas niemals übersehen. Während er mit einem Ohr Casales Romanzengeschwafel zuhörte, glaubte er zu ahnen, was da vorgegangen war. Wahrscheinlich war der verwöhnte Typ Flos bereits wieder überdrüssig geworden, nachdem er sein Ziel, ein sprödes Bauernmädchen in sein Bett zu kriegen, erreicht hatte. Bestimmt war sie noch Jungfrau gewesen, so wie sie von ihrer Mutter unter Druck gesetzt worden war. Was für ein Triumph für diesen Schnösel, überlegte sich Coray. Und dann kam dieses dumme Ding und erklärte ihm, sie sei schwanger. Coray stellte sich vor, wie Flo gespürt hatte, dass Casales Interesse an ihr schwand. Wie verzweifelt sie darüber gewesen war, denn für die unerfahrene Flora war dies die ganz große Liebesgeschichte gewesen. Sie hatte Casale jedes seiner berechnenden Worte geglaubt. Und sie hatte es nicht ertragen können, dass sie für ihn nicht mehr wichtig war. In ihrer Verzweiflung hatte sie eine Schwangerschaft erfunden, um Casale zu halten.

Während all diese Gedanken durch Corays Gehirn jagten, palaverte Casale weiter, und Coray wusste mit Sicherheit, dass er log. Skrupellos und unverblümt. Dieser Typ war es gewohnt zu lügen, zu überzeugen, zu manipulieren, das stand für Coray fest. Und er wusste, dass seine Kollegin zur selben Ansicht gekommen war. Vielleicht noch schneller als er, hatte ihn doch Casales offensichtliche Zuneigung zu seinem Hund in seinem Urteil anfänglich beeinflusst.

»Flora war nicht schwanger«, unterbrach Kurtz mit unbewegter Miene das Geschwätz von Casale.

Seine Reaktion war spektakulär: Er hielt mitten im Satz inne, sprang auf und blieb mit offenem Mund und zu Schlitzen verzogenen Augen stehen.

»WAS? Natürlich war sie schwanger.«

»Nein, war sie nicht, das hat die Obduktion eindeutig ergeben.«

Casale starrte sie sprachlos an.

»Sie lügen!«

»Wieso sollte ich das tun? Ich versichere es Ihnen gerne noch einmal: Flora war garantiert nicht schwanger.«

Der Ton von Kurtz blieb unbeteiligt, sie schien emotionslos Fakten wiederzugeben, aber Coray wusste, dass sie versuchte, Casale aus der Fassung zu bringen. Und das schien ihr zu gelingen.

»Diese Schlampe«, schrie er nun, ballte die Hände zu Fäusten und blickte hektisch um sich. »Die wollte mich reinlegen, dieser blöde Bauerntrampel – und ich habe den Scheiß geglaubt. Ich fass es nicht!«

Und genau so wirkte der Typ: fassungslos. Als hätte er von einem Moment auf den anderen die teure Erziehung, seine arrogante Überlegenheit und das Bild, das er den Polizisten von sich hatte vermitteln wollen, vergessen. Da stand dieser gut gekleidete, perfekt frisierte und in einen frisch-dynamischen Duft gehüllte junge Mann und tobte wie ein Irrer. Coray schaute zu Kurtz und merkte, dass diese dem Typ interessiert zusah. Er sah ein kleines vergnügtes Funkeln in ihren Augen. Es machte ihr Spaß zu sehen, wie der Großkotz sein wahres Gesicht zeigte. Doch dann weiteten sich ihre Augen ungläubig. Coray glaubte irritiert, darin Angst aufkommen zu sehen. Mehr verwundert als etwas anderes, drehte Coray sich wieder zu Casale zurück. Er kam nicht einmal mehr dazu, zu erschrecken oder zur Gegenwehr anzusetzen. Dafür war es zu spät. Nur einen Sekundenbruchteil – aber zu spät. Coray spürte mehr, als dass er sah, wie eine Faust auf sein Gesicht zuschoss. Sein Universum zersplitterte in eine Million Sterne. Der Schlag war so hart und so präzise auf das Kinn getroffen, dass Coray einknickte wie eine gefällte Eiche. Er hörte noch den überraschten Wutschrei seiner Kollegin, und dann stürzte er besinnungslos zu Boden.

ZEHN

Als er wieder zu sich kam, sah er das besorgte Gesicht seiner Kollegin über sich. Sie hatte seinen Kopf vom Teppich gehoben und rief immer wieder seinen Namen.

»Matti, verdammt, Matti, mach die Augen auf!«

Eher unwillig kam er aus dem Reich der Träume zurück. Dort war es so friedlich und still gewesen, und hier herrschte offenbar Chaos. Die Hausdame kam in den Raum gestürzt, blickte mit vor Schreck geweiteten Augen um sich und wusste offenbar nicht, was zu tun war. Lucy sprang durch den Raum zur Tür und bellte wie verrückt.

»Was ist denn passiert? Sind Sie verletzt? Was ist hier los?«, fragte Karoline.

Keiner gab ihr eine Antwort. Draußen heulte ein Motor auf. Langsam setzte sich Corays Hirn wieder in Bewegung. Sie waren nach Küsnacht gekommen, sie waren im Haus der Casales, und der Typ war völlig durchgedreht. Aber wo war Thierry Casale? Noch etwas benommen schaute Coray um sich.

»Wo ist der Junge?«, fragte er.

»So wie es tönt, haut der gerade ab.«

»Schnapp ihn dir, Katja, na los, worauf wartest du?«

»Erstens ist es mir wichtiger, mich um dich zu kümmern –«

»Ich bin okay, jetzt geh schon.«

»Zweitens«, fuhr Kurtz ungerührt fort, »ist der eh schon weg. Ich kenne den Motor – das ist eine Ducati Superleggera. Ein Traum von einer Maschine. Daneben sieht meine aus wie ein Spielzeug.«

»Katja, jetzt hilf mir auf die Beine.« Coray stemmte sich langsam hoch.

»Und drittens wird er nicht weit kommen. Anscheinend hat er nicht mitgekriegt, dass draußen gerade die Hölle losbricht. Glaub mir, der schafft es auf diesen zwei Rädern nicht mal bis zur Autobahn.«

Damit half sie ihm, ganz aufzustehen. Im ersten Moment fühlte er sich unsicher, alles drehte sich, und ihm war übel. Leicht schwankend stand er auf den Füßen und bemühte sich verbissen darum, dass die Welt ihre Stabilität zurückerlangte.

Die Hausdame war verschwunden und kam nun mit einem Glas Wasser zurück. Sie schien entsetzt über das Vorgefallene.

»Bitte, trinken Sie, das wird Ihnen guttun«, sagte sie und hielt ihm das Wasser vor den Mund. Entschlossen nahm er ihr das Glas aus der Hand und trank in tiefen Schlucken. So weit käme es noch, dass man ihm das Trinken einflößen musste wie einem Kind. Kurtz musterte ihn und kam anscheinend zum Schluss, dass er wieder Herr seiner Sinne war.

»Ich ruf die Zürcher Kollegen an«, sagte sie und nahm ihr Handy aus der Tasche. »Die sollen sich das Bürschlein schnappen. Der spinnt ja wohl, sich bei diesem Wetter auf dieser Maschine auf den Weg zu machen. Der wird sich den Schädel einschlagen. Ich hoffe nur, dass dann niemand versehentlich dazwischenkommt.«

»Ich muss die Herrschaft anrufen«, sagte die Hausdame mehr zu sich selbst. Damit eilte sie aus dem Raum.

»Wahrscheinlich benützt sie dazu nicht ihr Handy, sondern ein goldenes Telefon«, sagte Kurtz grinsend.

Kurtz sprach mit der zuständigen Stelle bei der Zürcher Polizei und erklärte in knappen Sätzen, was passiert war. Coray ging ein paar Schritte und fasste sich an den Hinterkopf. Er zog die Hand vor sein Gesicht und war erleichtert, dass er kein Blut an den Fingern sah. Übel war ihm auch nicht mehr, und die Welt stand wieder gerade. Er war okay. Er hörte, wie Kurtz das Gespräch mit den Zürcher Kollegen beendete, und schaute sie fragend an.

»Unsere Freunde geben die Fahndung raus und halten aktiv Ausschau nach dem Typ. Sie sind wie ich der Meinung, dass das eine kurze Fahrt wird.«

»Gut, dann lass uns hier verschwinden, er wird ja kaum zurückkommen.«

Auf ihrem Weg zur Haustür begegnete ihnen die Hausdame nicht mehr, die war wohl damit beschäftigt, ihre Arbeitgeber zu erreichen und sie über das Geschehen im Haus zu informieren. Sie schnappten sich ihre Jacken und eilten zum Auto.

Das Wetter hatte sich drastisch verschlechtert. Die Flocken tanzten nicht mehr spielerisch durch die Äste der Bäume, sondern wurden von den Windböen in alle Richtungen gepeitscht. Als die beiden aus der Villa traten, brannten ihnen die Eiskristalle Löcher in die Haut. So fühlte es sich jedenfalls an.

»Oh nein, Matti, sind wir auf einem anderen Planeten gelandet? Wie sollen wir denn nach Hause kommen?«

Coray klaubte den Schlüssel aus der Tasche und setzte sich hinter das Steuer. Ohne zu zögern, stieg Kurtz neben ihm ein. Sie wusste genau, dass er nicht fahren würde, wenn er sich nicht sicher wäre, dass er das auch schaffen würde.

»Wir werden so nach Hause kommen, wie wir hierhergekommen sind. Mit unserem ›Rambo‹ nämlich. Ich weiß, dass er das kann, ist ja nicht das erste Mal, dass ich mit ihm im Schnee unterwegs bin. Dazu ist er ja auch ausgerüstet.«

»Aber warst du je bei einem solchen Schneesturm auf der Autobahn?«

»Glaub mir, ich werde vorsichtig fahren, es wird ein bisschen länger dauern, aber wir werden heimkommen. Und noch würde ich das nicht als Sturm bezeichnen – der kommt erst noch.«

»Okay, dann fahren wir via Meilen und nehmen dort die Fähre. So können wir den Damm umgehen, denn dort wird schnell das Chaos losbrechen.«

»Gut, du bist meine Lotsin.«

Die Seestraße war noch gut befahrbar, der Schnee setzte zwar langsam an, aber noch griffen die Reifen, und der Verkehr rollte einigermaßen zügig.

»Wollen wir wetten, dass irgendwo ein Idiot mit Sommerpneus quer über die Fahrbahn stehen wird?«, fragte Kurtz.

»Ich befürchte, du wirst recht bekommen.«

Er hatte diesbezüglich schon unglaubliche Geschichten erlebt. Oben, in seinen Bergen. Wie Autos mit Sommerpneus in Straßengräben, Schafställe und Bergseen gerutscht waren. Wie die Leute, die sie dann aus den Autos holten, lediglich mit Sneakers ohne Socken und mit dünnen Jacken unterwegs waren. Hauptsache, sie hatten ihr Handy dabei. Bei der Erinnerung an die diversen Bergungsaktionen schüttelte er den Kopf. Meist war die Sache glimpflich ausgegangen. Die Leute standen unter Schock, blieben jedoch unverletzt.

Nur einmal war ein schrecklicher Unfall passiert. Ein Mann war mit seiner kleinen Enkeltochter von Ruschein nach Ilanz unterwegs. Mit Sommerpneus. Als ihm ein Schneepflug entgegenkam, verlor er die Nerven, ging auf die Bremse und donnerte direkt in den Pflug. Durch den Aufprall verlor der Fahrer die Kontrolle über den Wagen. Er stürzte über das Bord hinunter und überschlug sich mehrmals. Der Fahrer und das Kind waren bei dem Unfall getötet worden. Das war zwar schon viele Jahre her, aber Coray hatte damals zusammen mit einer Kollegin die Todesnachricht der Familie überbringen müssen. Niemals würde er das Gesicht der Mutter vergessen, als sie ihr sagen mussten, dass sie ihren Vater und ihre fünfjährige Tochter verloren hatte. Diesen Schmerz in den Augen, von dem er wusste, dass er nie mehr vergehen würde. Sie würde ihn bis zum Ende in ihrer Seele mittragen müssen. Egal, wohin und wie weit sie ginge.

Coray schob die Erinnerung an die traumatischen Bilder von sich und konzentrierte sich auf die Straße. Nicht lange und sie kamen auf die Einspurstrecke für die Fähre. Auf dem See hatte eben eines der Schiffe abgelegt und verschwand einen Augenblick später hinter dem grauen bedrohlichen Vorhang. Langsam fuhr Coray in eine der Spuren, in die der Fährmann ihn einwies. Der stand wohl nicht zum ersten Mal im Schneetreiben. Stoisch blinzelte er die Flocken aus den Augen und winkte die Wagen in die Kolonne. Keine zehn Minuten später rollten sie bereits auf das Deck des »Schwans«, das über fünfundvierzig Meter maß. Coray folgte den Anweisungen, stoppte den Motor und zog die Bremse an. Es waren höchstens zwanzig weitere Fahrzeuge an Deck. Ein paar Fußgänger benutzten den »Schwan« ebenfalls, um den See zu überqueren. Sie schien das garstige Wetter nicht zu stören, im Gegenteil – mit hochgezogenen Schultern und vermummt mit Kapuzen und Schals stemmten sie sich gegen die Böen und trotzten der Gischt, die immer wieder über die Planken fegte.

Ein kleiner Ruck und das Schiff legte ab, schob sich hinaus in dieses Wetter, in diese Wolken, die nur darauf zu warten schienen, das Schiff zu verschlingen. Doch nichts passierte, sicher zog die Fähre mit rund zwanzig Stundenkilometern ihre Spur durch das Wasser, und Coray und Kurtz konnten sich etwas entspannen.

»Was zum Teufel war das eben, da in diesem furchtbaren Haus?«, fragte Kurtz und beantwortete die Frage gleich selbst. »Der ist ja total durchgedreht, als er erfuhr, dass Flora nicht schwanger war. Der hat gecheckt, dass sie ihn verarscht hat. Ist wohl noch nicht so oft vorgekommen.«

»Ja, ich denke auch, dass er das nicht gewohnt ist. Das

hat ihn extrem getriggert. Ich gehe jedoch davon aus, dass es Flora nicht darum ging, ihn zu verarschen.«

»Stimmt, das wäre eher Fannys Ding gewesen. Die hätte den Typ mit Wonne in die Pfanne gehauen.«

»Flora war einfach total verknallt in ihn, und dann hat sie gemerkt, dass sie vielleicht doch nicht sein Supergirl ist, wie er ihr vorgemacht hat …«

»Ha, da kannst du sicher sein, dass dieses narzisstische Arschloch genau gewusst hat, wie er sie um den Verstand quatschen kann.«

»… und daraufhin hat sie einen Weg gesucht, wie sie ihn halten kann.«

»Und ihr ist nichts Besseres eingefallen, als ihm vorzumachen, sie sei schwanger? Das ist auch ein bisschen naiv. Findest du nicht?«

»Vielleicht ist ihr in ihrer Panik nichts anderes eingefallen.«

»Als auf Methoden aus der Mitte des letzten Jahrhunderts zurückzugreifen?«

»Okay, lassen wir mal das Motiv, das sie zu dieser Aussage ihrem Liebhaber gegenüber gebracht hat, auf der Seite. Viel wichtiger sind die Auswirkungen dieser Lüge.«

»Verdammt, Matti, ich glaube, wir waren die ganze Zeit auf der falschen Spur, haben uns auf das falsche Mädchen konzentriert.« Kurtz schlug frustriert auf das Armaturenbrett ein. »Wir sind davon ausgegangen, dass Fanny das Ziel des Mörders und Flora der Kollateralschaden war.«

»Genau. Und jetzt stehen wir da und müssen uns eingestehen, dass wir mit einem Röhrenblick durch den Fall gegangen sind.«

»Also denkst du auch, dass Thierry Casale der Mörder ist?«

»Ich denke, dass er dringend verdächtig ist. Er hat ein starkes Motiv, nämlich eine ohnmächtige Wut auf Flora. Du hast ja gehört, was er gesagt hat. Allerdings flippte er erst aus, als er erfuhr, dass sie ihn angelogen hatte.«

»Das war doch eindeutig einstudiert. Du glaubst doch nicht ernsthaft dieses Geschwafel über ihre Schwangerschaft, dass er zu ihr halten würde, bla, bla, bla. Ich krieg das Kotzen.«

»Nein, ich kann mir nicht vorstellen, dass er das zugelassen hätte, dass ihm da jemand sein Leben versaut. Und dieses Leben hat er sich ganz sicher anders vorgestellt als mit einem Bauerntrampel – wie er Flora so nett genannt hat – und einem ungewollten Kind. Stell dir mal vor, wie er vor seiner Familie und seinen Freunden dagestanden hätte.«

»Du meinst, vor dieser Schickeriabande? Die hätte sich das Maul über ihn zerrissen. Und das wäre für die Eitelkeit dieses kleinen Narzissten gar nicht gut gewesen.«

»Nun, im Moment können wir nur darauf warten, dass unsere Kollegen ihn irgendwo hier in seinem Umfeld aufspüren.«

Als hätten diese Kollegen sie gehört, läutete in dem Moment ihr Handy, und Konrad Spiller, der Einsatzleiter des Zürcher Teams, war dran. Er teilte ihnen mit, dass sie Casales Handy geortet hätten. In der Küsnachter Villa.

»Der muss es ja verdammt eilig gehabt haben, von euch wegzukommen«, sagte Spiller und konnte sich einen kleinen Lacher nicht verkneifen. »Kein Mensch geht heute mehr ohne Handy vor die Tür. Aber keine Angst, den finden wir schon. Er wird versuchen, bei einem seiner illustren Kumpels unterzutauchen. Ich halte euch auf dem Laufenden.«

Die Überfahrt hatte etwas länger als die üblichen zehn Minuten gedauert, denn durch den starken Wellengang und wahrscheinlich auch wegen der durch den Schneefall eingeschränkten Sicht hatte die Crew Schwierigkeiten, in Horgen anzulegen. Der Wind fegte Fontänen über die Quaimauer, die kahlen Bäume am Ufer bogen sich unter dem Ansturm der Böen gefährlich tief der Erde entgegen, und Aststücke flogen durch die Luft.

»Uff, ich glaube, wir hatten Glück, dass wir es überhaupt noch auf diese Seite geschafft haben«, sagte Kurtz, als sie im Schritttempo über die Rampe auf das Festland fuhren.

»Das glaube ich auch. Hier legt vorläufig keine Fähre mehr ab.«

Die Auffahrt auf die A 3 verlief in konzentriertem Schweigen. Coray war gefordert, »Rambo« in der Spur zu halten. Der Wind hatte erneut Fahrt aufgenommen, war zu einem veritablen Sturm geworden, und Coray musste das Lenkrad mit beiden Händen festhalten. Sie atmeten auf, als sie endlich die A 3 erreicht hatten und geradeaus fahren konnten. Kurtz informierte Cathomas über den neuesten Stand. Diese hörte schweigend zu und schwieg noch eine ganze Weile, als Kurtz fertig berichtet hatte.

»Und schon haben wir einen weiteren Verdächtigen. Wie schätzen Sie beide die Lage ein?«

»Er ist unser Kronfavorit«, antwortete Kurtz mit einem Seitenblick zu Coray.

»Verstehe. Und wo sind Sie jetzt?«

»Wir passieren die Ausfahrt Richterswil auf der A 3, aber wir sind mitten in einem Schneesturm. Ich habe keine Ahnung, wann wir in Chur ankommen. Wenn ich aus dem Fenster schaue, hoffe ich, dass wir überhaupt durchkommen. Wir haben das Paar aus dem Kletterzentrum zur Vernehmung auf den Posten bestellt, werden es jedoch nicht schaffen.«

»Ich kümmere mich darum. Dann sehen wir uns in meinem Büro, sobald Sie da sind. Passen Sie auf sich auf, bei uns ist der Sturm übrigens noch nicht angekommen, erst prognostiziert. Ich fürchte, Sie bringen ihn mit nach Graubünden.«

Und weg war sie.

»Sie ist tatsächlich beunruhigt, unsere Chefin. Fragt sich nur, ob wegen uns oder wegen des Falls.«

»Ach Katja, du bist so eine Zynikerin. Natürlich wegen uns, ihrem besten, schlagkräftigsten, erfolgreichsten und sympathischsten Team. Sie liebt uns.«

Ob seiner höchst fraglichen Aussage musste Coray selbst prusten.

»Hör auf zu lachen. Konzentrier dich auf die Straße, man sieht ja kaum mehr, wo die überhaupt ist.«

Als Kurtz die Tafel für die Autobahnraststätte Glarnerland sah, drängte sie Coray abzufahren, um etwas zu essen zu kaufen. Als sie das Wort »essen« erwähnte, bemerkte Coray erst, wie hungrig er war. Seit dem Frühstück hatten sie nichts Richtiges mehr zwischen die Zähne gekriegt – das Gebäck im Hause Casale hatte ihnen höchstens den Magen verrückt gemacht. Unterdessen war es Nachmittag, und bis sie in Chur ankommen würden, konnte es dauern. Die Autofahrer wurden immer langsamer.

»Du hast recht, wir brauchen etwas zu futtern. Stell dir vor, wir stranden auf dieser Autobahn in einer Schneewehe, werden völlig zugeschneit und müssen im Wagen übernachten. Ohne Proviant würden wir das nicht überleben.«

»Jaja, mach du nur deine Witze. Fahr jetzt raus!«

Coray lenkte den Wagen weg von der Autobahn. Als sie im Schritttempo auf die Raststätte zufuhren, mussten sie feststellen, dass sie nicht die Einzigen waren, die diese Idee hatten. Es hatte fast mehr Autos als auf der Straße. Allerdings waren die meisten mehr gestrandet als geordnet parkiert. Die weißen Markierungen waren nicht mehr ersichtlich, die Autos standen kreuz und quer auf dem ganzen Gelände. Ein paar Fahrer sahen so aus, als seien sie mit letzter Kraft bis hierher gekommen und dächten nicht im Traum daran, diese sichere Insel bald wieder zu verlassen.

»Du steigst jetzt aus und holst das Essen. Ich fahre langsam herum, ich möchte hier nicht in diesem Tohuwabohu stecken bleiben.«

»Okay, ich beeile mich.«

Sie war so schnell aus dem Wagen, dass er ihre letzten Worte nur noch halb vom Sturm zerfetzt wahrnahm. Im Schneckentempo umfuhr er Autos, Leute und Angestellte, die versuchten, mit Schneeschaufeln dem Chaos Herr zu werden. Der Sturm war so rasch über die Region hereingebrochen, dass die Schneeräumungstruppen noch nicht bis zu der Raststätte vorgedrungen waren. Während er auf seine Kollegin wartete, schaute Coray dem Treiben zu. Eine Mutter rannte mit einem Baby auf dem Arm in das Gebäude hinein. Der Mann am Steuer hatte die Scheibe heruntergelassen und schrie ihr ärgerlich hinterher. Coray mutmaßte, dass sie es sicherer fand, mit dem Kind hier Unterschlupf zu suchen, als mit dem Auto weiterzufahren. So wie der Typ hinter dem Steuer die Hände verwarf, sah er das wohl anders. Er blieb im Auto hocken und schien zu überlegen, ob er weiterfahren sollte. Eigentlich war es ganz interessant, die Leute in einer Ausnahmesituation zu beobachten. Was würde passieren, wenn der Kerl tatsächlich einfach davonfahren würde? Eines war sicher: Würde Coray das tun, Emilia würde ihm die Hölle heißmachen.

Er war froh, dass Juri nicht bei ihm war. So musste er sich wenigstens um ihn keine Sorgen machen. Er hoffte, dass Emilia heute nicht irgendwohin in die Wildnis hatte fahren müssen, denn spätestens in einer Stunde würde der Sturm auch in der Surselva wüten. Während er noch darüber nachdachte, ob er ihr eine Nachricht schicken sollte, sah er einen Platz, wo er parkieren konnte, ohne Gefahr zu laufen, zugeparkt zu werden. Geschickt wand er sich um all die Hindernisse und stellte den Wagen ab. Er tippte eine kurze Botschaft und schickte sie an Emilia. Kurz darauf läutete sein Handy. Emilia.

»Du hast Glück, ich habe gerade Kaffeepause, bin eben von einem Hof oberhalb Vals zurückgekommen und brauche jetzt einen Aufwärmer.«

»Junge oder Mädchen?«, fragte Coray lachend, und Emilia stimmte in sein Gelächter ein. Denn wenn sie auf einen Hof musste, ging es tatsächlich oft um eine schwierige Geburt.

»Nein, heute liegst du falsch. Ich musste ein Pferd behandeln, das sich am Bein verletzt hatte. Nicht allzu schlimm.«

Coray hörte, wie sie das Getränk schlürfte.

»Du bist sicher wieder total durchgefroren, du Arme.«

»Tu jetzt nicht so, als ob du mich armen Gfrörli bemitleiden willst. Du willst ja nur wissen, ob es Juri gut geht.«

»Nein, also jetzt liegst *du* falsch – ich wollte wissen, wie es euch beiden geht. Dir und dem Baby. Und Juri natürlich auch.«

Er lauschte dem leisen Lachen von Emilia. Es tat gut zu wissen, dass sie ihn verstand. Sie wusste, dass er sich immer Sorgen machte. Um sie, um seine Eltern, um Juri, um seine Kollegen, um die Natur, um die Weltlage. Mit ihrer Schwangerschaft war noch eine große Sache dazugekommen, über die er sich Gedanken machen musste.

»Sei unbesorgt, es ist alles gut. Juri liegt in seinem Korb an der Rezeption und wird von den Girls nach Strich und Faden verwöhnt.«

Mit Girls meinte sie Eileen Toma und Franziska Cadruvi, die beiden jungen Frauen, die die Leute mit ihren Tieren empfingen, Termine machten, Medikamente ausgaben und auch mal Trost spendeten.

»Meinem Bauch geht es bestens, und ich kann jetzt in aller Ruhe meine vierbeinigen Patienten behandeln. Das Wartezimmer ist voll. Wir haben alle Hände voll zu tun.«

»Dann bin ich an allen Fronten beruhigt. Wie ist das Wetter?«

»Es fängt an zu schneien. Und zwar richtig. Es stürmt noch nicht, aber der Schnee kommt in großen Fetzen herunter.«

»Gut. Wir fahren jetzt weiter. Ich hoffe, dass wir gut durchkommen. Zurzeit sind wir bei der Raststätte vor dem

Walensee. Ich rufe dich an, wenn wir in Chur angekommen sind. Wir könnten heute Abend essen gehen.«

»Oh ja, so schön romantisch im Schneesturm. Wir gehen in die Pizzeria und lassen uns auf dem Heimweg ins Universum blasen.«

Coray musste bei der Vorstellung, wie sie samt Juri vor der Pizzeria in die Luft gehoben und über den Lag da Breil hinweggefegt würden, grinsen.

»Oh, da kommt Katja zurück. Voll beladen mit Fresspaketen. Also, wir fahren weiter, ich freue mich auf heute Abend.«

»Ciao, gute Heimfahrt.«

Kurtz wurde mit ihren Tüten fast ins Auto hineingeblasen – und mit ihr eine Ladung Schnee.

»Ich sage dir, das tut wie die Sau hier draußen, man könnte tatsächlich Angst bekommen.«

»Ha, du und Angst vor ein bisschen Schnee und Wind. Was hast du mitgebracht? Ich bin kurz vor dem Verhungern.«

Kurtz machte sich nicht die Mühe, die Tüten schön zu öffnen und die Sachen rauszuholen. Sie riss das Papier auseinander und leerte den Inhalt Coray in den Schoß. Da lagen nun Sandwiches, Früchte und Wasserflaschen durcheinander. Er studierte nicht lange, sondern griff zu einem Brot mit Bündnerfleisch, das er sich wie ein hungriger Wolf zwischen die Zähne packte. Auch Kurtz fiel über die Fressalien her, als hätte sie seit Tagen nichts mehr gegessen.

»Diese Alibi-Banane kannst du gerne haben«, sagte sie kauend, »ich hab grad keine Lust auf gesundes Futter, sondern auf Kohlehydrate, Fett und Zucker.«

Laut schmatzend biss sie in eine Laugenbretzel mit Butter.

»Wieso Zucker? Da hat es doch keinen Zucker drin.«

»Aber ich habe noch etwas mitgebracht, von dem ich weiß, dass du es liebst. Es ist süß, sieht ein bisschen aus wie ein Vogelnest und ist voller Puderzucker obendrauf.«

»Sag nur, du hast Glarner Pasteten mitgebracht.«

»Deine Augen werden ganz groß vor Glück.« Kurtz holte zwei kleine Pasteten hervor.

»Die wohl berühmteste Glarnerin.« Coray hielt triumphierend das fluffige Blätterteigteil in die Luft.

»Vergiss den Ziger nicht, der hat ebenfalls Kultstatus im Glarnerland.«

»Ja, aber ich mag die Pastete lieber, auf jeden Fall die mit Zwetschgenmasse drin. Wobei, die Mandelfüllung ist auch nicht schlecht.«

Nachdem sie sich die Bäuche gefüllt hatten, fuhren sie zurück auf die Autobahn – wo sich chaotische Szenen abspielten: Autos, die am Rand der Fahrbahn halb quer standen, Leute, die nicht wussten, ob sie im Wagen bleiben oder sich sonst wo in Sicherheit bringen sollten. Auf der normalen Fahrspur ging fast nichts mehr. Coray hatte auf die Überholspur gewechselt, wo sie langsam, aber stetig vorwärtskamen. Er betete, dass keiner sich jetzt quer stellen oder stecken bleiben würde. Als sie bei Weesen den Kerenzerbergtunnel erreichten, atmete er auf. Jetzt waren sie für fast sechs Kilometer in Sicherheit vor dem Sturm. Auch Kurtz streckte erleichtert die Beine von sich, die sie vor Anspannung fest an die Sitzpolster gepresst hatte.

Als sie am anderen Ende bei Murg langsam aus dem Stollen fuhren, hatte der Wind abgenommen. Geradeso, als müsste er tief Atem holen, bevor er erneut über die Welt herfallen konnte. Schnee fiel weiterhin in dicken Flocken vom bleigrauen Himmel. Angespannt spähte Coray durch die Windschutzscheibe. Er wollte so schnell wie möglich nach Chur ins Polizeigebäude kommen, um zusammen mit Kurtz und Cathomas das weitere Vorgehen zu besprechen. Und dann weiter nach Ilanz, Emilia und Juri abholen …

»Matti, pass auf!«

Während er mit seinen Gedanken abgeschweift war, hatte sich vor ihnen ein Stau gebildet, weil ein großer Wagen quer über beide Fahrbahnen stand.

»Da hast du deinen Idioten mit Sommerpneus«, sagte Coray und zeigte auf den VW-Bus, der gestrandet war. Er war wunderbar bemalt mit Surfbrettern, Sommervögeln und riesigen bunten Blumen.

»Ach herrje, wahrscheinlich Althippies auf dem Weg in den Süden. Ich gehe mal gucken. Bleib du im Auto, falls es wundersamerweise doch weitergehen sollte.«

Nach ein paar Minuten kam sie zurück und sagte, dass die jungen Leute im Auto von der Situation völlig überfordert seien. Coray und Kurtz beschlossen, ihnen Hilfe anzubieten, da es der einzige Weg war, die Fahrbahn wieder frei zu kriegen und weiterzufahren. Coray stieg aus, und zusammen eilten sie nach vorn. Aus den anderen Autos, die vor ihnen gezwungenermaßen zum Stillstand gekommen waren, stiegen ebenfalls Leute aus, um zu helfen. Coray warf einen Blick hinter sich und sah, dass gar nichts mehr ging. Unwillkürlich stellte sich ihm die Frage, wie hier im Notfall ein Rettungsfahrzeug durchkommen sollte. Auch ihr Polizeiauto hatte keine Chance. Es hätte nichts genutzt, das Blaulicht anzustellen. Sie waren in der Blechlawine gefangen wie alle anderen auch.

Den vier jungen Männern war es sichtlich peinlich, dass sie einen solchen Stau verursachten. Und noch peinlicher wurde es, als die Helfer feststellen mussten, dass der Bus tatsächlich mit Sommerpneus ausgestattet war.

»Seid ihr eigentlich noch zu retten, mit diesen Reifen bei diesen Bedingungen unterwegs zu sein?«, fragte eine robust aussehende Frau in einem leuchtend roten Arbeitsoverall. Sie sagte es nicht gerade nett. Coray hatte sie aus einem Lieferwagen mit Bündner Kennzeichen aussteigen sehen.

»Heizung, Klima, Lüftung«, hatte auf dem ebenfalls roten

Auto gestanden. Gut, dachte er, die Frau kann wenigstens zupacken.

Ein in Pelzmänteln steckendes Paar in mittlerem Alter trat zu den unglücklichen VW-Bus-Fahrern, und die Frau, die einen Schirm über sich aufgespannt hatte, begann sofort zu keifen. »Das ist verboten, mit diesen Pneus auf die Autobahn zu fahren. Man sollte euch alle verhaften, blödes Volk! Wegen euch stecken wir jetzt fest. Wir haben einen wichtigen Geschäftstermin. Wer bezahlt uns den Schaden, wenn wir nicht rechtzeitig dort sind und der Deal den Bach runtergeht, he? Ihr etwa? Wohl kaum, ihr Hungerleider. Nicht mal ein richtiges Auto könnt ihr kaufen. Ihr seid sicher solche woken Typen, die nicht mehr als zwei Tage in der Woche arbeiten können, weil sonst eure Work-Life-Balance nicht stimmt. Eines sage ich euch ...«

»So, jetzt reicht's aber«, griff Kurtz ein.

Sie war zu der Frau getreten und packte sie entschieden am Arm.

»Was fällt denn Ihnen ein?«, fragte die Frau und wollte sich losreißen. »Ich rufe die Polizei, die können dann hier mal aufräumen. Es ist ja nicht zu fassen.«

»Wir sind die Polizei«, sagte Coray lakonisch, zog seinen Ausweis hervor und hielt ihn der Dame vor die Nase.

»Und wieso tragen Sie dann keine Uniform?« Sie blickte verunsichert zu ihrem Mann.

Dem war das Ganze sichtlich peinlich, er hatte den Auftritt seiner Begleiterin gottergeben mitverfolgt, was vermuten ließ, dass dies nicht das erste Mal war, dass diese ausflippte.

»Weil wir von der Kriminalpolizei sind und nicht von der Verkehrspolizei.«

»Ja, aber was machen Sie denn hier? Wir brauchen doch jetzt einen richtigen Polizisten, der endlich für Ordnung sorgt. Man muss diese Typen samt ihrem lächerlichen Fahrzeug abschleppen. Wir müssen nämlich unbedingt –«

»Halt jetzt endlich die Klappe!«, schrie der Mann sie an.

»Sag mal, wie redest denn du mit mir?«, schrie sie zurück. Sie konnte es nicht fassen, dass ihr Einhalt geboten wurde.

»Wissen Sie was, Sie gehen jetzt zurück in Ihr warmes Auto und beruhigen sich. Ich will Sie hier draußen nicht mehr sehen. Sie behindern unsere Arbeit.« Damit wies Coray die beiden mit einer energischen Handbewegung in die Richtung, in der ihr Wagen stand. Die Frau überlegte sich einen Moment lang, ob sie der Aufforderung Folge leisten wolle. Sie holte wieder Luft für ein neues Lamento, doch ein Blick in das hochrote Gesicht ihres Mannes ließ sie verstummen. Wütend stakste sie davon.

»Entschuldigen Sie«, sagte der Mann, ohne Coray und Kurtz anzublicken, und stapfte eilig hinter ihr her. Kopfschüttelnd schauten sie ihnen nach.

Das Spektakel mitbekommen hatten auch mehrere Autofahrer, die helfen wollten. Mit den Händen in den Hosentaschen standen sie jetzt um den Bus und besprachen, wie man am besten vorgehen könnte. Es war klar, dass das Vehikel mit dieser Ausrüstung nicht weiterfahren konnte. Aber es musste weg von der Spur.

»Leute, wenn wir alle anpacken, können wir den Wagen auf den Pannenstreifen schieben«, sagte Coray in die Runde. »Von dort wird er abgeschleppt, sobald die Straßenverhältnisse das zulassen. Okay?«

»Und was wird aus uns?«, fragte einer der Businsassen betreten. Er hatte offensichtlich ein schlechtes Gewissen.

»Sie nehmen wir in unserem Wagen mit, bevor Sie hier draußen erfrieren. Wir bringen Sie auf den nächsten Polizeiposten, wo man Ihre Personalien aufnehmen wird. Allerdings müssen Sie mit einer Buße rechnen.«

»Aber es gibt gar keine Pflicht, Winterpneus montieren zu müssen«, wagte ein anderer zu sagen.

»Das gilt nur, solange nichts passiert«, schaltete Kurtz sich ein. »Ihr jedoch, ihr legt die ganze Autobahn lahm. Das gilt mindestens als grobe Verkehrsbehinderung. Aber das werden euch die Kollegen dann erklären. Ist nicht unser Fachgebiet. Sorry, Jungs – und jetzt los, packt mit an. Genug gelabert, niemand hat Lust, sich hier den Hintern abzufrieren.«

Gemeinsam legten die Männer Hand an und schoben den VW-Bus mühelos auf den Pannenstreifen. Das Ding rutschte einfach über den Schnee. Zehn Minuten später konnten alle wieder in ihre Autos steigen. Die vier durchgefrorenen Burschen drängten sich verlegen auf die Rückbank. Keiner traute sich, etwas zu sagen. Eigentlich sind die ja ganz sympathisch, dachte Coray, einfach ein bisschen doof. Kurtz erledigte die nötigen Telefonanrufe und wandte sich dann nach hinten.

»Also, euer Surfmobil wird abgeschleppt. Auf eure Kosten natürlich. Wir bringen euch jetzt auf den Stützpunkt in Mels, die werden euch weiterhelfen. Okay?«

Einhelliges Nicken. Schweigend setzten sie die Fahrt fort. Sie konnten nicht schneller als vierzig Kilometer fahren, immer wieder erblickten sie Fahrzeuge, die auf den Pannenstreifen gefahren waren, weil ihre Lenker sich von der Wettersituation überfordert sahen. Ihr »Rambo« suchte sich mühelos seinen Weg über die schneebedeckte Fahrbahn. Für Coray und Kurtz war nicht die Straße das Problem, sondern die unberechenbaren Fahrer, mit denen man ständig rechnen musste.

Als sie in Mels von der Autobahn abfuhren, dämmerte es schon leicht. Obwohl, so richtig Tag war es schon lange nicht mehr, bei diesem Schneefall. Sie luden die vier kurzerhand vor dem Posten aus, sahen zu, wie sie das Gebäude betraten, und fuhren erneut auf die A 3. Vorbei an den malerischen Dörfern der Bündner Herrschaft, die hinter dem dichten Schleier aus Schnee nicht auszumachen waren. Nicht einmal für das Windrad in Haldenstein hatte Coray jetzt einen Blick. Seine Aufmerksamkeit galt allein der Straße vor ihm. Auch

Kurtz saß schweigend und angespannt auf ihrem Sitz. Für die Strecke nach Chur, für die sie sonst keine halbe Stunde gebraucht hätten, brauchten sie fast das Doppelte der Zeit. Coray spürte, wie sich sein Nacken immer mehr verspannte. Erleichtert atmete er auf, als vor ihnen das Schild mit der Ausfahrt »Chur-Nord« auftauchte. Lesen konnte man die Buchstaben auf der großen Tafel erst, als sie ganz kurz davor waren, und die Twin Towers, die rund achtzig Meter über der Stadt aufragten, waren nicht einmal zu erahnen hinter dem wirbelnden Schneefall in der Dämmerung.

»Ich finde das eigentlich ganz spannend, diese Weltuntergangsstimmung«, sagte Kurtz in das Schweigen hinein.

»Was findest du daran spannend, wenn man Angst haben muss, irgendwo stecken zu bleiben und eingeschneit zu werden?«

»Ach komm, wir sind hier auf einer Schweizer Autobahn. Ich habe noch nie gehört, dass hier Autos unter dem Schnee begraben wurden.«

»Vielleicht gehören wir nun zu den Ersten, denen das passiert. Wir wären dann ...«

Das Klingeln von Corays Handy unterbrach seine Überlegungen. Die Nummer kam ihm vage bekannt vor, aber er hatte sie nicht gespeichert. Er drückte auf das Telefonsymbol an der Freisprechanlage.

»Matti, hier ist Eileen von der Tierarztpraxis«, sprudelte die Stimme los, bevor Coray auch nur seinen Namen hätte sagen können. »Hier stimmt etwas nicht. Da ist jemand, ich glaube, es ist ein Kunde, aber er hat keinen Hund dabei und ...«

»Eileen, ganz ruhig«, sagte Coray, der versuchte, seine Anspannung zu unterdrücken. »Erzähl der Reihe nach, was ist passiert?«

Coray und Kurtz hörten, wie die junge Frau tief Atem holte.

»Also, eben ist ein junger Mann hier in die Praxis gestürmt. Ich weiß, dass ich ihn kenne, aber mir fällt jetzt grad der Name nicht ein –«

»Wie sieht er aus?«, unterbrach Coray sie.

»Er hat rote Haare und einen roten Bart, und er ist ganz nass.«

ELF

Coray spürte, wie Panik ihn überfiel wie ein wütendes schwarzes Monster. Er glaubte, sein Herz würde stillstehen. Oder explodieren. Es war, als würde er in eiskaltem Wasser unter die Oberfläche gedrückt und auch noch der letzte Sauerstoff aus seinen Lungen gepresst. Er würde ersticken. Und gleichzeitig wusste er, dass nichts davon passieren würde, dass er sich jetzt zusammenreißen, seine Emotionen wegdrücken und funktionieren musste. Er schaute zu Kurtz, sah deren aufgerissene Augen, die Ungläubigkeit darin und nur einen Sekundenbruchteil später die Wut und die Entschlossenheit.

Coray war schon auf die Ausfahrt eingespurt, nun riss er das Steuer im letzten Moment herum, um auf der Autobahn zu bleiben. Einen Moment lang schien es, als wollte der »Rambo« ausbrechen, und Coray fragte sich bang, ob er die fahrtechnischen Grenzen des Wagens überschritten hatte. Ob sie gleich quer über die Fahrspur und dann in die Planken schlittern würden. Nein, das durfte nicht geschehen, sie mussten zu Emilia. Jetzt. Sofort. Verzweifelt versuchte er, wieder in die Spur zu kommen. Buchstäblich. Der Wagen schlingerte noch, ließ sich aber wieder führen und gehorchte schließlich dem Fahrer.

»Weiter, Eileen, weiter«, drängte Coray.

»Er sah furchtbar aus, als er reinkam. Pflotschnass und er hatte so einen wilden Blick. Er kam rein und ist direkt in das Behandlungszimmer von Emilia gestürmt. Sie hat gerade ein Kind mit seinem Hamster drin, und er hat einfach die Tür geöffnet und krachend wieder zugeschlagen ...«

»Und dann, Eileen, was ist dann passiert?« Coray erkannte seine eigene Stimme nicht.

Eileen schien zu überlegen, ob sie weiterreden sollte. »Dann hat das Kind geschrien.«

»Und jetzt, was hörst du?«

»Nichts mehr. Es ist totenstill.«

Corays Herz schlug wie wild, kurz fragte er sich, ob Kurtz es wohl hören konnte.

»Hast du schon die Polizei angerufen?«

»Nein, ich habe sofort deine Nummer gewählt. Kannst du kommen? Bitte! Wir haben solche Angst. Was sollen wir tun, wenn er wieder rauskommt? Wenn er auf uns losgeht? Sollen ...?«

Coray dachte einen Augenblick nach. »Wie viele Leute sind noch in der Praxis?«

»Von den Ärzten ist Emilia die einzige. Kurt und Curdin sind außerhalb auf Bauernhöfen im Einsatz.«

Kurt und Curdin – das hatte immer wieder Anlass zu Späßen gegeben. Heute war Coray weit weg davon, an die lustige Zufälligkeit der beiden Namen auch nur einen Gedanken zu verlieren. »Und Kunden?«

»Es war nur noch einer hier. Herr Rauner mit seinem Zwergspitz. Aber der ist nach dem Schrei des Kindes abgehauen. Hat seinen Hund unter die Jacke geschoben und ist ohne ein Wort gegangen. Es sah aus wie eine Flucht.«

Coray dachte, dass er es ihm nicht verübeln konnte. Es war die normale Reaktion eines Menschen, der Gefahr wittert.

»Und Zise ist auch noch hier, sie sitzt neben mir und versucht, Juri zu beruhigen. Der hat zwar geschnarcht, als dieser Typ hier hereingestürzt ist, aber als das Kind geschrien hat, ist er sofort aufgewacht. Jetzt hat er den Pelz gestellt und knurrt. Er will zu Emilia. Wir können ihn kaum mehr halten. Was sollen wir tun?«

Die Frage klang verzweifelt, sie mussten unbedingt Entspannung reinbringen, das Schlimmste wäre eine – wie auch immer geartete – Eskalation. Coray schaute zu Kurtz hinüber. Diese verstand und begann, mit beruhigender Stimme zu sprechen, während Coray den Wagen sicher von der Autobahn weg, über die Rheinbrücke Tamins Richtung Flims hinaufsteuerte. Hier war die Fahrbahn vor Kurzem von einem Schneepflug geräumt worden. Er fürchtete nur, dass der Pflug direkt vor ihnen sein könnte und sie hinter ihm hertuckern mussten. Seine Magennerven verknoteten sich, und er fuhr mit der Faust glättend darüber.

»Hör mir gut zu, Eileen, du und Franziska, ihr nehmt jetzt Juri und verlasst sofort das Gebäude. Ihr zieht euch eure Jacken über und geht. Jetzt.«

Einen Moment lang hörte man keinen Laut am anderen Ende der Leitung. Dann ein kurzes Getuschel. Und dann meldete sich Eileen wieder. »Zise und ich werden hier nicht rausgehen. Wir können Emilia nicht alleinlassen.«

»Doch, genau das werdet ihr tun. Ihr könnt Emilia im Moment nicht helfen. Es ist zu gefährlich für euch. Raus jetzt!«, befahl Kurtz.

Wieder war es einen Moment lang still.

»Nein, wir gehen nicht weg. Wir haben ja Juri als Beschützer hier. Und außerdem schneit es extrem stark, und das nächste Postauto kommt erst in einer halben Stunde. Ich war gerade frisch beim Coiffeur. Ich kann heute Abend nicht mit einer zerstörten Frise zu meinem Date. Ende.«

Damit unterbrach Eileen die Verbindung. Kurtz schüttelte entgeistert den Kopf. »Ich fass es nicht! Da stürmt ein Verrückter in die Praxis, und die Girls denken an ihre Haare.«

»Ruf bitte die Chefin an. Die soll einen Trupp hinschicken, vielleicht ist ja ein Einsatzteam in der Nähe, und sonst müssen die Kollegen vom Posten Ilanz anrücken. Sag ihr, sie sollen die Praxis umstellen. Sie sollen auf keinen Fall reingehen. Wir müssen zuerst schauen, was da überhaupt los ist.«

»Wie ist Casale hier raufgekommen? Was will der von Emilia? Matti, verdammt, was geht hier ab?«

»Merda, merda, ich bin so blöd«, sagte Coray, ohne den Blick von der Straße zu nehmen. »Wir sind davon ausgegangen, dass er mit seinem Bike oder auch einem Auto niemals weit kommen würde. Dass er in der Nähe Unterschlupf suchen würde. Warum ist uns nicht in den Sinn gekommen, dass der ja in dem Haus der Familie in Laax untertauchen könnte? Und weißt du was? Die Züge fahren ja noch. Der ist einfach auf den Bahnhof, hat den nächsten Zug genommen und hat es locker bis hier raufgeschafft, während wir glaubten, dass er demnächst von den Zürcher Kollegen geschnappt wird.«

»Nein, auf diesen Gedanken, dass der mit dem Zug hier hinauffährt, wäre ich auch nicht gekommen. Du bist nicht alleine blöd.«

»Aber was hat er vor in der Tierarztpraxis? Warum Emilia? Ich verstehe das nicht.«

Während Coray so schnell, wie es die Verhältnisse zuließen, Richtung Flims hinaufsteuerte, informierte Kurtz Annabelle Cathomas. Schweigend hörte diese zu.

»Damit dürfte klar sein, wer für die Morde beim Baumwipfelpfad verantwortlich ist. Warum sonst würde dieser Casale durchdrehen?«

»Ja, unterdessen gehen wir auch davon aus, dass er Fanny und Flora umgebracht hat. Wir wissen nur noch nicht, was genau passiert ist.«

»Lassen Sie mich einen Moment nachdenken.«

Coray stellte sich vor, wie Cathomas in Windeseile die Optionen, die sie hatten, im Kopf durchging. Er war froh, dass sie das Denken und Planen übernahm. Er war dazu momentan nicht in der Lage. Seine Gedanken wirbelten wie die Schneeflocken wild in seinem Kopf umher. Er wusste nur eines sicher: Er wollte so schnell wie möglich zu Emilia und sie dort rausholen. Weg von diesem durchgeknallten Goldküstenbubi, das wohl nie gelernt hatte, Verantwortung für sein Handeln zu übernehmen. Dem seine Eltern immer die Schwierigkeiten aus dem Weg geräumt und ihm seine Wünsche erfüllt hatten. Und damit ein Monster herangezogen hatten. Coray knirschte vor ohnmächtiger Wut mit den Zähnen, als er daran dachte, was der Kerl gerade Emilia und dem Kind mit seinem Hamster antun mochte.

»Wir brauchen eine Spezialeinheit für diesen Job«, unterbrach Cathomas seine Gedanken. »Polizisten mit geeigneter Ausrüstung und einen Psychologen, der sich in die wirren Gedankengänge dieses Typs einlesen kann. Ist Casale bewaffnet?«

»Das wissen wir nicht«, antwortete Kurtz. »Er ist in Küsnacht aus dem Haus gestürmt, und nur einen Moment später habe ich seine Maschine aufheulen gehört. Ich würde mal sagen, er hat sich höchstens seine Jacke im Vorbeilaufen geschnappt. Wahrscheinlich war dort auch Geld drin, denn irgendwie muss er das Bahnbillett bezahlt haben. Das Handy haben die Zürcher Kollegen im Haus geortet.«

»Könnte es nicht sein, dass er bei einem seiner Kumpels vorbeigefahren ist, der ihn mit einer Waffe versorgt hat? Er scheint ja illustre Freunde zu haben.«

Kurtz schaute zu Coray, der nur mit den Achseln zuckte, ohne seinen Blick von der Straße zu wenden.

»Wir wissen es nicht. Verdammt, wir wissen es einfach nicht. Eileen, also die Praxisassistentin in der Tierklinik, hat nichts von einer Waffe gesagt. Also hat Casale keine dabei, oder er hat sie in der Tasche. Eileen hätte es sicher erwähnt, wenn er eine Pistole oder ein Messer mit sich getragen hätte.«

»Gut, wir müssen also davon ausgehen, dass er bewaffnet sein könnte. Ich organisiere jetzt das Einsatzteam. Und bis dieses in der Praxis ankommt, gehen Sie beide nicht alleine rein. Das ist ein Befehl – haben Sie mich verstanden? Sie gehen da auf keinen Fall rein. Die Gründe muss ich Ihnen nicht aufzählen. Ich verlasse mich auf Sie.«

Und weg war sie.

»Was glaubst du, wie lange das Team hat, um bei diesem Wetter nach Ilanz in die Tierarztpraxis zu fahren?«, fragte Coray.

»Auf jeden Fall zu lange.«

»Ganz genau. Wir können ja schon froh sein, wenn wir es schaffen.«

»Matti, sei nicht so pessimistisch. Natürlich schaffen wir das. Schau, da vorne ist bereits der Eingang zum Tunnel.«

Wieder wurde ihnen der Crap da Flem zur Zuflucht. Endlich konnte Coray aufs Gaspedal treten. Wie ein Geschoss donnerte das Gefährt über den Asphalt. Nach wenigen Minuten mussten sie aus der geschützten Zone wieder hinaus in den Schneesturm. Verbissen hielt Coray das Steuer fest und glitt in gemäßigtem Tempo in die unterdessen dunkle Hölle hinaus. Sie mussten fast im Schritttempo fahren, die Welt bestand nur noch aus weißen Wirbeln und Strudeln, die durch die Nacht fegten. Plötzlich traf der Wind sie von vorn und attackierte brüllend das Auto. Erschrocken packte Coray das Steuer noch fester. Er war einiges an Unwettern in den Bergen gewohnt, aber dieser Sturm hatte eine andere Dimension. Die Gegend erschien Coray unwirklich, als wären sie auf einem fernen Stern gelandet, als wäre er nicht schon Hunderte Male diese Strecke gefahren. Die vertrauten Häuser in Laax wirkten fremd und abweisend. Ihn fröstelte. Er fühlte sich seltsam entrückt, so als schaute er sich von außen zu. Jetzt reiß dich zusammen, du spinnst ja komplett, sagte er zu sich selbst und zog langsam die Schultern hoch. Dann ließ er sie fallen und atmete tief aus. Er musste all seine Kräfte bündeln, die physischen wie auch die psychischen. Für Emilia. Die Angst um sie, die ihn drohte in einen Strudel zu reißen, würde ihn für überlegtes Handeln unfähig machen. Doch genau das würde über den Ausgang dieses Dramas entscheiden: präzise Denkarbeit. Sie mussten überlegen, analysieren, einen Plan ausarbeiten. Er würde nicht zulassen, dass Panik ihn übermannte. Er hatte eine Aufgabe zu lösen. Vielleicht die wichtigste seines Lebens. Diese Gewissheit verlieh ihm die Kraft, sich auf seine Stärke zu besinnen. Seine Besonnenheit.

Er verbannte die Angst entschlossen aus seinem Kopf und spürte, wie Ruhe ihn überkam. Es war nicht das erste Mal, dass er in einer schier ausweglosen Situation war. Aber das erste Mal, dass Emilia in Lebensgefahr ist, wisperte eine bösartige Stimme in seinem Kopf. Und sie ist gerade besonders verletzlich. Glaubst du wirklich, dass du sie retten kannst? Kategorisch vertrieb er das Gewisper. Und gestattete sich keine Emotionen mehr.

»Gleich haben wir es geschafft«, sagte Kurtz, und er hörte in ihrer Stimme, dass sie selbst unter Druck stand. »Da ist schon das Ortsschild von Schluein. Nur noch ein paar Minuten.«

»Emilia ist schwanger«, stieß Coray hervor.

»WAS?«

Mit weit aufgerissenen Augen schaute Kurtz zu Coray, schluckte aber nur leer. Diese Information musste erst einmal verdaut werden.

»Zwölfte Woche. Wir wollten es erst sagen, wenn sie im vierten Monat schwanger ist. Du weißt schon. Die Wahrscheinlichkeit, das Kind zu verlieren, liegt in den ersten drei Monaten bei zehn bis zwanzig Prozent.«

»Nein, das wusste ich selbstverständlich nicht. Wieso zum Teufel sollte ich so etwas wissen?«

»Entschuldige, ich rede Unsinn. Ich bin außer mir vor Sorge. Um Emilia und unser Baby.«

Kurtz hatte sich von ihrer Überraschung erholt. Sie funktionierte wieder wie eine Polizistin.

»Ich verstehe. Das macht die Sache jetzt nicht gerade einfacher. Wir brauchen dringend einen Plan – und wir haben so gar keine Zeit.«

»Du denkst also auch nicht daran, vor der Tür zu warten, bis das Einsatzkommando hier ist?«

»Matti, du kennst mich. Wie kannst du bloß so einen Blödsinn fragen?« Sie sah ihn an und fasste ihn kurz am Arm. »Keine Angst, wir holen Emilia da raus. Und Juri und alle anderen, die noch dadrin sind.«

Als sie vor dem Gebäude ankamen, blieben sie einen Moment sitzen und betrachteten die Tierarztpraxis, die ebenerdig in einem Industriegebiet lag. Darüber war ein Tattoostudio einquartiert. Die Räume waren zum Teil erleuchtet, und das warme Licht schien tröstlich in die stürmische Nacht hinaus. Nichts deutete darauf hin, dass sich im Innern gerade ein Drama abspielte. Ohne zu reden, griffen sich die beiden die schusssicheren Westen aus dem hinteren Teil des Wagens und zogen sie sich etwas umständlich an. Normalerweise taten sie dies nicht im Auto, doch der Sturm würde sie im Freien zu stark behindern. Dann kontrollierten sie ihre Waffen.

Als sie ausstiegen, hatten sie Mühe, die Türen zu öffnen, der Wind drückte so entschlossen dagegen, als ob er verhindern wollte, dass sie die Sicherheit des Wagens verließen. Schließlich schafften sie es in die Dunkelheit hinaus und näherten sich gebückt den Fenstern gleich beim Eingang. Sie gehörten zum Empfangsraum mit der langen Rezeptionstheke, den Sitzgelegenheiten für die Tierhalter und einem Gestell mit Diätfutter und Spielzeug für Hunde und Katzen. Der Wartebereich war durch ein Aquarium unterteilt, sodass Besitzer von aufgeregten Hunden eine kleine Ecke für sich hatten, wo sie ihre Schützlinge beruhigen konnten. Wie oft war Coray den kleinen bunten Fischen bei ihren

Streifzügen durch die imitierte Unterwasserwelt gefolgt, wenn er auf Emilia warten musste. Hatte sich gefragt, was in diesen Tieren wohl vorgehen mochte, wenn sie auf ihren immer gleichen Routen unterwegs waren. Ob sie es überhaupt realisierten? Oder waren sie mit ihrem kleinen Universum zufrieden – Hauptsache, das Futter wurde regelmäßig geliefert?

»Diese zwei Girls hocken tatsächlich noch auf ihren Stühlen«, sagte Kurtz kopfschüttelnd, nachdem sie durch eines der Fenster gelinst hatte. »Ob die überhaupt wissen, in welcher Gefahr sie sich befinden?«

Coray hob ebenfalls seinen Kopf so weit über den Sims hinaus, dass er durch die Scheibe sehen konnte, wie Eileen und Franziska unruhig auf ihren Drehstühlen hinter dem Tresen herumruckelten. Immer wieder gingen ihre Blicke zum Behandlungsraum von Emilia. Juri hatten sie mit seiner Leine an einen Pfosten hinter der Rezeption angebunden. Er stand bocksteif, mit gesträubten Nackenhaaren und aufmerksam nach oben gewölbten Ohren da. Sein Ausdruck verriet höchste Konzentration. Er bellte nicht und schien auch nicht zu knurren. Er hatte begriffen, dass er im Moment nicht eingreifen konnte, doch die leicht zitternden Hinterbeine verrieten seine Anspannung. Als hätte er etwas durch das Tosen des Sturms gehört, drehte er seinen Kopf und schien Coray und Kurtz draußen in der Dunkelheit direkt anzuschauen. Corays Herz setzte einen Schlag lang aus, als er Juri so sah, er wusste, dass der Hund ihre Anwesenheit spürte. Er nahm ein Drängen in sich wahr, sie hatten keine Zeit, über Taktiken nachzudenken. Sie mussten da rein. Sofort. Er wusste es. Als er den Mund öffnete, um sich mit Kurtz abzusprechen, kam sie ihm zuvor. »Wir brauchen keinen Plan«, sagte sie entschlossen, und Coray fragte sich wieder einmal, ob sie seine Gedanken zu lesen vermochte. Manchmal auf jeden Fall.

»Okay, wir gehen rein.«

Beinahe synchron griffen sie zu ihren Waffen.

»Bereit?« Coray schaute Kurtz durchdringend an.

»Alles klar, lass uns den Mistkerl außer Betrieb setzen.«

Leise öffneten sie die Praxistür. So leise es eben ging. Mit den Pistolen im Anschlag traten sie in den Raum. Und mit ihnen fegte ein ganzer Schwall Schnee und eisige Luft in den Raum. Die erschrockenen Gesichter der Praxisassistentinnen wandten sich ihnen zu. Zwei Augenpaare, die verblüfft blickten. Die Polizisten bedeuteten ihnen mit dem Zeigefinger auf den Lippen ruhig zu sein. Sie nickten eifrig, allzu sehr standen sie nicht unter Schock. Juri schien zu spüren, dass auch er keinen Laut von sich geben durfte. Coray konnte jedoch sehen, welchen Effort es seinen Vierbeiner kostete, nicht vor Begeisterung loszubellen. Vor allem, da er merkte, dass etwas ganz und gar nicht in Ordnung war. Ein Blick von Coray hatte genügt, dass er stillhielt.

Langsam schoben Coray und Kurtz sich in den Raum hinein, prüften nach links und rechts, ob irgendwo etwas Unerwartetes – oder jemand Unerwarteter – im Versteckten lauerte. Sie verstanden sich blind, und sie vertrauten sich blind. Kein Laut war zu hören. Nur aus dem Behandlungszimmer von Emilia war gedämpftes Gemurmel zu hören. Schließlich kamen sie bei Eileen und Franziska an der Rezeption an. Die beiden starrten immer noch zu ihnen und getrauten sich kaum zu atmen. Aber Coray sah nicht nur Angst in den Augen der Frauen, er nahm auch eine gewisse Aufregung wahr. Das würde etwas zum Erzählen auf den Social-Media-Plattformen geben. Es wunderte ihn, dass sie nicht ihre Handys gezückt hatten und das Geschehen aufnahmen.

»Wer ist alles noch in der Praxis?«, flüsterte Coray Eileen zu.

»Bei Emilia im Raum ist noch der kleine Max mit seinem Hamster und dieser Freak. Ansonsten ist niemand mehr hier.«

»Gut, jetzt geht ihr beiden, du und Franziska, zur Garderobe, nehmt eure Mäntel und geht sofort raus aus dem Gebäude.«

»Aber wir können doch nicht ...«

»Keine Widerrede, wir haben keine Zeit für Diskussionen. Ihr haut jetzt ab und hockt euch in unser Auto. Dort bleibt ihr. Verstanden?«

Der leise, aber unmissverständliche Ton ließ keinen Zweifel daran, wie ernst er es meinte. Die zwei Frauen nickten und standen von den Stühlen auf.

»Los, nun macht schon!«, zischte Kurtz und machte eine entsprechende Geste.

Jetzt kam Bewegung in die Freundinnen. Vielleicht wurde ihnen auch nur bewusst, dass das kein YouTube-Filmchen war, sondern die Realität. Eine Realität, die gefährlich werden konnte – auch für sie. Hastig eilten sie zu ihren Winterjacken, nahmen sie vom Haken und wandten sich der Tür zu. Eileen drehte noch einmal den Kopf, sah Juri an und schien etwas sagen zu wollen.

»Raus!«, zischte Kurtz.

Ihr Blick sprach Bände. Es ist höchste Zeit, den Rückzug anzutreten, sagte dieser Blick, sonst werde ich rabiat. Ohne auch nur noch einmal einen Blick zurückzuwerfen, traten die Frauen in die Nacht hinaus. Coray sah ihnen nach, bis er sicher sein konnte, dass sie zum Auto gingen und sich nicht doch noch zu irgendwelchen Aktionen hinreißen ließen. Gerade als er seinen Blick wieder abwenden wollte, nahm er eine Bewegung hinter dem Auto wahr. Er erstarrte. War da noch jemand, waren das mehrere Täter? Was zum Teufel war hier los? Kurtz, die bemerkt hatte, dass bei ihm etwas nicht stimmte, folgte seinem Blick. Ein Mann trat hinter dem Wagen hervor. Das Licht, das aus den Fenstern nach draußen fiel, reichte kaum aus, die Szenerie zu beobachten. Coray stieß erleichtert die Luft aus.

»Das ist Gion, einer der Kollegen aus Ilanz«, raunte er Kurtz zu.

Sie sahen, wie Gion die beiden Frauen packte und hinter das Fahrzeug zog. Jetzt waren auch andere Kollegen schemenhaft zu erkennen. Die Polizisten aus Ilanz waren vor Ort. Die Kavallerie aus Chur würde wohl noch etwas Zeit brauchen, sich durch Schnee und Wind zu kämpfen. Mit Handzeichen bedeutete Coray den Männern, sich vom Gebäude fernzuhalten, es jedoch so abzusichern, dass niemand daraus entkommen konnte. Dann wandte er sich Kurtz zu. Gemeinsam horchten sie in die Stille der Praxis. Es war kein Ton zu vernehmen. Was hatte das zu bedeuten? Vorher hatten sie doch noch leise Stimmen durch die Tür gehört. Oder?

Coray wurde unvermittelt von einem Bild überflutet, wie Emilia am Boden lag, getötet von diesem Wahnsinnigen, der sich dann selbst das Leben genommen hatte. Nur Max und der Hamster hatten überlebt und hockten starr und stumm in einer Ecke. Sein Herz hämmerte schmerzhaft gegen das Brustbein, er hatte Mühe, genug Luft zu bekommen. Unwillig schüttelte er die grausige Vision ab, er konnte jetzt nicht durchdrehen. Der Gedanke, dass Emilia ihn brauchte, gab ihm Kraft, die lähmenden Bilder zu verbannen. Tief atmete er durch und spürte, wie seine Gedanken wieder ruhig und fokussiert wurden, wie das Herz wieder zu seinem Rhythmus zurückfand. Sie mussten herausfinden, was dort drinnen vor sich ging. Er blickte Kurtz an, die ihm mit einem Nicken Richtung Tür zu verstehen gab, dass sie zum gleichen Schluss gekommen war: Die Zeit drängte, sie konnten sich nicht noch länger mit Spekulationen aufhalten. Mit ihren Pistolen in den Händen positionierten sie sich links und rechts von der Tür, welche in den Behandlungsraum führte. Ein Blick zu Juri zeigte Coray, dass dieser unter enormer Anspannung stand. Er verstand nicht, warum er angebunden sein musste, aber Coray befürchtete, dass der Vierbeiner sofort gegen die Tür springen würde, wenn er ihn losließ.

»Sorry, Großer, ist im Moment besser so«, flüsterte er seinem Hund zu.

Dann wandte er sich wieder der geschlossenen Tür zu.

»Herr Casale, können wir miteinander reden?«, fragte er und war froh darüber, dass seine Stimme ruhig und bestimmt klang.

»Aber sicher können wir reden«, kam es zurück. »Dazu sind wir doch alle hier, nicht wahr?«

Ein leises Kichern ertönte. Ein Kichern, das Coray gar nicht gefiel. Da war nicht nur Angespanntheit drin, da waren auch Hysterie und Überforderung herauszuhören.

»Wie geht es Emilia?«

»Der geht es super, sie ist schließlich meine Tierärztin. Sie hat mir geholfen mit Lucy, und jetzt wird sie mir helfen. Ich passe gut auf sie auf.«

»Es geht mir gut, Matti«, rief Emilia.

Nur wer sie sehr gut kannte, konnte das leise Vibrieren in ihrer Stimme hören.

»Herr Casale, was wollen Sie von uns?«, fragte Kurtz nach einem kurzen Seitenblick zu ihrem Kollegen.

»Na, genau das, was ich gesagt habe: dass die Tierärztin mir hilft.«

»Und wie genau soll sie Ihnen helfen?«

»Sie wird dafür sorgen, dass ich hier heil herauskomme. Das ist schließlich ihr Job.«

Verblüfft schauten sich Coray und Kurtz an. Warum sollte das Emilias Job sein? Was ging im Gehirn dieses jungen Mannes vor?

»Der spinnt doch total«, flüsterte Kurtz ihm zu.

»Kapieren Sie es nicht?«, kam es von drinnen. »Sie muss das tun. Sie tut doch den ganzen Tag nichts anderes, als zu helfen. Und heute, jetzt, wird sie mir helfen. Sie kann gar nicht anders.«

Coray glaubte langsam zu verstehen, was in diesem Kopf vor sich ging. Als Casale begriffen hatte, dass er als Hauptverdächtiger galt, war er panikartig aus der Küsnachter Villa gebraust. Er wusste, dass er aus dieser Nummer nicht mehr rauskam. Ebenso wie er wusste, dass keiner seiner Kumpels ihm helfen würde. So weit ging deren Freundschaft nicht. Und von seinen Eltern hatte er höchstens Hilfe in Gestalt eines teuren Anwalts zu erwarten. Was eindeutig die beste Alternative gewesen wäre, dachte Coray. Doch Casale war nicht mehr in der Lage, rational zu denken. Kopflos war er in den erstbesten Zug Richtung Surselva gestiegen. War einfach seinem Instinkt gefolgt. Vielleicht bedeuteten die Berge für ihn einen Rückzugsort, vielleicht hoffte er, dass sie ihn beschützen würden. Dass ihm dort niemand etwas anhaben konnte.

In seiner Lage mussten ihm tausend Gedanken durch den Kopf gerast sein. Er brauchte unbedingt eine Zuflucht. Das Haus seiner Familie in Laax kam nicht in Frage. Da würde die Polizei als Erstes auftauchen. Er brauchte aber nicht nur einen sicheren Ort – er brauchte Zuspruch, Trost, Mut. Er wollte hören, dass alles gut kommen würde. Und da hatte er die fatale Eingebung, dass die Tierärztin in Ilanz die richtige Person war. So oft war er in Sorge um seinen Hund bei ihr aufgetaucht, und immer war alles danach wieder okay gewesen. Sie hatte dafür gesorgt, dass es Lucy – und damit auch ihm – wieder gut ging. Hatte ihm mit ihrer warmen Stimme versichert, dass es nichts Schlimmes war, dass er sich keine Sorgen zu machen brauchte. Diese Frau bedeutete für ihn Sicherheit und Geborgenheit. Vielleicht war er ja auch auf eine schräge Art verknallt in sie. Ein bisschen konnte Coray ihn sogar verstehen.

»Herr Casale, wie soll Ihnen Emilia denn helfen können? Wie soll irgendwer Ihnen jetzt noch helfen können, nachdem wir wissen, dass Sie der Mörder von Fanny und Flora sind.«

Coray bluffte. Noch hatte Casale nichts dergleichen gesagt, war nur ausgetickt, als er erkennen musste, dass Flora ihn vorgeführt hatte.

»Was hätte ich denn tun sollen, he? Mit diesem blöden Trampel und einem Kinderwagen an der Goldküste spazieren gehen? So hat sie sich das nämlich vorgestellt. Unsere Liebe reiche für drei, hat sie gesagt und lauter solche blöden Sprüche. Flora, die gute Flo, die keine Ahnung vom Leben hat, die mir vorlaberte, dass ich ihre große Liebe sei und dass sie wisse, dass es für mich genauso sei. Die hat nicht mitgekriegt, dass ihr Stern schon wieder am Sinken war bei mir. Die hat einfach gekrallt, und ich wusste, dass ich sie nicht so einfach wieder loswerden würde. Und dann hat sie mich angerufen und mir das mit diesem Scheißbaby erzählt!«

Aus dem Zimmer ertönten ein frustrierter Ausruf und ein lautes Krachen, so als wäre ein Stuhl an die Wand geworfen worden. Dann hörte man Emilia mit besänftigender Stimme reden. Was sie sagte, konnten Coray und Kurtz vor der Tür nicht verstehen.

»Und dieses Baby wollten Sie auf keinen Fall«, schaltete Kurtz sich ein.

»Nein, natürlich nicht. Und die Scheiß-Flo wollte ich auch nicht mehr. Aber wie sollte ich die loswerden? Die war ja total besessen von unserer *Liebe*. Ließ nicht mit sich reden.«

»Und dann sind Sie wütend geworden«, sagte Kurtz.

»Ja, die hat mich völlig verrückt gemacht. Ich wollte sie

einfach nur noch aus meinem Leben weghaben. Sie hätte mir alles zerstört.«

»Und wann sind Sie auf die Idee gekommen, sie vom Baumwipfelpfad zu stürzen?«

»Als wir dort oben standen. Wir hatten uns nicht zum ersten Mal an diesem Ort verabredet. Sie fand das so unglaublich romantisch. Vor allem wenn es schneite wie blöd. Und der Kitzel beim Überwinden des Zauns. Ich sag ja, die war verrückt.«

»Und dann stand sie vor Ihnen, und Sie wussten plötzlich, wie Sie das Problem lösen konnten.«

»Ich wollte das nicht. Ich habe überhaupt nicht an so etwas gedacht. Ich wollte sie doch nur zur Vernunft bringen. Aber sie hat auf mich eingeredet, hat mich beschworen, hat mich bedrängt … Plötzlich ist es in meinem Kopf ganz weiß geworden. Ich hatte nur noch den einen Gedanken: Flo muss weg. Sofort. Ich ertrage das nicht mehr. Es hat richtig geblitzt in meinem Kopf.«

»Und dann haben Sie Flora gepackt und über die Brüstung geworfen.«

»Ja, es war ganz einfach, sie hat sich gar nicht gewehrt, hat mich nur komisch angestarrt. Und dann war sie auch schon weg. Verschwunden, einfach so. Ohne einen Ton von sich zu geben.«

Am Schluss war seine Stimme leiser geworden, Coray und Kurtz konnten ihn kaum noch verstehen.

»Doch dann ist etwas schiefgelaufen, nicht wahr? Fanny ist unvermittelt aufgetaucht und hat Ihre Pläne durchkreuzt.« Coray hatte extra laut gesprochen, damit Casale ebenfalls seine Stimme heben würde.

»Dieses blöde Miststück hat auf einmal hinter mir geschrien und ist auf mich losgegangen. Ich habe keine Ahnung, warum die ebenfalls dort war. Sie muss Flo gefolgt sein, oder die hatten das so abgemacht. Ja, genau, die wollten mich gemeinsam bearbeiten, mich in die Zange nehmen, mir ihren Willen aufzwingen. Aber nicht mit mir! Noch nie hat jemand über Thierry Casale bestimmt. Noch nie!«

»Sie haben Fanny ebenfalls über die Brüstung geworfen.«

»Ja, was hätte ich denn sonst tun sollen? Gopferdammisiech! Sie hat auf mich eingeschlagen, diese verrückte Hexe, ich musste sie an den Handgelenken festhalten. Und dann habe ich sie hochgehoben, so wie vorher Flo. Sie war leicht wie eine Feder, dabei sah sie in ihrer dicken Jacke gar nicht grazil aus. Als würde ein Michelin-Männchen durch die Luft fliegen.«

Wieder dieses Kichern. Coray spürte, dass die Zeit knapp wurde. Der Typ würde durchdrehen. Sie mussten rein. Er wusste noch nicht, wie. War die Tür überhaupt abgeschlossen? Davon mussten sie ausgehen.

»Herr Casale, wie soll Emilia Ihnen konkret helfen?«

»Sie kommt mit mir. Sie soll bei mir sein, wenn ich mit dem Hubschrauber davonfliege. Und den werden Sie uns besorgen.«

Coray und Kurtz wechselten einen Blick. Der Typ tickte nicht mehr richtig.

»Wie soll bei diesem Wetter ein Helikopter auch nur starten können? Das ist doch verrückt!«

»Oh, der Sturm geht vorbei. So lange warten wir hier. Ist doch gemütlich. Nicht wahr, Emilia, ist doch gemütlich mit uns und diesem Jungen und dem Hamster hier.« Diesmal hatte sein Kichern etwas Drohendes.

»Lassen wir doch Max gehen, seine Eltern warten bestimmt mit dem Znacht auf ihn«, hörten sie Emilia mit lauter Stimme sagen.

»Nein, der bleibt hier.«

Das kam so entschieden, dass Emilia keinen Einwand mehr einbrachte.

Coray und Kurtz blickten sich an. Sie waren sich einig.

Sie mussten in diesen Raum, bevor das Ganze eskalierte. Casale war nicht weit von dem Punkt entfernt, wo er nur noch blind um sich schlagen würde. Seine Ratio kam ihm zusehends abhanden. Coray zeigte seiner Kollegin mit Gesten, dass er sich gegen die Tür werfen würde.

Ein letzter Blick in entschlossene Augen, ein leichtes Nicken, und Coray trat ein paar Schritte von der Tür zurück. Mit einem gewaltigen Satz warf er sich gegen die Tür, die krachend aufsprang. Er hörte das Splittern des Rahmens und Juris verzweifeltes Bellen, dann war auch schon Kurtz hinter ihm, die Waffe im Anschlag. In einem Sekundenbruchteil erfassten sie das Szenario – und erstarrten. Die Pistolen würden ihnen nichts nützen, denn ihr Einsatz wäre für Emilia lebensgefährlich. Casale stand hinter ihr, hatte einen Arm um sie geschlungen und griff sich mit der anderen Hand ein Skalpell, das auf einem kleinen Wagen mit Instrumenten gelegen hatte. Aus den Augenwinkeln sah Coray den kleinen Max in einer Ecke am Boden sitzen, den Hamsterkäfig hatte er schützend mit seinen Armen umfasst.

Und dann ging es wahnsinnig schnell. Wie ein schwarzer Schatten preschte Juri durch die Tür, er musste sich losgerissen haben. Ohne auch nur einen Moment innezuhalten, setzte er zum Sprung an.

»Nein, Juri, nein!«, schrie Coray, der sah, wie Casale das Skalpell Richtung Hund schwenkte.

Doch für Juri gab es kein Halten, er flog auf Casale zu. Der hob das Instrument – und dann zögerte er. Er zögerte, weil er Hunde liebte, weil er an seine Lucy dachte, weil er einem Hund nicht eine tödliche Klinge in den Körper rammen konnte. Es war nur ein Sekundenbruchteil, in dem er verharrte, doch dieser genügte Coray und Kurtz, sich ebenfalls auf Casale zu werfen.

Es war ein Chaos, alle waren zu Boden gegangen, es war ein Gerangel aus Armen und Beinen, und Coray spürte, wie ihn ein Ellbogen schmerzhaft am Auge traf. Einen Moment lang sah er nur noch Sterne. Emilia war ebenfalls gestürzt, war jedoch sofort Richtung Max gerobbt, um ihn mit ihrem Körper zu schützen. Thierry Casale versuchte zwar alles, um sich zu befreien, hatte jedoch keine Chance. Kurtz hatte Juri am Halsband gepackt, von Casale weggerissen und ihn angeschrien. Einen Moment lang hatte es tatsächlich so ausgesehen, als ob der Hund dem Mörder an die Kehle gehen würde. Coray wusste, dass Juri niemanden ernsthaft verletzen würde. Trotzdem war er erleichtert, als er sich gehorsam ein paar Schritte vom Geschehen entfernte. Coray und Kurtz schafften es mit wenigen eingeübten Griffen, den jungen Mann auf den Bauch zu drehen und ihm die Hände mit Kabelbindern zu fesseln. Er hatte jede Gegenwehr aufgegeben, verzweifeltes Weinen drang aus seinem verzerrten Mund und Rotz aus der Nase. Er gab ein klägliches Bild ab, das nicht mehr viel mit den Fotos von ihm in den Illustrierten zu tun hatte.

Emilia blieb mit Max in der Ecke sitzen und sprach leise auf ihn ein. Langsam wich der Schreck aus dessen Augen. Coray hätte seine Liebste so gern in seine Arme genommen und sich versichert, dass es ihr gut ging, dass alles okay war, aber sie signalisierte ihm mit leisem Kopfschütteln, dass er sie mit Max noch ein wenig allein lassen sollte. Unterdessen waren die Ilanzer Polizisten ebenfalls im Zimmer, sie hatten beim Krachen der Tür beschlossen, entgegen der Abmachung sofort einzugreifen. Der kleine Behandlungsraum war voller Leute.

»Nehmt den mit«, sagte Kurtz zu Gion, und die Beamten packten Casale, stellten ihn nicht eben sanft auf die Beine und verließen mit ihm den Ort des Geschehens. Die Ruhe kam ihnen nach dem Chaos seltsam vor. War alles wirklich vorbei?

»Und jetzt machst du meinen Hamster gesund«, sagte

Max in die Stille hinein. Verblüfft schauten die Erwachsenen den Jungen an. Von ihnen allen hatte er am schnellsten zurück in die Realität gefunden. Sie mussten lächeln ob der Dringlichkeit, mit der er die Tierärztin anschaute.

»Okay, dann lass uns ins andere Behandlungszimmer gehen, und ich schau ihn mir an. Aber ich glaube, es ist nichts Schlimmes. Schau, wie er munter seine Äuglein putzt.«

Sie stand auf, nahm Max bei der Hand und verließ den Raum, jedoch nicht, ohne Coray einen aufmunternden Blick zuzuwerfen.

Max hatte die Geschichte offenbar gut überstanden – und Emilia auch. Coray war unendlich erleichtert, dankbar und glücklich, dass niemand ernsthaft verletzt war. Sein Auge fühlte sich zwar an, als schwölle es bereits zu, aber das war nichts zu den Verletzungen, die sie bei ihrem letzten Fall erlitten hatten. Gar nichts. Er blickte zu Kurtz, die ihn von der Seite angrinste.

»Was lachst du so frech?«, fragte er sie.

»Ich hoffe, du kannst mir verzeihen«, sagte sie und tat zerknirscht, was er ihr keinen Moment abnahm.

»Was soll ich dir verzeihen?«

»Das mit dem Auge, das war ich. Versehentlich natürlich. Ist einfach passiert bei der ganzen Rangelei. Ich fürchte, das wird ein ordentliches Veilchen geben.«

Bevor er antworten konnte, trat Annabelle Cathomas mit erhitztem Gesicht in den Raum und blickte prüfend um sich. Wo kam Frau Major denn plötzlich her? Andererseits, was wunderte er sich, sie wussten doch alle, dass das Wort »unmöglich« in ihrem Wortschatz nicht vorkam. Nach einem kurzen Kontrollblick kam sie zum Ergebnis, dass keine Gefahr mehr im Verzug war. Ihre angespannte Haltung lockerte sich sichtlich.

»Ich sehe, Sie haben die Lage unter Kontrolle. Gut gemacht«, sagte sie in gewohnter Kühle.

Dann erblickte sie Juri, der immer noch folgsam auf seinem Platz hockte.

»Oh, da ist ja mein Großer«, rief sie und vergaß dabei ihre übliche Zurückhaltung. Auf einen Wink von Coray hin sprang der Hund auf und trabte zu ihr. Denn diese Frau bedeutete für Juri Gutzi. Viele feine Hundegutzi.

Coray und Kurtz traten aus dem Raum und gingen durch die Rezeption hinaus in die Nacht. Emilia würde noch eine Weile mit Max und seinem Hamster beschäftigt sein. Und die Chefin mit Juri. Noch immer wirbelte der Sturm die Schneeflocken vor sich her, und Coray fragte sich erneut, wie Cathomas es von Chur her überhaupt bis zu ihnen geschafft hatte. Nachdem klar war, dass sie ihre Churer Kollegen nicht mehr brauchen würden, hatte Kurtz sie angerufen. Das Einsatzteam war erleichtert, dass sie nicht weiterfahren mussten.

Unterdessen waren die meisten Beamten weg, Casale auf dem Weg in seine Zelle und Eileen und Franziska im Einsatzwagen der Ilanzer Polizisten nach Hause gebracht worden. Coray musste grinsen, als er daran dachte, wie die beiden jungen Frauen das Abenteuer ihres Lebens auf den sozialen Plattformen breitschlagen würden. Für ein paar Tage würden sie die Stars in ihrem Freundeskreis sein.

Schweigend stand Coray allein mit Kurtz unter dem Vordach. Ein paar Minuten schauten sie still dem Sturm zu. Sie brauchten diesen Moment, um vom Adrenalin runterzukommen und den Ablauf der Geschehnisse im Kopf noch einmal zu erleben.

»Haben wir es wirklich gut gemacht?«, sinnierte er schließlich. »Hätten wir es nicht früher begreifen sollen und damit Emilia diese schreckliche Erfahrung ersparen können? Wäre es nicht ...?«

»Hör auf rumzuspinnen, Matti! Es ist alles gut gegangen,

Emilia steckt das weg, du kennst sie doch. Also entspann dich endlich. Okay?«

»Zu Befehl«, antwortete Coray und war einmal mehr glücklich darüber, dass seine Kollegin genau so war, wie sie war.

Fröstelnd traten sie schließlich zurück in die Praxis.

»Sag mal, Matti«, sagte sie und blickte suchend um sich, »gibt es in diesem Laden vielleicht irgendwo einen Kühlschrank? Was ich jetzt brauche, ist ein Bier. Dringend.«

EPILOG

Matti Coray hockte auf der obersten Stufe der Holztreppe, die von der Terrasse seines Hauses in den Garten hinunterführte. Belustigt schaute er zu, wie Juri eifrig einer Spur folgte. Ein Hase, vermutete er, oder vielleicht auch nur eine Katze. Da der Schnee weg war, konnte Coray das Tier nicht identifizieren. So hart der Winter auch gewesen sein mochte, er war ungewöhnlich kurz gewesen. Bereits jetzt, Anfang April, war der Frühling mit Wucht über die Surselva gekommen. Mit erstaunlich hohen Temperaturen, welche die Knospen buchstäblich aufgebrochen hatten. Das Summen der Insekten in den Büschen machte Coray träge. Am liebsten hätte er sich auf die Bank gelegt und ein Nickerchen gehalten. Doch dazu war keine Zeit, sie erwarteten Gäste. Er wollte endlich das Versprechen, das er bei einem Besuch bei seinen Eltern im letzten Sommer abgegeben hatte, einlösen. Damals hatte er wegen eines Falles verfrüht ein wunderbares Nachtessen verlassen müssen und allen versprochen, dass er es wiedergutmachen würde.

Bei der Erinnerung an den traumatischen Verlauf jenes Falles dachte er unwillkürlich an die toten jungen Frauen vom Baumwipfelpfad. Noch tauchte das Bild, wie Flora und Fanny einander zugewandt tot im Schnee lagen, ab und zu in seinem Kopf auf. Wie furchtbar und wie sinnlos diese Tode gewesen waren. Die Lüge eines verknallten Teenagers hatte eine Folge von Unglücken nach sich gezogen, die noch immer nachhallten. Am schlimmsten hatten die Eltern der Mädchen zu leiden. Lydia und Oskar Candinas waren untröstlich über den Verlust ihrer lebenslustigen Fanny. Coray hatte gehört, dass sie gar darüber nachdachten, die Surselva zu verlassen und ins Ausland zu ziehen. Er wünschte ihnen, dass der räumliche Abstand ihnen helfen würde, wieder zurück ins Leben zu finden.

Etwas besser sah es in der Familie von Flora aus. Corsin Zinsli hatte Coray vor einiger Zeit angerufen und ihm erzählt, dass durch das schreckliche Geschehen seine Frau Flurina zur Besinnung gekommen sei. Sie verbringe immer weniger Zeit bei ihren Glaubensgenossen, dafür kümmere sie sich zusehends liebevoll um ihre Familie. Neben der tiefen Trauer um seine Tochter Flora war Corsin Zinsli erleichtert, dass er seine Frau und die Kinder ihre Mutter zurückhatten. Es ist, als wäre sie wieder aufgewacht, hatte er Coray erzählt. Wenigstens für die Familie Zinsli schien die Chance zu bestehen, dass irgendwann das Leben wieder einigermaßen glücklich weitergehen würde.

Für Tom Behrens, den Lehrer der beiden Mädchen, war die Geschichte übel ausgegangen. Es war durchgesickert, dass er in Untersuchungshaft gesessen hatte, wenn auch nur kurz. Gerüchte hatten schnell die Runde gemacht, und die Schulleitung hatte sich gezwungen gesehen, dem Mann zu kündigen. Auch wenn er mit den Morden nichts zu tun hatte – er hatte eine sexuelle Beziehung mit einer Schülerin gehabt. Coray wusste nur, dass er aus der Stadt verschwunden war.

Was die Geschäftsführer des Kletterzentrums – Bianca und Bruno Demarmels – anging, hatte er von Katja Kurtz erfahren, dass sie immer noch zusammen das Sportcenter betrieben und sich langsam wieder zusammenzuraufen schienen. Coray hoffte, dass es nicht nur geschäftliche Erwägungen waren, die sie zusammenhielten, sondern dass sie sich an ihre Liebe und ihr Vertrauen erinnern würden und auf diesen starken Gefühlen würden aufbauen können.

Thierry Casale hatte nach seiner Verhaftung alles gestanden, er hatte keine Kraft mehr gehabt, sein Verbrechen zu leugnen. Während seine teuren Anwälte die Zeit bis zur Verhandlung dazu nutzten, fieberhaft nach einem Schlupfloch für ihren Mandanten zu suchen, galt dessen einzige Sorge seiner Hündin Lucy, die er schmerzlich vermisste. Er hatte sogar darum gebeten, dass man Lucy beim kleinsten gesundheitlichen Problem zu Emilia bringen solle. Für Emilia war es selbstverständlich, dass sie die Hündin auch in Zukunft betreuen würde. Sosehr Coray die Tat von Casale verabscheute, so kam er doch nicht umhin, ihn wegen des Hundes zu verstehen. Er mochte sich nicht vorstellen, wie er sich fühlen würde, wenn er von Juri getrennt würde.

Noch während er über all diese Ereignisse sinnierte, polterten Schritte über die Terrasse. Er musste lächeln über die unverkennbare Energie und Bestimmtheit, mit der Katja Kurtz sich ankündigte.

»Was machst du hier draußen?«, rief sie. »Müsstest du nicht in der Küche stehen und für uns kochen?«

Als Juri ihre Stimme hörte, jagte er mit Riesensprüngen die Treppe hoch und fiel begeistert über seine Freundin her.

»Das hast du nun von deiner Frechheit«, sagte Coray und schaute genüsslich zu, wie sein Vierbeiner Kurtz beinahe von den Beinen riss.

»Außerdem kann ich dir versichern, dass ich stundenlang unter dem unerbittlichen Regime meiner Mutter gerüstet habe, bis sie mich in die Freiheit entlassen hat. Jetzt hat sie das Ruder übernommen.«

»Ha, du raffinierter Kerl. Wie hast du sie dazu gebracht, dass sie in deinem Haus kocht? Und wo ist Emilia?«

»Du kennst sie doch, sie traut meinen Kochkünsten nicht. Sie ist überzeugt, dass nur sie Capuns richtig zubereiten kann. Und Emilia sollte bald kommen, sie musste noch schnell zu einem Bauern hier in Brigels. Nichts Großes, sie wollte nur kontrollieren, ob sich ein Pferd von seiner Kolik erholt hat.«

»Weißt du, was es zu den Capuns gibt? Ich habe einen Riesenkohldampf.«

»Lass dich überraschen. Wo ist dein Emil?«

»Er diskutiert gerade mit deinem Vater die Weinauswahl. Er hat sich übrigens sehr gefreut, dass wir zu dem Essen eingeladen sind. Obwohl er ja ein bisschen Angst vor deiner Mutter hat.«

»Ha, das kann ich ihm nicht verdenken. Wehe, wenn die alte Revoluzzerin so richtig in Fahrt kommt!«

Sie schüttelten sich vor Lachen, als sie sich Madleina Coray vorstellten, wie sie hitzig und vehement ihren Standpunkt vertrat, während sich ihr Mann Eric grinsend mit einem Glas Wein in der Hand zurücklehnen und das Kampffeld den anderen überlassen würde. Oh ja, es würde wieder ein vergnügliches Essen werden.

»Hallo, ist da jemand?«, tönte es unten vom Garten her.

Coray spürte, wie ihm die Hitze ins Gesicht schoss, als er die Stimme erkannte. Jacqueline Winterfeld. Er ärgerte sich, dass die Frau, die er bloß ein paarmal gesehen hatte, noch immer diese Wirkung auf ihn ausübte, wenn sie aus dem Nichts auftauchte. Dabei hatte er ja selbst diese Einladung im letzten Sommer ausgesprochen. Kurtz hatte sein Erröten bemerkt und zwinkerte ihm kumpelhaft zu. Da tauchte die Journalistin und Freundin seiner Mutter auch schon auf der Treppe auf. Neben ihr ein Mann. Ihr Mann. Das hatte Coray ebenfalls gewusst. Was ihm auf der einen Seite ein bisschen einen Stich ins Herz versetzt, ihn andererseits aber auch beruhigt hatte. Das hieß ja, dass die beiden zusammen glücklich waren und er sich sämtliche diesbezüglichen Spekulationen sparen konnte. Und doch, als er die beiden begrüßte und dabei in die strahlenden grünen Augen von Jacqueline Winterfeld schaute, musste er sich eingestehen, dass sie wohl immer diesen kleinen Zauber auf ihn ausüben würde.

Er hatte keine Zeit, weiter darüber nachzudenken, denn Emilia kam dazu und fiel in den allgemeinen Begrüßungstrubel ein. Als er sie sah, mit dem Babybauch, der unter der Latzhose deutlich zu erkennen war, spürte Coray nicht nur einen kleinen Stich. Ihm ging buchstäblich das Herz auf, er fühlte diese Wärme, die sich in seinem ganzen Körper ausbreitete und ihm ein – wie er wusste – etwas dämliches Grinsen ins Gesicht zauberte. Sie trat auf ihn zu, umarmte ihn mitsamt ihrem Stallgeruch, und er wusste: An diesem einen Tag waren all seine Lieben in Sicherheit – an diesem einen Tag war alles gut.

Dank

»Schreiben ist eine einsame Angelegenheit.« Diesen Satz höre ich immer wieder von Autorenkollegen und -kolleginnen. Auch ich selbst habe ihn schon oft gesagt. Es sind tatsächlich unzählige Stunden, die ich – nur mit unserem Hund Kalo an meiner Seite – im Arbeitszimmer verbringe. Schreibend, grübelnd, recherchierend, feilend und auch mal fluchend. Und doch fühle ich mich nie wirklich allein. Denn während des Schreibens meiner drei Bücher sind mir Matti & Co. so vertraut geworden, dass ich sie stets an meiner Seite fühle. Und wir zusammen auf Mörderjagd durch Schluchten, über Berge und durch Schneestürme unterwegs sind.

Aber nicht nur meine fiktiven Protagonisten begleiten mich, es gibt auch viele reale Menschen, die mir mit Rat und Tat zur Seite stehen. Auf dieser langen, spannenden, manchmal holprigen, wundersamen Reise, bis Sie, liebe Leserinnen und Leser, dieses Buch in den Händen halten. Diesen Menschen möchte ich von Herzen danken:

Meinem Mann nicht nur dafür, dass er Zeit in das Lesen meines Manuskripts investiert, sondern vor allem für seinen unerschütterlichen Glauben an mich als Geschichtenerfinderin.

Meiner wunderbaren Freundin, Erstleserin, Wegbegleiterin seit so vielen Jahren, Jacqueline Surer.

Dr. med. Marc Daniel Bollmann, Chef der Rechtsmedizin im Kantonsspital Graubünden, der mir mit seinem beeindruckenden Wissen, seiner Kompetenz und seiner Freundlichkeit auch bei dieser Geschichte beratend zur Seite stand. Sollte etwas nicht richtig wiedergegeben sein, liegt das allein an mir und der dramaturgischen Freiheit, die ich mir beim Schreiben genommen habe.

Janine Caderas für ihr Engagement und der Gemeinde Laax für die freundliche Genehmigung, ihren wundervollen Baumwipfelpfad in die Krimihandlung einbeziehen zu dürfen.

Erich Hirschi dafür, dass er das liest, wovon ich nichts verstehe.

Dem professionellen, liebenswürdigen und unermüdlichen Team bei Emons, das mich auch diesmal durch den gesamten Prozess begleitet hat.

Und meiner großartigen Lektorin Irène Kost, die mir tausend Adjektive und ein paar Schimpfwörter gestrichen hat – und die immer weiß, wo die Autos stehen ... Du hast nicht nur das Buch besser gemacht, sondern mich immer wieder zum Lachen gebracht.

Mein inniger Dank geht an Sie, liebe Leserinnen und Leser, die Sie diesem Buch Ihre Aufmerksamkeit und Ihre Zeit geschenkt haben. Und wer weiß: Vielleicht sind Ihnen Matti & Co. ebenfalls ein bisschen ans Herz gewachsen.

Regine Imholz
TOD IN DER RUINAULTA
Broschur, 224 Seiten
ISBN 978-3-7408-1618-6

Die spätsommerliche Alpenidylle in der Surselva findet ein jähes Ende, als ein bizarrer Mord die Bewohner der Region in Schrecken versetzt: Ein Raftguide wird auf einer Tour in einem Schlauchboot voller Touristen erschossen. Cumissari Matti Coray und seine Kollegin Katja Kurtz machen sich inmitten der wilden Rheinlandschaft auf die Suche nach Hinweisen. Kein leichtes Unterfangen, denn das Opfer hatte zahlreiche Liebschaften – und ebenso viele Feinde.

www.emons-verlag.de